천사
혈성

장담 新무협 장편 소설
FANTASTIC ORIENTAL HEROES

천사혈성 3

장담 新무협 판타지 소설

초판 1쇄 찍은 날 § 2007년 9월 14일
초판 1쇄 펴낸 날 § 2007년 9월 22일

지은이 § 장담
펴낸이 § 서경석

편집장 § 문혜영
편집책임 § 서지현
편집 § 유혜림

펴낸곳 § 도서출판 청어람
등록번호 § 제1081-1-89호
등록일자 § 1999. 5. 31
어람번호 § 제2-1295호

주소 § 경기도 부천시 원미구 심곡1동 350-1 남성B/D 3F (우) 420-011
전화 § 032-656-4452 팩스 § 032-656-4453
http://www.chungeoram.com
E-mail § eoram99@chollian.net

ISBN 978-89-251-0916-9 04810
ISBN 978-89-251-0862-9 (세트)

天死血星

3
북상혈로(北上血路)

천사혈성

장담 新무협 판타지 소설

FANTASTIC ORIENTAL HEROES

도서출판 청어람

目次

第一章

풍곡(風谷)

千秀芳菜深邃掩半霧　雨間窓盡現秋
草開花近天下　瀯此知名張密甲　張孟東
長庭前再拜禮一天晦興
道古廣爲傳
日弟子趙孟順敬書至大改元四月

死星
天血

정신이 든 지 사흘.

천유옥, 아니, 이제 전무심이 된 그는 목옥을 나섰다. 조용히 잠든 의부를 안고서.

밖의 풍경은 언젠가 의부가 그림으로 그려서 보여주었던 그대로였다. 깎아지른 듯한 절벽이 뒤에 있고, 앞에는 이 장 높이의 작은 폭포에서 떨어진 물이 고인 소(沼)가 있었다.

의부는 저 작은 연못을 소룡담(小龍潭)이라 했었다. 연못을 빠져나온 물이 구불텅구불텅 흐르는 것이 잘 어울리는 이름이라는 생각이 들었다.

너무나 평온한 모습에 그는 잠시 걸음을 멈췄다. 그리고 고개를 들었다.

황금빛으로 잘게 부서진 햇살이 절벽에 뿌리박은 굽은 소나무 가지 사이로 쏟아졌다.

눈이 부셨다. 마치 황금가루가 눈 안으로 파고드는 듯했다.

그는 한참 동안 햇살을 바라보다가 의부를 안은 손에 힘을 주고 양지바른 곳으로 걸어갔다.

그리고 마른 듯하면서도 잔풀이 얼기설기 자라 있는 의부가 쉬기에 적당한 곳을 골랐다.

잠시 후, 작은 박을 반으로 쪼개 엎어놓은 듯한 무덤이 만들어졌다.

그는 한 번 더 소리없이 눈물을 흘리고는 의부가 바로 앞에 있기라도 한 것마냥 환하게 웃었다.

"이제 편안히 쉬세요, 아버지."

그가 자리에서 일어난 것은 해가 중천에 뜬 오시 무렵이었다. 그는 일어나자마자 절곡 주위를 둘러봤다.

절곡은 입구에 깎아지른 듯한 절벽이 있어 사냥꾼조차도 올 수 없는 곳이었다.

그런데도 입구에는 간단하나마 기진(奇陣)이 설치되어 있었다.

의부 말로는 당신이 만든 것이 아니라 했다. 자신은 납치당해서 이곳에 들어왔는데, 자신을 납치한 사부가 설치한 것이라 했다.

의부의 사부 이름은 풍귀(風鬼) 관이풍.

오래전에 멸망한 것으로 알려진 풍천문(風天門)의 비급을 얻은 그는, 풍곡에 자리를 잡고 수십 년에 걸쳐 바람의 무공을 연구했다고 한다.

그러다 나이가 들자 후계자를 물색하기 위해 강호에 나갔는데, 빈손으로 돌아오던 도중 전가촌을 지나다 유난히 다리가 긴 의부를 보고는 납치해 왔다고 했다.

자신의 무공을 가르쳐 봐서 반 이상 익히면 제자로 삼고, 익히지 못하면 종으로라도 쓰기 위해서.

그렇게 십오 년, 의부는 죽을 고생을 하며 그의 무공을 반 정도 익혔다고 했다.

관이풍은 고민에 고민을 거듭하다, 결국은 죽기 전에야 의부를 제자로 인정하고 남은 모든 것을 넘겨주었다고 했다.

의부는 그 후로도 십 년간 바람의 무공을 더 익히고, 나이 삼십이 훌쩍 넘어서야 절곡을 떠나 강호로 나왔다고 했다.

강호에 나와 물어보니 풍귀라는 이름을 아는 사람이 없어 사기당한 줄 알았다나?

어쨌든 의부가 자랑하는, 자칭 고금제일 풍운무(風雲舞)는 그래서 생겨났다.

우연히 죽어가던 광의(狂醫) 소서천을 구하지만 않았어도, 죽기 직전의 그에게서 전설의 구천마령침에 대한 것을 듣지만 않았어도, 그것이 천왕교의 천왕동에 있다는 것을 듣고 천왕동을 털 생각만 하지 않았어도, 아마 강호사에 획을 긋는 신법의 고수로 이름을 올렸을 분이 바로 의부였다.

[천왕동을 털 생각을 했다니, 내가 그때는 제정신이 아니었어.]

의부는 실실 웃으며, 아마 자신과의 인연이 이어지려고 그런 미친 짓을 했었나 보다 했다.

그 웃음이 아직도 눈에 선하다.

그날부터였다. 전무심은 매일같이 몸을 혹사시켰다.

그렇게라도 하지 않으면 미쳐 버릴 것 같았기 때문이다.

친구도, 사랑도, 의부도 잃은 지금 그에게 남은 것은 오직 자신뿐이었다.

자신마저 잃을 수는 없었다.

이제 자신은 전풍백의 아들 전무심.

하늘에서 바라보고 계실 의부를 슬프게 할 수는 없으니까.

그리고 해야 할 일이 있으니까.

천유옥이 아닌, 전무심이라는 이름으로!

*　　　*　　　*

"훅! 훅! 훅!"

코끝으로 땀이 맺혀 떨어진다.

길고 가는 수백 가닥의 근육이 진저리를 친다.

기분 좋은 짜릿함이 전신을 치달린다.

이제 몸도 반 정도는 회복이 된 것 같다.

의부를 땅에 묻은 지 여섯 달 만이었다.

햇살이 나른하게 비치는 오후.

지난 몇 달간 매일 그랬던 것처럼, 그는 침상에 정좌를 하고 앉아 몸을 바로 하고 고요히 가라앉아 있는 기운을 끌어올렸다.

하나하나 막혀 있던 일곱 곳의 혈맥 중 다섯 곳을 뚫었다.

남은 것은 이제 둘. 잘하면 오늘 중에 또 하나를 뚫을 것 같은 기분이다.

완벽해진 천라혈왕공 덕분이다. 사진옥이 준 종이의 구결이 아니었다면 적어도 몇 년은 더 걸려야 했을 것이거늘.

사진옥이 생각나자 유옥은 희미한 웃음을 지었다.

'그 녀석들, 박쥐 고기를 좋아할지 모르겠군.'

하지만 그것도 잠시, 그는 천라혈왕공이 움직이기 시작하자 양손을 단전에 올려놓고 손가락을 마주 댔다. 그리고 끌어올린 기운을 천천히 움직이기 시작했다.

흡(吸)과 탄(彈)으로 시작한 운기가 전회(轉回), 망라(網羅)를 거쳐 염폭(炎爆)에 이르자, 터질 듯한 기운이 전신혈맥을 따라 소용돌이치기 시작했다.

고오오…….

기운이 움직이는 소리가 귓가에 들리는 듯하다.

안개가 스미듯 한 가닥 기운이 전신혈맥을 파고든다.

시원함, 나른함, 짜릿함. 치달리던 기운이 마침내 어느 곳에 이르자 철벽에 부딪친 기분이 느껴진다.

튕겨진 기운이 막힌 혈맥을 뚫기 위해 용틀임을 한다.

근육이 갈기갈기 찢어지고, 뼈마디가 산산이 부서질 것 같은 처절한 고통!

아득함에 머릿속이 하얗게 변해간다.

'흐읍!'

그는 이를 악물고 기운을 밀어 넣었다.

튕겨지면 다시 부딪치고, 또 튕겨지고, 부딪치고…….

조금씩, 조금씩, 튕겨지는 힘이 약해진다. 반면에 고통은 더욱 커져만 간다.

어느 순간!

쿵!

몸속에서 작은 울림이 일었다.

'뚫었…… 응?'

그런데 이상하다. 막힌 곳을 뚫고 난 기운이 또다시 한 곳으로 몰려간다.

처음 있는 일. 그의 시뻘건 얼굴이 검게 보일 정도로 달아올랐다.

미처 상황을 파악할 틈도 없이 성난 파도가 또 하나의 혈맥을 향해 치달려간다.

'좋아! 해보자!'

어차피 구천마령침으로 인해 죽지는 않는다. 이판사판이다!

그는 달리는 기운에 혼신의 힘을 모조리 쏟아 넣었다.

죽지 않는다는 보장이 있다는 건 아주 멋진 일이다.

문제는 고통이 조금 전보다 훨씬 강하다는 것.

하지만 고통은 잠깐뿐이다.

고통의 시간이 지나면 새로운 날개를 달 수 있으리라!

'까짓 거 해보는 거다, 전무심!'

콰아아!

치달리던 기운이 하나의 창이 되어 날아간다.

날아가던 창은 붉은 방패가 보이자 조금도 사정을 봐주지 않고 뚫고 들어갔다.

쾅!

'끄으으……'

동시에 뇌리가 하얗게 타 들어갔다.

그러고는 열 번 죽는다 해도 잊을 수 없는 고통이 그를 집어 삼켜 버렸다.

눈을 떴다. 어둠이 온 세상을 지배하고 있다.

얼마나 지난 걸까? 살아 있기나 한 걸까?

나른하면서도 시원한 기분. 아직 일어서고 싶지가 않다.

확인해 보고 싶다.

완벽히 뚫렸을까?

그는 다시 눈을 감고 기운을 움직여 봤다.

부드럽게 일어난 기운이 거침없이 혈맥을 달린다.

세맥 깊은 곳까지 파고든 기운이 더 나아갈 곳이 없자 아홉 가닥으로 뭉쳐 단전으로 모여든다.

혈왕의 천라혈왕공도, 사부의 구전암황기도 이제 거침이 없다.

게다가 시간이 지나자 심장 부위에 박힌 구천마령침의 영기마저 그의 전신으로 스며들기 시작한다.

고요하면서도 조용한 진기의 흐름.

그는 느낄 수 있었다. 움직이지 않을 때는 고요하지만, 한 번 움직이면 세상 그 무엇도 막을 수 없는 기운이 자신의 몸속에서 잠자고 있다는 것을.

문득 엉뚱한 생각이 들었다.

'혈왕의 검과 암천의 검, 두 가지를 합쳐 보면 어떨까?'

어쩌면 모험일지도 몰랐다.

천라혈왕구검과 암황십이검은 그 강함만큼이나 자존심이 강한 검세다. 다른 무공과 섞이기를 거부한다는 말이다.

자신의 능력이 혈왕과 패왕을 뛰어넘어야만 가능한 일.

과연 할 수 있을까?

그러나 모험을 하지 않으면 아무것도 얻을 수 없다.

그리고 얻지 못한다면, 복수는 꿈일 뿐이다.

천왕교는 예전의 실력으로 어찌해 볼 수 있을 만큼 만만한 곳이 아니니까.

'일단 해보자! 두 가지를 하나로 합칠 수 있다면, 천하의 누구도 나를 막을 수 없으리라!'

그가 마침내 결심을 굳히고 몸을 일으켰다.

　햇살이 눈 덮인 대지를 연초록으로 물들이는 봄날의 일이
었다.

第二章
떠나기에 좋은 날

日華子趙孟頫敬書 至大政元四月

道古廣為傳

長庭前再拜禮一天師輿

草閣故通天下 深此知名聖家界

千秀芳景深各收空籠 兩間容星現政

死星
天血

1

터벅터벅.

단조롭고도 일정한 보폭으로 걸어가는 그의 어깨에는 얼룩 덜룩한 가죽이 하나 얹혀져 있었다.

허름한 마의, 뒤로 질끈 묶은 헝클어진 머리. 덥수룩한 수염 이 입 주위를 덮은 그는 마을이 보이자 걸음을 늦췄다.

오늘로써 네 번째 방문이었다. 그리고 마지막 방문이 될 터 였다.

마을의 입구에서 놀던 동네 꼬마들이 그가 보이자 마을로 달려가며 소리를 질러댔다.

"전호다! 전호가 나타났다!"

아이들이 친구 부르듯 외치는 소리에 그의 수염으로 덮인 입술이 묘하게 비틀렸다.

"귀찮게 됐군."

그가 사냥꾼들의 마을인 웅촌에 내려간 것은 일 년 전부터
였다.

웅촌 사람들은 그를 전호(全虎)라 불렀다.

본래 이름은 그것이 아니지만 그가 세 번째로 호랑이 가죽
을 팔러 나왔을 때부터 사람들은 그렇게 불렀다.

이름을 물어보는 상인에게, 그가 무뚝뚝한 목소리로 성이
전씨라는 것을 말한 이후부터였다.

그는 사람들이 자신을 어떻게 부르든 상관하지 않았다. 어
차피 오래 기억될 이름이 아니니까.

아이들이 마을로 달려간 지 얼마 되지 않아 한여름 역병처
럼 소문이 돌았다. 전호가 네 번째 호랑이 가죽을 가지고 마을
로 내려왔다는 소문이었다.

마을 사람들은 아이들이 외치는 소리를 듣자마자 잔뜩 궁금
한 표정을 한 채 어디론가 빠르게 걸음을 옮겼다.

"전호가 또 호랑이를 잡았다는구먼."

"정말 대단하군. 전호가 잡은 가죽에는 흠도 별로 없다지?"

"별로 없는 게 아니고, 아예 없다더군."

"허, 정말 전호라는 이름이 붙을 만하군."

"어디다 팔까?"

"또 송가네 가게로 갔겠지 뭐."

"송가 놈, 오늘 횡재했군."

아쉬움과 질시에 가득한 목소리들이 웅촌의 구석을 향해 달렸다.

송가점은 웅촌의 맨 끄트머리에 있었다.

그가 그곳을 이용하는 이유 중 하나가 바로 그 때문이었다. 사람들 눈에 띄지 않는다는 것.

하지만 이제 그가 나타나면 귀찮을 정도로 사람들이 몰려들 것이다.

그렇다고 그냥 돌아갈 수도 없는 일. 그는 어깨에 걸쳐진 가죽을 넓은 평상 위에 던져 놓고 빠른 결정이 내려지기만을 기다렸다.

털썩!

전호가 가죽을 평상 위에 내려놓자, 소문을 듣고 미리 나와 있던 송호동이 재빨리 달려들었다.

"어이쿠, 자네 또 왔구먼. 석 달에 한 번씩 호랑이를 잡다니, 정말 대단하이!"

진정 감탄하는 마음이 섞인 듯한 목소리였다. 하지만 그의 눈은 처음부터 호피에서 한 번도 떠나지 않고 있었다.

호피는 컸다. 지금까지 가져온 석 장의 호피보다 훨씬 더. 별의별 일을 다 겪어 이제는 놀랄 일도 없다는 자신의 눈이 휘둥그레질 정도로.

'세상에, 이게 정말 호피란 말이지?

사실 따로 감정할 것도 없었다. 크기만 재면 될 뿐. 그래도 몰려든 사람들이 자신을 부럽게 쳐다보는 기분을 만끽하기 위해선 최대한 시간을 끌어야 했다.

더구나 이렇게 큰 호피는 자신도 처음 보는 것이 아닌가 말이다.

'썩을 놈들, 보는 눈은 있어 가지고 놀라기는. 흐흐흐……'

마음 같아서는 호랑이의 줄무늬가 몇 줄인가, 콧수염이 몇 개인가 일일이 세고 싶었다.

전호가 기다려 주기만 한다면 말이다.

"빨리 끝냈으면 좋겠군요."

나른한 듯하면서도 감정이 없는 목소리. 전호 특유의 목소리가 귓전을 파고들었다.

역시나 전과 마찬가지로 시간을 주지 않는다.

아마 시간을 더 끌면 다른 가게로 간다고 할지도 몰랐다.

절대 안 될 말!

아쉬운 마음을 뒤로하고 송호동은 고개를 들었다.

들어 올리는 손가락이 가늘게 떨렸다.

"오십 냥 주겠네."

"백 냥."

"칠십 냥."

"백 냥."

"팔십……"

"백 냥."

끙! 흥정의 재미도 모르는 무식한 놈!

송호동이 떨리는 입술을 천천히 벌렸다.

"알겠네. 백 냥 주지. 근데 오늘도 뼈는 없나?"

"없소."

두 사람이 흥정하는 사이 여기저기서 수군거리는 소리가 들렸다.

"도적놈, 이백 냥도 더 나갈 호피를 거저먹으려고 하다니."

"이백 냥이 뭐여. 오백 냥은 나가겠구먼."

"송가 놈, 팔자 고치는구먼. 아이고, 배 아파."

하지만 대놓고 말하는 사람은 없었다. 규칙이었다. 웅촌의 규칙.

─다른 가게의 흥정에 관여하면 마을에서 쫓겨난다.

그래도 배가 아픈지 끊임없이 중얼거렸다. 고개를 돌리고, 입을 손으로 막고.

그때 누군가가 앞으로 나섰다.

"내가 삼백 냥 내겠네!"

비룡표국의 남부총로(南部總路) 구대주인 추영산은 길을 지나가던 중 사람들이 모여 있는 것을 보고 기이한 생각이 들었다.

해가 중천에 뜬 지금이 장사꾼에겐 가장 바쁜 시간이다. 언제 사냥꾼들이 물건을 팔기 위해 내려올지 모르는 것이다. 한데 이런 시간에 장사꾼이고, 아녀자들이고 모두가 한곳에 몰려 있다니.

이곳을 벌써 몇 번이나 지나친 그조차 한 번도 보지 못한 광경이었다.

호기심이 꿈틀거렸다. 어차피 계획보다 이틀은 빨리 도착한 터라 시간도 남아돌았다.

"대주님, 왜 저렇게 사람이 많이 모여 있죠?"

마침 일행 중에서 유일하게 여자인 수경상이 궁금함을 참지 못하고 묻기까지 한다.

"글쎄, 한번 가볼까?"

다섯 명의 무사가 우르르 추영산을 따라갔다.

그들이 다가가는데도 비켜서는 사람들이 없었다. 사냥꾼을 주로 상대하는 사람들이어서인지 무인들을 무서워하지도 않았다.

추영산은 겨우겨우 인파를 비집고 안으로 들어갔다.

순간 그의 눈이 휘둥그레졌다.

커다란 평상을 거의 다 덮은 거대한 호피 한 장이 눈에 가득 들어온 것이다.

그것은 믿을 수 없을 만큼 컸다. 그리고 상처도 보이지 않았다.

'굉장한 호피군!'

문득 국주의 오십 회 생신이 얼마 남지 않았다는 사실이 떠올랐다.

저 정도면 훌륭한, 아니, 너무 훌륭해서 잘하면 점수를 왕창 딸 수 있는 선물이 될 거라는 생각이 들었다.

그런데…… 돈이 없다.

젠장! 참으로 아까운 기회가 아닌가!

'가만? 돈?'

그때다. 언뜻 좋은 생각이 났다.

그러고 보니 돈이 없는 것이 아니다. 다른 곳에 쓸 것이어서 그렇지.

그는 자신도 모르게 품속에 손을 집어넣어 주머니를 불끈 움켜쥐었다.

추영산이 잠시 머뭇거린 사이, 흥정이 거의 끝나가고 있었다.

한데 뭐라고? 백 냥?

그가 재빨리 소리쳤다.

"내가 삼백 냥 주겠네!"

사람들이 모두 고개를 돌려 추영산을 바라보았다.

송호동이 물먹어서 고소하다는 표정을 짓는 자들이 대부분이었다. 하지만 개중에도 남의 흥정에 끼어든 추영산을 괘씸하다는 눈으로 보는 자도 있었다.

특히 송호동은 얼굴이 붉어진 채 금방이라도 욕설이 터져 나올 것만 같았다. 추영산이 검만 차고 있지 않았다면 말이다.

그렇다고 가만있을 수는 없는 일. 송호동은 최대한 감정을 억누르고 말했다.

"왜 남의 흥정에 끼어드는 것이오? 무사 양반은 상도의도 모르시오?"

추영산이 코웃음을 쳤다.

"흥! 내 잘은 몰라도 그 정도의 호피면 족히 오백 냥은 나갈 것이오. 한데 백 냥이라니? 거저먹겠다는 심보가 상도의요? 웅촌의 상인들은 정직을 생명으로 삼는다 들었는데, 그것도 아닌 모양이구려."

사람들이 웅성거렸다. 웅촌의 자존심마저 내걸린 말싸움에 편이 둘로 갈라졌다.

'무사 양반의 말이 맞아. 진짜 상도의는 정직이지. 저게 어떻게 백 냥짜리냐구?'

'그래도 그렇지, 남의 거래에 끼어드는 법이 어디 있어?'

그때 전호가 나섰다.

그는 태연히 평상으로 다가가더니 호피를 둘둘 말았다. 갑작스런 행동에 주위가 조용해졌다.

"이 호피는 당신이 가져가시오."

전호가 말린 호피를 들더니 불쑥 추영산에게 내밀었다.

"이봐, 전호! 그건 이미 나와 흥정이 끝난 거라고!"

전호는 길길이 날뛰는 송호동은 바라보지도 않고 다시 입을 열었다.

"대신 나에겐 백 냥만 주고, 이백 냥은 저 사람에게 주시오."

날뛰던 송호동이 호피를 향해 손을 뻗다 말고 눈만 돌려 전호를 바라보았다.

추영산도 의외라는 눈으로 전호를 바라보았다.

"왜 그렇게 하겠다는 건가? 호피는 자네 것이 아닌가?"

"나는 이미 저 사람에게 팔겠다고 했소. 그러니 반쯤은 저 사람의 물건이라 할 수 있소. 하지만 제 값이 아닌 것 또한 분명하니 서로 양보하면 될 일. 나는 본래대로 백 냥을 받고, 저 사람은 이백 냥을 벌고, 당신은 당신이 원하는 호피를 가져가면 되는 것이오."

칼로 무를 썩둑 자르듯이 간결한 대답이었다.

추영산은 감탄한 표정으로 고개를 끄덕였다.

"좋네. 자네가 그리하겠다면 나도 그리하지."

송호동 역시 이백 냥을 거저 챙겼으니 불만을 말할 수도 없었다.

'젠장, 오백 냥은 남길 수 있었는데……'

"험. 뭐, 그렇다면 할 수 없지."

전호는 호피를 판 돈을 받자마자 사람들이 많은 곳을 벗어났다. 호피가 없는 전호를 따라오는 사람은 없었다. 심지어 아이들조차 호피를 짊어진 추영산을 따라갔다.

그제야 전호는 홀가분한 마음으로 대로를 가로질렀다. 그리고는 곧바로 이 일대에 단 하나 있는 대장간으로 향했다.

일 년 전에 맡겨놓은 한 가지 물건을 찾기 위해서였다. 떠나갈 때 찾아간다고 했으니 진즉 만들어져 있을 터였다.

대로를 지나 골목으로 들어가자 코앞에 나부끼는 깃발이 보였다.

진가철기점(陳家鐵器店).

전호는 마치 자기 집에 들어가듯 거침없이 대장간의 작은
문을 열고 안으로 들어갔다.

순간 후끈한 열기가 밀려왔다.

쇳내음이 섞인 열기. 코를 찌르는 진한 땀 냄새.

거친 숨소리와 장단을 맞춰 토해지는 풀무질 소리.

그 어떤 노랫소리가 이보다 더 좋을까.

전호는 고요히 잠긴 눈으로 화덕 앞을 바라보았다.

잘 다듬어진 근육을 자랑하는 거한이 소 투레질하듯 거친
숨을 내뱉는다.

적당히 탄 몸에 땀으로 범벅된 그의 두 눈은 화덕에서 한시
도 떨어지지를 않고 있다.

이제 스물 정도밖에 되지 않았는데도 그의 눈에는 부동심이
박혀 있는 듯하다.

한두 번 본 모습이 아니었지만, 볼 때마다 감탄이 절로 나왔
다.

그를 바라보는 전호의 눈이 부드러워졌다. 마치 동생을 보
는 듯했다.

'좋은 눈, 좋은 몸. 결코 쇠를 두드렸다고 해서 만들어진 몸
이 아니다. 녀석, 세상모르고 빠져 있군.'

그의 이름은 진철명.

일 년 전, 처음 이곳을 찾아왔을 때는 활화산 같은 모습이

었다.

그러다 약간의 다툼이 벌어지고, 자신보다 힘이 센 사람이 있다는 것을 안 이후로 그는 달라졌다.

"형님은 나보다 몸도 작으면서 어떻게 해서 그렇게 힘이 센 거요?"

숨이 턱까지 찬 진철명이 무작정 형님이라 부르며 묻자 그가 말했다.

"나는 마음이 가라앉아 있는데, 너는 들떠 있다. 힘이 세고 약하고를 떠나서 너는 당연히 나에게 질 수밖에 없는 거지."

"거기에 무슨 차이가 있는 거죠?"

"불꽃은 화려하지 않을수록 더 강하다고들 하지. 불을 잘 살 피면 그 차이를 알 수 있을 거야."

우습게도 진철명은 그 이후로 불과 씨름을 했다. 그리고 그 나름대로 한 가지를 얻었다. 바로 흔들리지 않는 눈빛을.

잠시 진철명을 바라보던 그는 눈을 돌려 화덕에서 피어오르 는 불꽃을 바라보았다.

화덕 깊숙한 곳에서 청화가 피어오르고 있었다. 그가 자신 의 물건을 맡긴 이유였다.

"왔나?"

안쪽에서 망치질을 하던 왜소한 노인이 망치를 내려놓고 몸 을 돌렸다.

그제야 전호도 불꽃에서 눈을 떼고 고개를 돌렸다.

"물건을 찾으러 왔습니다."

노인의 눈매가 잘게 떨렸다.

마치 애지중지 키운 딸을 내놓으라는 말로 들린 듯한 표정이다.

노인은 천천히 돌아서서 쪽문을 통해 내실로 들어갔다. 그리고 잠시 후, 하나의 보퉁이를 들고 나왔다.

"여기 있네."

전호는 품속에서 주머니를 꺼내 노인에게 내밀었다.

"약속대로 백 냥입니다."

노인이 보퉁이를 건네주고는 인상을 쓰며 고개를 휙 돌렸다.

"솔직히 너무 손해나는 장사를 했어."

전호가 무심한 표정으로 등짐에서 삼베로 둘둘 만 꾸러미를 하나 내밀었다.

"이거면 손해가 만회될 겁니다."

노인이 힐끔 전호가 내민 꾸러미를 바라보았다.

"그게 뭔가?"

"마지막 선물이라고 해두죠. 철명에게 도움이 될 겁니다."

그 말뜻을 알았는지 노인이 좀 전과는 딴판으로 예리한 눈을 빛냈다.

"마지막 선물? 떠나려는 건가?"

"그럴까 합니다."

노인은 한참 동안 전호를 바라보더니 고개를 돌려 거한을 불렀다.

"철명아!"

"예, 할아버지! 어? 형님! 언제 오셨어요?"

대답하며 고개를 돌린 거한이 휘둥그레진 눈으로 전호를 바라보았다.

풀썩 웃음이 나왔다. 얼마나 집중력이 강했으면 자신이 온 것도 모르고 있었을까 싶었다.

"조금 전에 왔다. 방해하기 싫어서 그냥 놔두었지."

"에이, 그래도 부르시지."

"시답잖은 소리 그만 하고 가서 그것 좀 내와라."

노인이 툭 쏘듯이 말하며 두 사람 사이에 끼어들었다.

"예? 뭘요?"

"뭐긴 뭐야, 이놈아! 네놈이 지난 육 개월 동안 나 몰래 손본 것 말이지!"

철명은 굳은 얼굴로 전호를 바라보았다.

"떠나시는… 겁니까?"

전호는 고개만 끄덕였다. 철명은 한참을 바라보다가 고개를 푹 숙이더니 몸을 돌렸다.

"잠시만 기다려 주세요."

그가 안으로 들어갔다가 다시 나온 것은 한참이 지나서였다. 눈자위가 붉게 물들어 있었다.

"받으세요."

기다란 물건이었다. 헌 천으로 감겨 있었지만 전호는 보자
마자 그것이 무엇인지 알 수 있었다.

검이었다.

"곤명에 쇠를 구하러 갔다가 구한 건데, 원래 끝이 잘려 있
던 거라 좀 짧습니다."

철명이 말했다. 전호는 아무 말도 하지 않고 둘둘 말린 천을
풀었다.

별다른 장식도 없는 투박한 검집이 보였다.

검병을 더한다 해도 전체 길이가 두 자 다섯 치나 될까 싶었
다. 검신의 넓이는 잘해야 두 치 정도. 그런데도 무게는 생각
보다 훨씬 무거웠다.

"좋은 검이군. 한데 왜 나에게 줄 생각을 했지?"

철명이 씩 웃었다.

"형님의 손을 보고 할아버지가 그랬어요. 십 년 이상 검을
내 몸처럼 사용한 사람의 손이라고요."

그랬나? 기껏 대형장이의 눈도 속이지 못했던가?

천이 다 풀리자 검병이 드러났다.

일곱 치 정도의 검병에는 심(心) 자가 새겨져 있었다. 아마
도 철명이 새겨 넣은 듯했다.

전호는 검병을 잡고 천천히 검을 뽑아봤다. 날도 서 있지 않
은 검신에는 자잘한 비늘이 촘촘히 박혀 있는 듯했다.

"아무리 갈아도 빛이 더 이상은 안 나요."

철명이 불만인 듯 퉁명한 말투로 말했다.

하지만 전호는 그 점이 더 마음에 들었다.

"정말 좋군."

비늘은 인위적으로 새겨진 것이 아니었다. 수백 번의 담금질과 수만 번의 두드림으로 인한 결과였다. 그만큼 정성이 들어간 검이라는 말이었다.

그는 검을 자신의 등짐에 대충 꽂고 철명을 바라보았다.

눈이 마주치자 철명이 눈을 떨었다.

그가 너무하다 싶을 정도로 간단히 말했다.

"다음에 보자."

"형님……."

그때 노인이 나섰다.

"진짜 이름이 전호는 아니겠지?"

전호는 가라앉은 눈으로 노인을 바라보았다.

굳이 못 알려줄 것도 없었다. 이제 새로 태어난 이름, 안다해서 무슨 상관이랴.

"제 이름은 전무심입니다. 노인장도 진각이 본 이름은 아닌 것 같군요."

노인이 이마를 찌푸리더니 마지못한 듯 회한에 찬 표정으로 입을 열었다.

"진양무라 하네. 행여 갈 곳이 마땅치 않거든, 무한의 철심장에 들러 내 이름을 대게. 그리 박대하지는 않을 거야."

전호, 전무심은 묵묵히 고개를 한 번 끄덕였다.

그러고는 이름이 달아날까 봐 끝없이 자신의 이름을 되뇌이는 철명에게 조용히 한 번 웃어주고 천천히 몸을 돌렸다.

등에 대고 철명이 소리쳤다.

"형님! 제가 꼭 찾아갈 겁니다!"

그는 아무런 대답도 하지 않고 문을 열었다.

밖으로 나가자 환한 햇살이 그의 가슴으로 쏟아져 들어왔다.

'이 년 육 개월 만인가?'

노인은 전무심이 나가자 눈을 떴다.

"저자의 가슴에는 무엇이 들어 있을까?"

한참을 생각하던 그는 고개를 내저었다.

일 년 전, 그는 종류미상의 검은 뱀가죽 한 장을 들고 대장간을 찾아왔다.

"검집을 하나 만들어주시오."

별 시답잖은 일을 맡긴다 생각했다. 뱀가죽으로 검집을 만들어달라니. 그러나 그가 뒤에 내민 검을 보고 진양무는 할 말을 잊었다.

"이 시간 이후로 이 검에 대해서는 잊어야 할 거요."

맨 나중에 내민 손잡이 없는 비수 두 자루도 엄청난 물건이긴 했지만, 검에 비하면 아무것도 아니었다.

그리고 더한 것은, 검을 재고 돌려줄 때 본 그의 눈이었다.

"잊지 마시오. 노인장은 이 검을 보지 않은 것이오."

진양무는 난생처음, 눈빛을 본 것만으로도 사람이 질식해 죽을 수 있다는 것을 그때 깨달았다.

'후우, 용의 눈을 직접 보면 몸이 굳어 죽는다더니…….'

문득 전무심이 나간 곳을 한없이 바라보고 있는 손자가 보였다.

'전호, 아니, 전무심에게 철심장을 소개한 것이 잘한 일일까?'

2

젖은 머리가 검은 물결이 되어 출렁이더니, 알몸 위로 폭포수처럼 흘러내렸다.

전무심은 검은 가죽으로 만든 머리띠로 머리를 질끈 묶고, 객잔에 들어오며 사온 옷을 꺼내 몸에 걸쳤다.

일순간 보일 듯 말 듯 전신을 뒤덮은 상처와 의부의 숨결이 살아 숨쉬는 아홉 개의 점이 흑의 속으로 사라졌다.

수염조차 깨끗이 깎아버린 그가 흑의를 걸치자, 조금 전까지의 전무심은 더 이상 세상에 존재하지 않았다.

햇볕에 진하게 그을린 얼굴. 전보다 더욱 깊게 가라앉은 눈빛. 굵어진 얼굴선. 과거의 천유옥도 보이지 않았다.

그는 자신의 모습을 한 번 둘러보고는, 마치 예정된 수순을 밟듯이 진양무에게서 받은 보따리를 봇짐에서 꺼내 탁자에 올려놓았다.

보따리를 바라보던 그는 잠시 눈을 감았다 떴다. 검은 동공이 무심한 빛을 발했다.

눈을 뜬 그는 천천히 매듭을 풀기 시작했다.

둘둘 말린 천이 풀리자 붉은 빛이 뿜어지다 곧 사라졌다.

손잡이가 있어야 할 곳에 날이 선, 피를 머금은 듯한 묘한 비수 두 개. 그것을 넣을 수 있는 팔목 보호대. 그리고 보호대와 같은 재질의 검은 혁대 하나가 탁자 위에 펼쳐졌다.

'지옥혈심표……'

핏빛의 지옥혈심표를 바라보는 전무심의 눈가에 잔 떨림이 일었다.

중앙의 둥근 원판이 두 자루의 단심비를 하나로 만들어놓았다.

진양무는 자신이 주문한 이것을 만들기 위해 육 개월을 소모했다고 했다. 그만큼 단순한 물건이 아니라는 말이다.

자신만큼 저 묘하게 생긴 물건을 잘 아는 사람이 누가 있으랴.

심지어 자신의 가슴에 저 단심비를 박은 하은설도 자신만큼은 모를 터였다.

그녀에게는 원판을 떼어내고, 한쪽에 손잡이를 박아 비수 형태로 만든 다음에 선물했었으니까.

'설아……'

잠시 멈추었던 시간이 다시 흐르기 시작했다.

그의 눈빛에 머물렀던 애증은 이미 사그라진 뒤였다.

그는 지옥혈심표를 한쪽으로 치우고 검은 혁대를 들어 허리에 찼다.

딸각.

혁대는 그의 허리에 꼭 맞게 만들어져 있었다.

그는 혁대를 맞물리고는 등짐에서 허름한 가죽띠를 하나 꺼냈다. 그리고 가죽띠에서 뭔가를 꺼내더니 손바닥으로 가볍게 혁대의 앞부분을 쓸었다.

번쩍!

매미날개처럼 얇으면서도 공기를 가를 정도로 탄력있는 뭔가가 가죽 혁대 속에서 빠져나왔다.

두 자 반 정도의 길이, 두 치가 조금 안 되는 넓이. 뾰족한 검첨에 작은 구멍이 하나 뚫려 있는 연검이었다.

매미날개처럼 반투명한 검신에는 핏방울이 흐르다 고인 것 같은 선홍색 문양이 중앙을 가르며 새겨져 있었다.

아무도 모르는, 본 사람은 모두 죽은 그만의 무기, 유리혈루였다.

하은설에게 당하면서도 뽑지 않았었다.

뽑았다면, 그나마 일 푼의 희망도 남지 않았을 것이다. 의부가 아무리 천고의 신법을 지니고 있다 하더라도 말이다.

유리혈루를 가진 자신을 놈들은 지옥 끝까지 쫓아와서라도 죽이려 했을 테니까.

시신을 보기 전까지는, 아니, 유리혈루를 회수하기 전까지는 결코 물러서지 않았을 테니까.

"좋군."

그는 유리혈루(琉璃血淚)를 혁대에 난 틈에 밀어 넣었다. 실처럼 벌어진 가죽 틈 사이로 소리없이 스며들어 가는 유리혈루다.

전무심의 입에서 작은 감탄성이 흘러나왔다.

"정말 잘 만들었군!"

본래의 검집은 눈부신 백색이었다. 하지만 이제는 어둠보다 더 짙은 검은색으로 바뀌었다.

수수한 모습. 비록 화려하지는 않지만, 어쩌면 그래서 더 마음에 들었는지도 모른다.

그는 유리혈루의 검신이 완전히 가죽 속으로 사라지자, 검첨과 검병의 끝을 맞물렸다.

칭!

귀를 기울여야 겨우 들을 수 있을 정도의 작은 소리가 맑게 울렸다.

전무심은 유리혈루를 허리에 두르고는, 탁자에서 가죽으로 만들어진 기다란 팔목보호대를 집어 들고 팔목에 찼다.

그리고 지옥혈심표를 들어 비틀었다.

찰칵!

기음이 들리더니 지옥혈심표가 십자 형태를 이루며 고정이 되었다.

"완벽해. 이백여 년 만에 지옥혈심표가 하늘을 날게 될지 모르겠군."

지옥혈심표(地獄血心鏢).

지옥십관에 잠들면서 잊혀진 이름. 그러나 한때는 천하를 공포로 뒤덮었던 이름이기도 했다.

전무심은 한참 동안 십자 형태가 된 지옥혈심표를 바라보고는 다시 접어 본래의 형태로 만들었다.

팔목보호대에는 비수를 꽂을 수 있는 구멍이 하나 나 있었는데, 지옥혈심표를 꽂기 위한 것이었다.

일순간 지옥혈심표가 완벽하게 팔목보호대 속으로 사라졌다.

전무심은 지옥혈심표 삼킨 보호대를 한 번 쳐다보고는 그 위에 검은 장포를 하나 더 걸쳤다.

그리고 모든 것을 삼켜 버린 장포의 허리띠에 철명이 준 철검을 대충 찔러 넣었다.

그는 철검의 검병 끝을 손가락으로 톡 치며 말했다.

"너를 무정이라고 부르마. 나는 무심(無心), 너는 무정(無情). 이제 가자."

잠시 후.

덜컹! 전무심은 작은 봇짐을 등에 지고 방을 나섰다.

햇살이 부서져 그의 가슴으로 안겨들었다.

떠나기에는 좋은 날씨였다.

3

웅촌에서 곤명으로 가는 길은 두 갈래였다.

남쪽으로 빙 돌아가는 길은 평탄하긴 해도 백 리 정도 더 멀었고, 바로 서쪽으로 산을 넘는 길은 가깝긴 해도 험준하기가 촉도(蜀道)에 비견될 정도였다.

사람들은 그 길을 남촉도(南蜀道)라 불렀다.

그런 만큼 지나다니는 사람들도 그리 많지가 않았다. 한 시진이 넘도록 한 사람도 보지 못한 때가 다반사였다.

전무심이 그토록 험하다는 남촉도에 들어선 것은, 태양이 중천에 떠서 절벽 꼭대기에 매달려 있을 즈음이었다.

그가 곤명에 가려는 데는 두 가지 이유가 있었다.

그곳을 통해야만이 북으로 올라가기가 수월하다는 것과 중원의 소식에 대해 조금이나마 들을 수 있을까 싶었기 때문이다.

'천왕교가 지금도 천왕곡에 그대로 웅크리고 있을까?'

궁금했다.

군악이 사도궁헌을 비롯해 헌원무강과 손을 잡았다면, 결코 천왕곡에 웅크리고 있지만은 않을 것이다. 욕망이 그들의 몸을 그곳에 그대로 붙잡아두지를 않을 테니까 말이다.

한데 이상했다.

생각대로 그들이 움직였다면, 중원은 불붙은 마른 들판처럼 활활 타오르고 있어야 맞았다.

웅촌이 아무리 오지 깡촌이라 하더라도 상인들이 자주 들르는 곳이었다.

그들은 이야기를 몰고 다니는 자들. 무슨 일이 벌어졌다면 절대 전해지지 않을 리가 없었다.

그런데 누구도 천왕교에 대한 말을 꺼내는 자가 없었다.

그렇다면 그들이 아직 나오지 않았다는 말인가?

자신이 잘못 생각했을까? 아니면 더 큰 도약을 위해 기다리고 있는 것일까?

만일 뒤의 이유라면, 얼마가지 않아 폭풍이 불 것이다.

엄청난 혈풍이!

천하는 그들에 대해 얼마나 알고 있을까?

절벽에 난 소로를 걷던 전무심의 입가로 가느다란 고소가 맺혔다. 한편으로 우습기만 하다.

천하가 알면 어떻고, 모르면 또 어떻단 말인가.

친구에게 버림받고, 연인의 비수를 가슴에 꽂은 놈이 무슨…….

"하, 하, 하!"

단절된 웃음소리가 절곡을 타고 메아리친다.

모든 것을 잊고 싶었다.

새로운 삶에 대한 생각도 해봤다.

하지만 그럴 수 없다는 것을 누구보다 자신이 잘 안다.

아직 해야 할 일이 남아 있는 것이다.

전풍백의 아들, 전무심이라는 이름으로서!

장천궁의 제자, 암천혈왕이자 혈사자로서!

그리고 나의 친구들!

폐쇄된 칠관에서 박쥐로 연명하고 있을 녀석들을 꺼내야 한다.

'분명 그 고집쟁이 녀석들은 아직도 나오지 않았을 거야.'

이제 자신에게 남은 것은 네 명의 친구뿐이다. 그들을 데리고 무작정 덤벼들어서 천왕교의 일을 해결한다는 것은 말도 안 되는 일이었다.

'일단 강호의 동향을 파악하는 게 먼저겠지. 그래야 계획도 세울 수 있을 테니까.'

조금 늦어지더라도 때로는 돌아가는 것이 더 빠르고 효과적일 때가 있다. 지금이 그때다.

기회란 찾아왔을 때 잡지 못하면 거꾸로 위기로 변하는 법. 기회를 놓치지 않기 위해선 그만큼 철저한 준비를 해야만 한다.

상대가 천왕교인 이상은 더욱더 그러했다. 그리고 그러기 위해선 운남을 벗어나야 했다.

'강호라……'

웅촌의 객잔을 떠나오기 전, 곤명에서 산 적이 있다는 경험 많은 점소이에게 물었다.

"사천에 갈까 하는데, 어떤 방법이 가장 좋겠소?"

"사천까지는 수천 리 길입니다. 무작정 가다가는 백이면 백, 길을 잃기 십상이지요. 제 생각으로는 곤명으로 가서 사천으로 가는 행상이나 표행에 합류하는 게 제일 나을 것 같습니다."

그러면서 한 곳을 이야기했다.

"만수점(萬獸店)이라는 곳이 유명한데, 그곳으로 가보시지요. 그곳에서 기다리면 무사들이 필요한 사람들이 찾아온다고 합니다. 개중에 사천으로 가는 상인들이 많다고 들었습니다."

제일 가깝다는 사천 땅도 수천 리 길이라고 한다.

북쪽으로 방향을 잡고 경공을 펼쳐 가볼까 하는 생각을 안 해본 것은 아니다. 하지만 그것도 하루 이틀이지, 잘못하면 점소이 말대로 원시림만 헤매다가 몇 달, 아니, 몇 년을 보낼지도 몰랐다.

그러느니 강호에 대한 정보도 얻을 겸, 곤명에서 며칠 기다리며 동행을 찾는 것이 나을 것 같았다.

'길 잃을 것을 걱정해야 하다니……'

문득 그 생각을 하자 한심하다 느껴졌다.

그때다. 하늘을 올려다보며 쓴웃음을 짓던 전무심의 표정이 무심하게 가라앉았다.

어디선가 절벽을 타고 메아리치는 소리가 들려온다. 무기가 부딪치는 소리와 비명 소리가 뒤섞여 있다.

하루에 몇 사람 다니지 않는, 그나마도 물건을 지닌 일반 상인들은 오가지도 않는 길에 산적이 있을 리 만무하다. 그렇다면 무인들끼리의 싸움이라는 말.

'누가 이런 오지에서 싸우고 있는 것일까?'

궁금하기는 했지만 그리 관심이 가지는 않았다. 게다가 남의 일에 끼어들기에는 마음의 여유가 너무도 없었다.

하지만 채 이각도 지나기 전이었다.

그는 발걸음을 멈추고 앞을 바라보며 눈살을 찌푸렸다.

절벽길이 끝나는 지점의 제법 넓은 공터에서 그의 생각대로 한바탕 피 튀기는 격전이 벌어지고 있었던 것이다.

여섯 명의 청의인과 그들을 공격하는 십여 명의 갈의인.

비록 쓰러져 있는 사람은 갈의인이 둘, 청의인이 하나였지만, 싸움은 일방적으로 청의인들이 밀리고 있었다.

한데 바로 그때, 싸움을 바라보며 다시 절벽길을 내려가던 전무심의 눈이 반짝였다.

'저자는?'

청의인들 중 자신에게서 호피를 사간 자가 섞여 있다.

사실 그를 보기 전만 해도 그냥 경공을 펼쳐 넘어갈까? 그런 생각도 해봤다.

호피를 사간 자만 아니었다면 나 몰라라 그냥 지나갔을지도 몰랐다.

그가 이끄는 청의인들이 우세한 싸움이었다면 그랬을지도 몰랐다. 갈의인들이 자신을 발견하고서 살인멸구할 생각만 하지 않았어도, 분명 그랬을 일이었다.

"저놈도 죽여라!"

그런데 한 놈이 절벽길을 따라 내려가는 자신을 보더니 소리를 지르는 것이 아닌가.

동시에 검을 치켜든 채 달려오는 두 명의 갈의인.

전무심의 얼굴에서 망설임이 사라졌다.

'검을 들고 달려드는 자는 적이다. 고로 갈의인은 적이다. 적은 용서치 않는다.'

결정을 따로 내릴 필요도 없었다. 그것은 본능이고 당연한 일이었다.

일순간 누가 잡아당긴 것처럼 그의 몸이 죽 늘어졌다.

단숨에 좁혀지는 오 장의 거리.

달려들던 갈의인의 얼굴에 경악이 스친다. 그제야 뭔가가 잘못 되었다는 것을 느낀 듯하다.

하지만 때늦은 반응이었다.

전무심은 자신을 향해 검을 휘두르는 갈의인을 무심한 눈으로 직시했다.

뒤따라오는 자와는 일 장의 간격.

그는 갈의인이 뻗어오는 검은 쳐다보지도 않고 손을 휘저었다.

갈의인의 검신이 본인의 의지와 상관없이 옆으로 흘러간다.

그 사이를 비집고 전무심의 일수가 뻗어나갔다.

콰직!

너무나 빨랐다.

갈의인의 동공이 커졌을 때는 이미 그의 목이 전무심의 손아귀에 틀어 잡힌 후였다.

횡!

비명조차 지르지 못한 채 갈의인의 몸이 허공을 날았다. 여전히 전무심의 손에 모가지가 잡힌 채.

뒤따라 달려들던 자가 동네 꼬마가 휘두른 작대기에 놀란 개구리처럼 펄쩍 뛰었다.

전무심이 다시 손을 휘둘렀다.

마치 손에 잡힌 갈의인이 무기라도 되는 것마냥.

허공에 떠서 방향을 튼다는 것은 일류고수라 해도 쉬운 일이 아니었다. 그리고 허공에 떠오른 자는 결코 일류고수라 할 수 없는 자였다.

퍽!

물 담긴 돼지 가죽이 터지는 듯한 둔탁한 소리.

허공에 떠올랐던 자가 삼 장 밖으로 튕겨졌다.

두 사람에게 명령을 내렸던 자는 갑작스런 상황에 말을 잊고 전무심을 노려보았다.

전무심의 손아귀에 힘이 들어갔다.

우드득!

"끄어어억."

목뼈가 부러지는 소리. 답답한 신음.

사람의 목뼈를 한 손으로 부러뜨린 채 무표정한 얼굴을 하고 있는 전무심.

싸우던 자들이 손을 멈추고 주춤거리며 물러섰다.

"네놈은 누구냐!"

두 명의 갈의인에게 명령을 내렸던 자가 전무심의 앞을 가로막고 소리쳤다.

목소리가 떨려 나왔다.

그것이 불만인 듯 그가 다시 소리쳤다.

"웬 놈인데 감히 본 문의 행사를 방해하는 것이냐!"

아마도 그는 전무심이 자신이 속한 방파를 알고 있을 거라 생각한 듯했다.

운남과 사천의 무인들 중 자신의 가슴에 새겨진 한 송이의 검은 꽃이 상징하는 문파를 모를 사람이 누가 있겠는가.

흑화령(黑花嶺). 그 공포의 이름을!

그러나 전무심만은 예외였다. 검은 꽃이 한 송이가 아니라 백 송이가 새겨져 있어도, 모르는 것은 모르는 것일 뿐이었다.

"죽고 싶지 않다면 비켜라."

전무심이 나직이 말했다.

어찌나 무심한 목소리인지 흑화령의 칠대주인 모궁인조차 바로 말대꾸를 하지 못했다.

저벅.

그때 전무심이 태연히 걸음을 옮겼다.

산악이 몰려가는 듯한 기세.

막 입을 열려던 모궁인이 자신도 모르게 주춤 한 걸음 물러섰다.

전무심은 멈추지 않고 계속 걸었다.

모궁인은 이를 앙다물고 버티려 했지만, 두 발이 그의 의지를 배반해 버렸다.

걸어가는 사람과 물러서는 사람.

"욱!"

갑자기 다섯 걸음째에서 모궁인이 피를 토하며 허리를 굽혔다.

그제야 전무심이 걸음을 멈췄다. 그의 눈이 멍하니 돌아가는 상황을 주시하고 있는 추영산에게로 향했다.

"안 갈 거요?"

갑작스럽게 던져진 말에 추영산은 정신이 번쩍 들었다.

지금이 아니면 언제 떠난단 말인가.

"모두 이곳을 떠난다. 부상자들을 도와줘라!"

갈의인들은 누구도 그들의 행동을 막지 않았다. 막을 수가 없었다.

자신들을 이끌던 모궁인이 기세 싸움만으로 피를 토했다.

누가 그의 뜻을 막을 수 있단 말인가.

한편, 파르르 몸을 떤 모궁인은 전무심을 쏘아보았다.

마음 같아서는 남은 수하들과 함께 달려들어 찢어 죽이고 싶었다. 감히 흑화령의 대주인 자신에게 이런 치욕을 안기다니!

하지만 그럴 수가 없었다. 그것이 얼마나 어리석은 객기인지 아는 것이다.

자신이 아는 한 상대는 절정의 고수다.

자신을 기세만으로 제압할 고수가 흑화령에 몇이나 있을까?

'다섯, 아니, 셋 정도?'

이제 이십대로 보이는 저놈이 바로 그런 정도의 고수란 말이다. 믿을 수 없지만 현실이 그렇다.

모두 덤비면 몇 초나 버틸 수 있을까?

십 초? 이십 초?

'그러고는 모두 죽겠지?

결국 그가 할 수 있는 일은 하나뿐이었다. 오기 섞인 일갈을 내뱉는 것.

"잊지 말아라! 오늘의 일을 흑화령은 잊지 않을 것이다!"

전무심은 고개를 돌려 모궁인을 바라보았다.

동시에 한 걸음 그를 향해 다가갔다.

단 한 걸음이었다. 그러나 그로 인해 두 사람의 삼 장 거리가 단숨에 좁혀졌다.

다섯 자의 간격. 전무심의 눈과 모궁인의 눈이 마주쳤다.

모궁인은 전무심이 코앞에 있는데도 물러설 수가 없었다. 거미줄에 걸린 파리처럼 팔다리만이 떨렸다.

믿을 수가 없었다. 꿈에도 생각지 못했던 일이 눈앞에서 벌어지고 있었다. 상대가 공격해 오는데 움직일 수가 없다니.

맙소사! 이놈은 생각보다 더 강한 놈이다!

"아, 안……."

픽!

모래주머니를 친 듯한 둔탁한 소음.

전무심의 검이 검집째 모궁인의 목을 후려쳤다.

뻑! 우두둑!

"컥!"

목뼈가 부러지는 소리. 극렬한 고통에 반사적으로 터져 나오는 답답한 신음.

모궁인의 몸이 힘없이 무너진다. 풍랑을 만난 듯이 거세게 떨리던 눈동자가 서서히 뒤로 돌아간다.

털썩!

정적이 맴돌았다.

누구도 입을 열지 못했다. 흑화령의 무인들도, 추영산의 일행도.

전무심은 모궁인의 목뼈를 부러뜨린 것과 아무런 상관이 없는 사람처럼 태연히 몸을 돌리고 걸음을 옮겼다.

그제야 정신을 차린 추영산이 한쪽에 던져 놓은 호피 보따리를 매고 수하들을 재촉했다.

손짓으로. 행여 말을 하면 큰일이라도 나는 것처럼.

추영산이 전무심을 향해 입을 연 것은 일각 이상을 걷고 난 후였다.

"험, 도와줘서 고마웠소."

그는 자신이 전호인 것을 알아보지 못한 듯했다. 하긴 마을 사람들조차, 심지어는 객잔의 점소이마저 알아보지 못했거늘, 한 번 본 그가 완전히 변해 버린 자신을 알아본다는 것 자체가 무리일 수밖에 없었다.

전무심은 여전히 앞만 바라본 채 무심히 입을 열었다.

"나는 내 앞을 막는 자를 치웠을 뿐이오."

"어쨌든 귀공 덕분에 놈들의 마수에서 벗어날 수 있었소이다. 한데… 귀공께선 어디로 가시는 길이시오?"

전무심은 바로 대답을 하지 않았다.

추영산이 다시 물었다.

"혹시 곤명으로 가시는 길이 아니시오?"

전무심이 살짝 고개를 끄덕였다.

그곳이 최종 목적지는 아니었다. 하나 어찌 되었든 그곳으로 가고 있는 것만은 분명했다.

그때 저음의 부드러운 목소리가 들려왔다.

"그럼 저희와 함께 가시지 않겠어요?"

일행 중 유일한 여인인 수경상이었다. 그녀는 전무심의 냉혹한 손속에 두려움을 느끼기는 했지만, 그보다는 그의 얼굴에 더 관심이 갔다.

'사람이 어쩌면 저렇게 멋지게 생겼을 수가 있지?'

잘생겼다기보다는 멋져 보였다.

짙은 눈썹 아래 한없이 깊어 보이는 눈. 각이 뚜렷한 코. 적당히 두툼한 입술. 넓은 어깨는 하늘도 떠받칠 것 같았고, 쭉 빠진 몸매는 여인인 자신보다도 더 아름다워 보였다.

표사 생활을 하면서 남자 따위는 신경도 쓰지 않았던 그녀의 스물여섯 방심이 사정없이 흔들릴 정도였다.

한데 때마침 곤명에 간다고 하지를 않는가!

그녀는 재빨리 대답했다. 최대한 목소리를 깔아서.

대답을 하는 것만으로도 붕 뜬 기분이 드는 그녀였다.

그러나 동시에 들려온 한마디가 그녀의 붕 뜬 몸을 사정없이 땅바닥에 패대기쳤다.

"노처녀가 이제야 정신이 드나 보군. 남자에게 관심을 가지다니."

그녀는 홱 고개를 돌려 옆을 바라보았다. 턱 밑에 커다란 점이 달린 장한이 입술을 삐죽거리는 모습이 보였다.

그녀는 입술을 잘근 깨물고는 가볍게 코웃음 쳤다.

"흥! 지나가는 여인들만 보면 침을 흘리는 조 무사님이나 침 좀 흘리지 마세요."

그러자 키 작은 청년이 그녀의 손을 들어줬다.

"상 누님이야 여자니까 당연히 멋진 남자를 보며 관심을 가질 수밖에 없죠. 사실 조심해야 할 사람은 조 형님이라구요. 형님은 왜 그렇게 치마 두른 여자만 보면 침을 흘리는 겁니까?"

"뭐야? 유강, 너……!"

하지만 그가 뭐라 할 틈도 없이 추영산이 말했다.

"조용히 하게! 은공께서 웃으시겠네. 그리고 솔직히 말해서 공양, 자네가 그러는 걸 우리들 중에 모르는 사람이 누가 있나?"

"대주님!"

얼굴이 붉어진 조공양이 버럭 소리를 질렀다.

여기저기서 킥킥거리는 웃음소리가 새어 나온다.

부상당해 동료들의 어깨에 기댄 자마저도 큭큭거리며 웃는다.

전무심은 이들 일행이 재미있는 사람들이라는 생각이 들었다.

아마도 저러면서 조금 전의 긴장을 털어내고 싶은 마음이었을 것이다.

'어떤 문파에 속해 있는 자들이지?'

지금까지 말하지 않는 걸로 봐서 사정이 있는 듯하다. 고만고만한 실력은 이류에 불과해 보인다. 수장으로 보이는 자만이 그럭저럭 일류고수의 문턱에 이른 정도다.

한데 이 오지까지 무슨 일로 왔을까?

한편으로는 부럽다는 생각이 들었다.

얼마 전만 해도 저런 친구들이 자기 옆에 있었다. 하지만 지금은…….

서늘한 바람이 전무심의 전신을 훑고 지나갔다.

문득 든 생각에 전무심이 추영산을 향해 물었다.

"곤명까지는 얼마나 가야 합니까?"

추영산이 웃음을 지우고 황급히 대답했다.

"아마 사흘이면 도착할 수 있을 거외다."

'사흘이라…….'

길을 모르는 것이 마음에 걸렸었는데, 곤명까지만 가면 거기서부터는 다른 방법이 있을 터였다.

그때 수경상이 머뭇거리며 물었다.

"저… 은공의 이름을 알 수 있을까요?"

멈칫한 전무심이 나직이 자신의 이름을 말했다.

"전무심이라 합니다."

'그래, 이제는 천유옥이 아니다. 나는 전무심일 뿐이야. 모든 일이 끝날 때까지는!'

하루가 지나자 겁을 상실했는지, 길을 가는 도중에도 조공양은 틈만 나면 투덜댔다.

"꼭 상전을 모시고 가는 것 같구려. 이보슈! 수경상이는 왜 쳐다보는 거요? 앞이나 잘 보고 가시구려. 잘못하면 낭떠러지로 떨어지니까."

함께 가는 사람들의 마음이 조마조마할 정도였다.

그런데도 전무심은 별다른 표정 없이 그의 말을 무시한 채 좁은 낭떠러지 길을 태평스럽게 걷기만 했다.

'재미있는 사람이군.'

고작 그 정도가 그의 반응 전부였다.

조공양이 비록 소리는 쳐대지만, 그렇다고 그의 말투에서 별 악의가 느껴지지는 않으니 굳이 맞대응할 필요가 없어 보인 것이다.

대신 키 작은 청년, 유강이 조공양을 닦달했다.

"대체 왜 그래요?"

"왜는! 저 작자가 수경상만 바라보잖아!"

"그러니까, 저분이 상 누님를 바라보니까 기분 나쁘다? 오라! 이제 보니 질투였구만요?"

"질투는 무슨!"

조공양이 벌게진 얼굴로 버럭 소리쳤다.

"얼굴에 다 써 있다고요."

유강이 조공양을 흘겨보며 핀잔을 주다가 무슨 생각을 했는지 눈을 휘둥그렇게 떴다.

"가만? 그럼 형님이 상 누님을 좋아한다는 말이잖아?"

갑자기 앞서가던 수경상이 비틀거렸다.

순간 바로 뒤따라가던 전무심이 보이지 않게 손을 흔들었다.

수경상은 몸을 바로잡고는 뒤를 바라다보았다. 전무심이 깊게 가라앉은 눈으로 바라보고 있었다.

'저 사람이 아니었나?'

확신할 수가 없었다.

그녀가 빤히 전무심을 바라보며 생각에 잠긴 걸 보고 조공양이 빽 소리쳤다.

"뭐 하는 거야! 빨리 가!"

수경상이 그런 조공양을 노려보았다. 순간 조공양의 목이 자라처럼 쏙 들어갔다.

"한 번만 더 엉뚱한 소리하면, 식사할 때 반절만 줄 테니 알아서 해요!"

유강이 재미있다는 듯 빙긋 웃었다.

"상 누님, 조 형님이……."

"너도 마찬가지야!"

부상당한 소진형을 부축한 채, 맨 뒤에 처져 따라가던 강안승이 흐뭇한 표정으로 말했다.

"제발 좀 그래라. 그래야 우리들이 배부르게 먹지."

창백한 안색의 소진형이 킬킬거렸다.

"조 가는 아예 그 반도 주지 말라구."

수경상이 붉어진 얼굴로 홱 신형을 돌렸다.

"좌우간 못 말린다니까."

그때 추영산이 고개를 돌리고는 눈살을 찌푸리며 말했다.

"뭣들 하는가? 아직 갈 길이 먼데 여기서 노닥거릴 시간이
어디 있다고 그러는 거야?"

그 말에 일행이 다시 걸음을 옮기기 시작했다.

수경상의 뒤를 따라가는 전무심의 입꼬리가 보일 듯 말듯
살짝 올라갔다.

오랜만의 기분 좋은 웃음이었다.

낭떠러지 길은 오 리가량 이어지다 끝이 났다.

길이 끝나는 곳에는 제법 넓은 공터가 있었다. 낭떠러지 길
을 지나온 사람들이 쉬어 가는 곳인 듯했다.

그곳에는 바위가 파여 만들어진 작은 못이 있었는데, 계곡
에서 흐르는 물이 넘쳐 생긴 것이었다. 그래선지 그리 깊어 보
이지는 않았다. 물은 어찌나 맑은지 바닥의 모래알마저 하나
하나 셀 수 있을 정도였다.

일행은 봇짐을 내려놓고 호숫가에서 멀지 않은 나무 아래에
자리를 잡았다. 식사를 하기 위해서였다.

봇짐에서 한두 가지씩의 물건을 꺼내놓고 부산을 떠는 사람들. 숙달된 솜씨들이다. 아이들 장난하듯 돌을 쌓고, 마른 나뭇가지를 주워오더니 금방 불을 일으킨다.

그때 문득, 호수의 가장자리를 바라보고 있던 전무심의 눈 깊은 곳에서 이채가 번뜩였다.

수경상이 물을 뜨기 위해 몸을 숙이고 있었다. 그런데 그녀의 오른쪽, 길게 자란 풀들이 눕다시피 쓰러져 있는 곳에 기이한 것이 보인 것이다.

"수 낭자, 잠깐만 기다리시오!"

전무심이 짧게 소리쳤다.

수경상은 물을 뜨려다 말고 고개를 돌렸다.

"왜 그러죠?"

전무심은 아무런 말도 하지 않고 일어서서 수경상에게 다가갔다.

조공양이 벌떡 몸을 일으켜 그 뒤를 쫓았다.

"뭐요? 무슨 일인데 그러는 거요?"

전무심은 아무런 대답도 하지 않고 수경상의 옆으로 다가가 풀섶을 제쳤다.

"어마!"

수경상이 외마디 경악성을 내질렀다.

수달 한 마리가 죽어 있었는데, 죽은 지 얼마 되지 않은 듯했다.

전무심은 물끄러미 수달을 바라보다 호수를 응시했다.

"수달 아냐? 난 또……. 뭐 그런 걸 가지고 호들갑이슈?"

조공양이 못마땅한 어조로 투덜거렸다.

전무심은 들은 척도 하지 않고 호수의 물을 손바닥으로 떠서 입에 집어넣었다.

"퉤!"

그러더니 곧바로 물을 뱉고 고개를 돌려 추영산을 바라보았다.

"흑화령이 이렇게 악착같이 여러분들을 노려야 할 이유가 있습니까?"

뜬금없는 질문이었다. 나무에 기대어 바라보고 있던 추영산이 몸을 일으켜 급히 다가와 물었다.

"무슨 소리요?"

"못에 독이 퍼져 있습니다."

그제야 벼락이라도 맞은 듯 조공양이 펄쩍 뛰었다.

"뭐요? 독?"

"그리 독하지는 않은 독 같습니다. 아니면 물이 워낙 많아서 희석되었든지."

"뭘 보고 독이 들어 있다 생각한 거요?"

추영산의 말에 전무심이 수달을 가리켰다.

"안간힘을 다해 기어나오려다 죽은 모습입니다. 마치 저 물에 자신이 싫어하는 무언가가 있는 것처럼."

사람들이 일제히 수달을 바라보았다.

수달의 몸은 반쯤 물에 걸쳐져 있었는데, 물과 풀섶의 경계가 수달의 발톱에 난장판이 되어 파여 있었다. 악착같이 물 밖으로 나오려하는 수달이 눈에 선하게 보이는 듯했다.

추영산이 물었다.

"정말…… 독이오?"

전무심이 고개를 끄덕였다.

추영산이 나지막이 소리쳤다.

"모두 무기를 점검하고, 경계심을 늦추지 마라. 이곳을 떠난다!"

조공양과 수경상이 재빠르게 움직였다.

한쪽에서 바라만 보고 있던 유강과 강안승도 소진형을 부축하고서 물가로 다가왔다.

"가자!"

조공양은 더 이상 전무심에게 투덜대지 않았다.

그는 몇 번 입을 달싹거리다 한숨을 내쉬고는 입을 다물어 버렸다.

"남자가 말이야, 고맙다는 말 한 번 하는 게 그리 힘들까?"

유강이 지나가듯이 말했다. 그래도 조공양은 유강의 뒤통수를 노려보기만 했을 뿐, 끝까지 입을 열지 않았다.

'힘이 없으면 존심이라도 있어야 남자 아니냐고. 쳇! 내가 고맙다고 하나 봐라.'

이틀이 지나도록 아무 일도 일어나지 않았다.

정말 자신들을 노리는 사람이 있는지 의문이 들 정도였다.

달이 휘영청 밝게 떠 있는 밤, 노숙을 위해 동굴 하나를 찾아들어 건포를 꺼내 먹는데 조공양이 슬며시 입을 열었다.

"그거 말이오…… 별거 아니었던 거 아니오?"

전무심은 별다른 대꾸도 하지 않고 묵묵히 건포만 씹는 데 열중했다.

다른 사람들도 의혹이 깃든 얼굴로 전무심을 쳐다봤다.

그래도 전무심의 표정은 흔들리지 않았다.

믿음이 이틀 만에 불신으로 바뀌었다. 웃기는 일이 아닌가?

하긴 이십 년 가까이 절대라 생각했던 믿음도 한순간에 바뀌는 게 세상이거늘.

전무심이 곤경에 처했다 생각했는지 추영산이 나섰다.

"함부로 말하지 말게. 아직 밝혀진 것은 아무것도 없으니까."

"뭐, 그렇다는 말이죠. 쿵."

그때 수경상이 이상하다는 듯 말했다.

"그런데, 강 무사님은 왜 안 오시죠?"

강안승이 볼일을 본다며 나간 지 이각이 훨씬 넘은 것이다.

"좀 길게 싸나 보지 뭐. 아니면 멀리 가서 싸라고 했더니 아주 멀리 갔던가. 곧 올 거야. 왜, 보고 싶어?"

"조 무사님!"

수경상이 빽 소리쳤다.

동시에 건포를 씹던 전무심이 동작을 멈췄다.

유강이 그 모습을 보고는 넌지시 물었다.

"왜 그러세요?"

전무심은 별다른 대답도 하지 않고 몸을 일으켜 동굴 밖으로 걸어갔다. 추영산이 물었다.

"무슨 일이오?"

"강 무사라는 분, 당한 것 같습니다."

동굴에서 좌로 꺾어져 오십여 장을 가서야 강안승의 모습을 발견할 수 있었다.

갈라진 바위틈에서 일을 보다 당한 듯, 앞으로 꼬꾸라진 그는 바지가 내려진 채였다.

꼬꾸라진 그의 등에는 소전(小箭)이 하나 깊숙이 박혀 있었고, 목은 반쯤 베어져 직각으로 꺾어져 있었다.

그 목을 통해 온몸의 피가 다 빠져나온 것 같았다.

바위의 골을 타고 흘러내린 피가 움푹 파인 곳에 이르러 피 웅덩이를 이루고 있지 않은가.

"강 형!"

유난히 강안승과 친분이 두터웠던 소진형이 비명처럼 소리를 질렀다.

수경상은 입을 막은 채 눈을 크게 떴다.

"맙소사!"

유강은 급히 전무심을 찾았다.

전무심은 보이지 않았다.

"전 소협, 못 봤어요?"

"전 소협? 금방 여기……."

조공양이 황급히 고개를 돌리다 말을 잊었다.

추영산이 입술을 깨물며 말했다.

"일단 강안승의 시신을 수습해라. 전 소협은 주위를 살피러 갔다."

'둘. 별 볼일 없는 자들이지만, 지형지물을 적절히 이용하고 있다. 전형적인 살수들의 움직임.'

전무심은 추영산에게만 말하고 일행에게서 빠져나왔다.

그리고 곧장 숲 속으로 들어와 살인자의 흔적을 찾았다.

흔적은 곳곳에 나 있었다. 비록 그가 아닌, 다른 사람들이라면 하루 종일 찾아도 찾을 수 없는 흔적에 불과했지만.

'대체 흑화령의 살수들이 무엇 때문에 저들을 노리는 걸까?'

쫓는다면 잡을 수 있을 듯했다.

하지만 그들이 끝이 아닐 터. 아마 좀 더 강한 자들이 따라붙을 것이다. 그럼 그만큼 귀찮아질 수밖에 없었다.

전무심은 숲 속을 가라앉은 눈으로 노려보고는 천천히 몸을 돌렸다.

"찾았소?"

돌아온 전무심에게 추영산이 물었다.

"흔적은 찾았습니다만, 이미 도망간 지 한참 된 듯했습니다."

"흑화령, 이놈들이……."

이를 갈며 손을 부르르 떠는 추영산을 향해 전무심이 물었다.

"왜 저들이 당신들을 노리는 겁니까?"

추영산이 흠칫 굳은 눈으로 전무심을 바라보았다. 그러더니 이를 깨물고 고개를 저었다.

"미안하오. 타인에게는 말할 수 없는 임무를 수행 중인지라……."

전무심도 더 이상 묻지 않았다.

비밀이란 감춰져 있을 때 비밀이다. 그것을 알면 그만한 책임을 져야 할지도 몰랐다. 그는 공연한 일에 말려들어 시간을 지체하고 싶은 마음이 추호도 없었다.

전무심이 더 이상 묻지 않자 추영산이 명령을 내렸다.

"진형, 일단 안승의 시신을 묻고 보자."

시신을 가지고 갈 수는 없다. 소진형도 그걸 모르지는 않았다.

"알겠습니다, 대주."

결국 소진형과 조공양이 나서서 강안승의 시신을 근처에 묻었다.

그리고 동굴로 다시 돌아갈 때까지 누구도 입을 열지 않았다.

그렇게 아침이 밝아왔다.

햇살이 얼굴을 비추는 데도 강안승을 오지의 산기슭에 묻은 사람들의 표정은 딱딱하니 굳은 채 펴질 줄을 몰랐다.

차라리 싸우다 죽었으면 덜했을 일이었다. 그것이 무사들의 운명일 수도 있으니까.

하지만 이런 죽음은 누구도 원치 않았다. 이건 개죽음이 아닌가 말이다.

그들은 다시 길을 떠났다. 가슴에 칼을 심은 채.

第三章
뻗으면 죽는다

死星
天血

1

　강맹하게만 보이던 그의 얼굴이 붉게 달아올라 있다. 그 때문인지 주름의 굴곡이 유난히 두드러져 보인다.

　'나이는 속일 수 없는 건가? 천하의 헌원무강이 늙어 보이다니……'

　기둥에 매달린 궁등의 불빛 때문이 아니었다.

　최근 일이 년 사이, 실제로 그는 부쩍 늙어버렸다. 집마원의 모두가 느끼고 있는 바였다. 또한 그 원인을 모르는 자도 없었다.

　"정녕 놈을 견제할 방법이 없단 말이냐?"

　헌원무강의 다그침이 화산의 으르렁거림처럼 깊은 곳에서 흘러나오는데도 등천우는 예전 같은 압박감을 느낄 수 없었다.

'역시 늦었어. 전 같았으면 죽일 생각을 먼저 했을 텐데……'

그래도 겉으로는 아무런 내색도 하지 않고 희망을 담은 한마디를 건넸다.

"방법이 없는 것은 아닙니다, 원주."

"그래? 어디 말해보거라."

"만일 저희 쪽 무사들의 무력이 갑자기 삼 할 이상 증진된다면 어떻겠습니까?"

어이가 없는지 헌원무강은 등천우를 흘겨보며 냉랭히 대꾸했다.

"그게 말처럼 쉽다면 왜 걱정을 하겠느냐?"

그 말이 떨어진 순간이었다. 등천우가 사이한 미소를 지으며 속삭이듯 말했다.

"얼마 전 사천으로 보냈던 감자기가 은밀히 물건 하나를 보냈습니다. 한데 그것이 제법 쓸 만한 것이더군요."

"물건?"

의아해하는 그에게 등천우는 기다렸다는 듯 품속에서 비단보자기에 싸인 작은 합을 하나 꺼내 내밀었다.

"열어보시지요."

헌원무강은 등천우와 합을 번갈아 보고는 천천히 합의 뚜껑을 열었다. 합 안에는 엄지손톱만 한 노란 환단이 세 개 들어있었다.

그가 고개를 들고 설명을 요구하는 눈빛을 보내자 등천우가 말했다.

"속하가 귀독마의에게 분석을 맡겨봤사옵니다. 한데 그의 말로는 일시적으로 공력을 높이는 효과가 상당한 것은 물론, 한 달 정도 꾸준히 복용하면 노력 여하에 따라 이삼십 년의 내력 정도는 어렵지 않게 얻을 수 있을 것 같다고 합니다. 게다가 진통 효과 또한 탁월하다 하니 전투력이 그만큼 상승되지 않겠습니까?"

헌원무강의 눈이 다시 합 안의 환단으로 향했다. 등천우가 갑자기 뜬금없는 물건을 내민 뜻을 간파한 때문이다.

그는 흥분을 가라앉히기 위해 수염을 쓰다듬으며 아무렇지도 않은 듯 말했다.

"흠, 정말 그런 물건이라면 그 가치가 상당할 텐데?"

"아무런 단점이 없다면 당연히 그렇겠지요."

"단점이라… 그게 뭔가?"

"중독성이 강하다는 겁니다. 또한 일 년 이상 장복하면 내장이 상하고, 정신적인 문제가 생길 수 있다고 합니다."

그의 눈빛이 묘하게 빛났다.

"일 년?"

등천우가 소리 죽여 말했다.

"일 년은 결코 짧은 시간이 아니지요."

"그건 그렇지."

"게다가 한 가지 부탁만 들어주면 제법 많은 양을 대줄 수 있다 하니 저희들로서는 환영할 만한 조건이지요."

그 말에 헌원무강의 눈초리가 살짝 치켜 올라갔다.

"부탁?"

"그렇습니다."

"지금 우리의 능력으로 들어줄 수 있는 것이던가?"

"생각 여하에 따라 다릅니다만, 속하의 생각으로는 그리 어렵지 않을 것 같았습니다. 결정은 원주께서 하시지요."

헌원무강이 몸을 등받이에 깊숙이 기댔다.

"말해보게, 무슨 부탁인지."

등천우는 헌원무강이 ·뒤로 몸을 물린 만큼 고개를 앞으로 숙이고는 말했다.

"사천의 무림은 당가와 청성, 아미가 주도하고 있습니다. 신마성이 최근에 와서 칠대마셍이 뭐니 하며 나름 강해졌다 해도, 수백 년 전통의 삼대문파를 모두 상대할 수는 없는 상황입니다."

"그건 그렇지. 전통이란 것이 하루아침에 쌓이는 것은 아니니까."

"해서 그들은 우리가 삼파를 견제해 줬으면 하고 있습니다."

"단지 그뿐인가?"

아무리 백리군악에 의해 손발이 잘렸다 해도 그는 집마원의 원주였다. 한때 천왕의 이름 바로 아래 놓였던 천극마신 헌원무강 말이다.

등천우는 헌원무강의 눈빛이 가늘어지자 가슴을 파고드는

한기에 손끝이 떨렸다.

'늙었어도 호랑이는 호랑이다, 이건가?'

그는 손끝이 떨리는 표를 내지 않기 위해 더욱 목소리를 낮췄다.

"우호를 확고히 한다는 다짐으로 사람을 파견해 주길 바라고 있습니다."

"사람이라… 흐음…….."

"그리 어려운 일은 아니라 생각됩니다. 천왕대전이 사천무림에 관심을 가지고 있느니만큼, 어차피 정파와는 부딪칠 수밖에 없는 상황이 아니겠습니까?"

묵묵히 고개를 끄덕이는 헌원무강의 가늘어진 눈에서 한광이 쏟아졌다.

"문제는 사천의 일을 진행하는 데 있어서 주도권을 누가 쥐느냐에 달려 있겠군."

"바로 그겁니다. 원주께서 그 일만 해주신다면, 나머지 잔일은 속하가 처리하겠습니다."

헌원무강이 허리를 꼿꼿이 세웠다.

"좋아! 그 일은 내가 해결하지. 그 정도 일도 해결 못한다면 어차피 앞으로도 힘들 테니까."

그는 스스로에게 각오를 다지듯 말했다.

애송이에게 이대로 밀려 죽을 수는 없었다. 칼을 물고 죽으면 죽었지, 그런 치욕은 용납할 수가 없었다.

'놈! 나 헌원무강, 아직 끝난 것이 아니다. 두고 봐라. 언제

고 네놈으로 하여금 내 발바닥을 핥게 할 것이다!'

갑자기 흘러나온 강맹한 기세!

등천우의 안색이 창백하니 질렸다. 손끝의 떨림은 더 심해졌다. 그는 신경이 파열될 것 같은 충격을 해소하기 위해 얼마 전부터 추진하고 있던 일을 억지로 꺼내 물었다.

"하옵고…… 섬서의 일은 어떻게 할 생각이신지요? 천왕대전에서 직접 장안에 거점을 마련하려 한다 들었습니다만……."

그의 시도가 먹혔는지 헌원무강이 기세를 누그러뜨렸다.

"흐음, 장안은 본 교의 과거와 밀접한 관계가 있는 곳이지. 아마 상징적인 거점이 필요했기 때문일 것이다."

"그럼 사람을 시켜 최대한 돕도록 하겠습니다."

"그것도 좋겠지. 천왕도 요즈음 불안감을 느끼고 있을 테니 말이야."

그제야 헌원무강에게서 쏟아지던 기세가 완전히 누그러졌다.

"그리고 이번 기회에 놈의 기세를 꺾는다. 무슨 말인지 알겠지?"

"알겠습니다, 원주."

*　　　*　　　*

"그가 미끼를 물었습니다, 주군."

허공에서 울리는 나직한 목소리를 들으며 백리군악은 천천히 눈을 떴다.

"후우우우……."

깊게 숨을 들이쉬고, 천천히 길게 내쉰 백리군악은 앞을 바라보는 그대로 입을 열었다.

"조급한 곰은 작은 먹이에도 혹할 수밖에 없지. 우선은 놔두어라. 좀 더 달아오를 때까지."

"알겠습니다, 주군."

"천왕의 움직임에 신경을 쓰도록. 그는 생각처럼 단순한 자가 아니다."

"그 또한 명심하고 있습니다."

그 말을 끝으로 고요가 내려앉았다.

백리군악은 손가락 하나 까닥하지 않고 고요한 어둠 속을 묵묵히 응시했다.

지난 시간. 짧다면 짧고, 길다면 긴 시간을 움직이지 않고 지냈다.

덕분에 얻은 것이 적지 않았다.

그러나 이제는 그럴 시간이 없다. 시간이…….

'이제 나도 움직여야겠지.'

지켜보는 것만으로 얻을 수 있는 것은 한정되어 있다.

더 큰 것을 얻기 위해선 움직여야만 한다.

그리고 이제는 움직일 때다.

아마 자신이 움직이면 바람이 불기 시작할 것이다.

천하를 휩쓸 진한 피바람이!

그 바람 속에서 얼마나 많은 자가 죽어갈까?

그건 아무도 모른다. 바람을 일으키려는 자신조차도.

하지만 어쩔 수 없다.

하늘이 피바람을 바라고 있는 이상은.

'세상 모두가 나를 욕한다 하더라도… 나는 내 길을 갈 것이다!'

2

일행은 다음날 오후 늦게서야 곤명에 들어섰다. 곤명에 들어가면서도 누구 하나 입을 여는 사람이 없었다.

평소였다면 기쁜 마음에 환호성을 질렀을 것이다. 고생이 끝났다 생각했을 테니까. 그러나 오늘만큼은 아니었다.

오히려 목적지가 가까워질수록 사람들의 표정은 더욱 굳어져 갈 뿐이었다. 가슴속에 매달린 납덩이가 점점 자라기라도 하는 것마냥.

오직 전무심의 표정만이 처음 그대로였다.

전무심은 곤명에 들어서자 아쉬워하는 추영산 일행을 뒤로하고 석양이 지기 전에 웅촌의 점소이에게서 들었던 곳을 찾아갔다.

만수점(萬獸店)이라 불리는 그곳을 찾는 것은 그리 어렵지 않았다. 좌판을 벌인 노인에게 묻자 노인은 전무심의 아래위를 쓰윽 훑어보곤 주름진 손을 들어 한곳을 가리켰다.

"저기로 주욱 가다가 좌측으로 꺾어지면 이 층짜리 건물 한 채 보일 것이네. 그곳이 만수점이야."

그러면서 고맙다는 인사를 하고 돌아서는 전무심을 흘겨보며 혀를 끌끌 찼다.

"쯔쯔쯔, 그 짐승들이 노는 곳에 왜 가누?"

만수점은 곤명에서도 구석진 곳에 위치해 있었다.

삐걱!

문을 열고 들어가자 짙은 주향이 훅 풍겨왔다.

일견하기에는 일반 객점이나 별다를 게 없어 보였다. 하지만 자세히 보면 기이한 점이 하나둘이 아니었다.

앉아서 술을 마시는 사람들은 모두 해야 이십여 명. 그런데 마치 인간 전시장이나 되는 것처럼 모두가 행색이 달랐다. 한족과 백족(白族)은 물론이고, 묘족(苗族)과 이족(彝族)을 비롯해 알 수 없는 종족조차 있었다.

고개를 돌려 전무심을 바라보는 그들의 눈에선 사람을 죽여본 자들만이 지닌 은은한 살기가 흘렀다.

맹수와 같은 살기. 만수점.

'잘 어울리는 이름이군.'

전무심은 그들의 눈길을 받으며 빈 탁자를 골라 자리에 앉았다. 그제야 바라보던 눈길들이 하나둘 거두어졌다.

곧이어 얼굴에 기다란 상처가 있는 바짝 마른 장한이 주전

자와 엽차 잔을 들고 전무심의 탁자에 다가왔다. 만수점의 점소이인 듯했다. 살벌한 인상의 장한이 점소이라는 것, 그것도 다른 객잔과 다른 점 중에 하나였다.

툭, 잔을 내려놓은 장한이 전무심의 요모조모를 뜯어보며 말을 끌었다.

"처음 오신 분인 것 같소만……."

"사천으로 가는 일자리가 있을까 해서 왔소."

"흠, 사천이라……."

그는 힐끔 전무심의 허리를 내려다보더니 고개를 까닥였다.

"무기는 검을 쓰고, 주먹도 좀 쓸 것 같고. 몸을 보니 걸음도 날렵할 것 같은데… 이름이 뭐요?"

"전무심이오."

"전무심이라……."

그는 잠시 생각하는 듯하더니, 생각이 안 나는지 옆을 향해 소리쳐 물었다.

"이봐! 누가 전무심이라는 이름 들어본 사람 없나?"

기다렸다는 듯 대답이 사방에서 들려왔다.

"모르겠는데?"

"그게 어떤 놈인데?"

"자네 불알친구라도 되나? 아님, 구멍동서라도 돼? 왜 찾아?"

"그 자식, 이름 한번 싸늘하구만."

개중에 제대로 된 대답은 하나도 없었다. 그런데도 장한은 만족한 듯이 씩 웃었다.

"병신 새끼들. 그럼 그렇지, 네놈들 썩은 눈깔에 기대를 건이 어르신이 잘못이지."

아마 마음껏 욕할 기회를 얻었기 때문인 듯했다.

그는 속이 시원해졌는지, 보다 편해진 표정으로 전무심에게 말을 건넸다.

"조금 기다려 보시오. 사천으로 가는 상인들이 올지도 모르니까."

"알겠소."

"그리고, 세 냥이오."

뜬금없는 말과 함께 손을 내미는 장한이다. 전무심이 고개를 들자 장한이 말을 덧붙였다.

"소개료외다. 나중에 계약이 성사되면 그때 줘도 되오. 뭐, 물론 선불로 주면 그만큼 이익을 볼 수 있으니 당신도 손해는 아닐 테지만 말이오."

그럴듯한 말이었다.

전무심은 돈을 꺼내기 위해 품속에 손을 넣었다.

바로 그때였다. 이층에서 머리를 단정히 빗은 중년인이 고개를 삐죽 내밀었다.

"가목, 새로운 사람이 왔나? 또 사기 치게?"

그 말에 장한의 기다란 상처가 뱀처럼 꿈틀거렸다.

전무심은 품속에 넣었던 손을 멈추고 이층을 바라보았다. 그러자 장한이 손사래를 치며 말했다.

"신경 쓸 것 없소. 저 사람도 손님일 뿐이니까."

"점소이는 어디 가고 네가 물주전자를 들고 있는 거냐?"

또다시 들려온 소리에 전무심은 그제야 상황을 이해하고 앞에 서 있는 장한을 직시했다.

순간 장한이 이층을 향해 빽 소리쳤다.

"동 선배! 왜 다 된 밥에다 재를 떠는 거요!"

"내가 뭐라고 했는데 지랄인가? 사기 치는 놈은 너지, 내가 아니야."

"에이, 정말. 오랜만에 한 건 물었다 했더니."

전무심은 실소를 금치 못했다.

세 냥이 문제가 아니었다. 희대의 천재인 무정마유 백리군악을 상대하겠다는 자신이 아니던가 말이다. 한데도 사기꾼 하나 감별하지 못하다니, 그저 자신이 우습기만 한 것이다.

"조심하게나. 눈 뜨고 하품하는 데 이빨을 빼갈 놈들이 수두룩하니까."

전무심은 중년인을 향해 고개를 끄덕였다. 그리곤 투덜대며 돌아서는 가목을 불렀다.

"점소이 역할을 하기로 했으면 끝까지 해야 하지 않겠소?"

가목이 천천히 돌아서며 새파란 눈빛을 빛냈다.

하지만 전무심은 끄떡도 하지 않고 품속에서 주머니를 꺼내 세 냥을 쏟아냈다.

"선불이오."

이해할 수 없는 전무심의 태도에 가목의 눈빛이 변했다. 동시에 여기저기 흩어져 있던 낭인무사들이 슬며시 고개를 돌렸다.

가목이 별 희한한 놈 다 본다는 표정으로 말했다.

"지금 나를 놀리는 거요?"

전무심이 무심히 대답했다.

"그러고 싶지도 않고, 그럴 생각도 없소."

"그럼 이 돈은 뭐요?"

"나를 일깨워 준 대가."

"뭐라고?"

"정 그냥 가져가는 게 싫다면, 나에게 이런저런 이야기나 들려주시오."

휙!

가목이 보이지 않을 정도로 빠르게 세 냥의 은자를 거머쥐었다.

그러나 그의 손은 탁자를 벗어나지 못했다. 전무심의 검지와 중지가 은자를 거머쥔 가목의 손등을 누르고 있었던 것이다.

손목까지 탁자에 쑤셔 박힌 것 같은 느낌. 얼굴이 벌겋게 달아오른 가목이 전무심을 쳐다보았다.

"그냥 가져가도 좋다고 하지 않았소?"

"이야기를 들려주겠다면 세 냥을 더 주겠소."

순간이었다. 또다시 만수점 내부가 시끌벅적해졌다.

"이봐! 내가 이야기해 주지. 뭐 듣고 싶나?"

"여자 이야기라면 내가 끝내준다네!"

"지미, 기껏해야 입구에서 허우적거리다 물러나는 놈이 무슨."

"뭐야! 네가 봤냐? 봤어?"

"나는 두 냥이면 되네! 어떤가?"

세 냥 줄 테니 옆에 있는 사람 목을 따오라면 당장 그렇게 할 것 같은 분위기였다.

그러나 전무심은 여전히 가목만 바라보았다.

"당신이 누구를 사기 쳤던 이야기도 좋고, 이곳에 있는 사람들에 대한 것도 좋소. 중원에 대한 것도 좋고, 유명한 사람들에 대한 것도 좋소. 어떻소?"

가목은 어이가 없는지 멍하니 전무심을 바라보고는 천천히 고개를 끄덕였다.

"일단 이 손부터……."

전무심은 가목의 손등에서 손가락을 거두어들였다.

그런데도 가목은 탁자에서 바로 손을 떼지 않았다. 아니, 떼지 못했다. 아직도 손등에 가해졌던 충격의 여파가 가시지 않아 바로 떼면 손이 떨릴 것 같았다.

'씨발! 남들이 알면 겨우 세 냥을 집으면서 손을 떠는 것처럼 보일 거 아냐?'

그럴 수는 없었다. 나중에 놀림을 당하느니 차라리 세 냥을 포기하는 편이 나았다.

한데 그 생각을 하자 더 좋은 생각이 떠올랐다.

가목은 즉시 손을 펴고 손바닥을 위로 향했다. 탁자에 딱 붙인 채.

"그럼 나머지 세 냥을 먼저 주시오. 그럼 당신이 원하는 이야기를 들려주겠소."

전무심은 아무 말 없이 세 냥을 더 건네주었다.

그제야 가목이 자리에 앉았다.

"이봐! 말대가리! 여기 술!"

그는 진짜 점소이를 큰소리로 부르고는 진짜 말처럼 얼굴이 긴 점소이가 술을 가져오자 이야기를 시작했다.

"저기 눈알 빨간 놈 보이시오? 저놈은 남만에서 살다 온 놈인데, 뱀을 잘못 먹어서 눈알이 저렇게 빨갛게 되었다고 하오. 모르는 사람은 저놈 눈알만 보고도 기가 죽곤 한다오. 그리고 저쪽에 앉아서 죽창 술만 퍼먹는 놈은······."

처음에는 만수점에 아래층에 자리 잡고 있는 낭인들에 대한 것부터 시작했다.

"도귀(屠鬼)라고, 원래 백정이었던 놈이오. 어제 일 갔다 돌아왔는데 사람을 셋이나 죽였다고 하더구려. 하나만 죽여도 하루 종일 술만 퍼먹는 놈인데, 셋이나 죽였으니 돈 다 떨어질 때까지 술병을 붙잡고 살 거외다."

그러더니 어느 정도 시간이 지나자 이층으로 대상을 옮겨갔다.

"아까 그 겉만 번지르르한 양반은 동자고라고, 자기 말로는 점창파에서 검을 배웠다고 하는데······."

"가목, 숨 쉬기 싫으냐?"

점창파의 이름이 나오자 이층에서 즉시 반발이 날아왔다. 뒤늦게 자신의 실수를 깨달은 가목이 즉시 말머리를 돌렸다.

"이곳에서는 보기 드물게 사람다운 양반이지요. 험."

그러고는 힐끔 이층을 바라보았다.

전무심도 가목의 눈길을 따라 이층에 앉아 있는 동자고를 살펴보았다.

'점창파라면 구대문파 중의 하나인 곳이 아닌가? 그런데 왜 과민 반응을 보이는 거지? 뭔가 숨겨야 할 것이라도 있는 건가?'

그거야 어쨌든 그가 상관할 바가 아니었다.

가목의 이야기는 한 시진 이상이 지나도 끝날 줄을 몰랐다.

한 잔 한 잔 마신 술이 벌써 세 병이 넘어가고 있었다. 그사이 전무심도 넉 잔을 마셨다.

음미하듯 첫 잔을 마실 때는 눈빛이 잘게 떨렸지만, 두 번째 잔을 목구멍에 털어 넣을 때는 아무런 표정을 보이지 않았다.

그렇게 두 시진이 지나고, 술에 취한 사람들이 하나둘 탁자에 코를 처박을 즈음, 전무심은 열 잔째 술잔을 목구멍에 털어 넣고 가목을 응시했다.

마침내 가목이 중원무림에 대한 이야기를 하기 시작한 것이다.

"한 번 갔다 죽을 뻔한 이후로는 중원으로 가는 일은 잘 안 하고 있소. 그곳은 너무 강한 놈들이 많거든. 뭐, 이곳 무인이라고 해서 다 약한 것은 아니지만, 중원에는 그저 조금 강한 정도가 아니라 손 한 번 나누기 힘들 정도로 강한 놈들이 구더기처럼 구물구물하오. 그중에서도……"

가목이 이야기를 멈춘 것은 막 해시에 접어들 무렵이었다. 그는 이야기를 멈추고 물끄러미 전무심을 바라보더니 이상하다는 듯 고개를 기울였다.

"멀쩡하군."

그러면서 얼굴의 상처를 쓸어내렸다. 아마도 중원에 들어갔다 얻은 상처인 듯했다.

전무심은 가목이 한 말의 의미를 알고 있었다. 그는 자신이 왜 나가떨어지지 않았는지 그게 의문인 듯했다.

전무심은 찰랑거리는 술잔을 바라보며 음울한 목소리로 입을 열었다.

"이보다 백배는 더 지독한 독을 탄 술을 마셔본 적이 있소. 그것도 두 가지나."

탁!

전무심이 술잔을 탁자에 내려쳤다. 순간 술잔 속에 가득 차 있던 술이 덩어리진 채 허공으로 떠올랐다.

가목의 눈이 커질 때다. 술덩어리가 방향을 꺾더니 전무심의 입 안으로 빨려 들어갔다.

음미하듯 입 안의 술을 천천히 삼킨 전무심이 반쯤 뜬 눈으로 가목을 응시했다.

"그대는 스스로 기회를 차버리는군."

고저가 없는 목소리였다.

가목은 고양이 앞의 쥐처럼 말이 나오지 않았다.

눈도 뗄 수가 없었다.

그는 자신도 모르게 몸이 떨리는 데도 느끼지 못했다.

영혼이 빨려 들어가는 듯한 기분!

"그, 그게……."

가목이 심하게 떨며 움직이지 못하자 그때까지 취한 듯 엎드려 있던 자들이 하나둘 고개를 들었다.

"가목, 왜 그래?"

바로 옆 탁자에 있던 두 사람이 건들거리며 일어섰다. 백족으로 보이는 자들이었다.

그들은 슬그머니 탁자 옆에 놓아두었던 박도를 잡고 전무심의 뒤쪽으로 다가갔다.

그때 이층에서 동자고가 후루룩, 떨어져 내리며 소리쳤다.

"멈춰!"

하지만 조금 늦은 면이 있었다.

그가 어떻게 하기도 전이었다. 뒤로 다가간 두 놈 중 하나가 손에 든 박도를 휘둘러 전무심의 왼쪽 어깨를 내려쳤다.

찰나였다.

전무심의 좌수가 들리더니, 엄지와 검지가 마치 눈이 달리기라도 한 것마냥 박도의 끝을 거머쥐었다.

항거할 틈도 없었다.

전무심이 두 손가락에 잡힌 박도의 끝을 확 앞으로 잡아당겼다.

"어어?"

갑자기 중심을 잃고 딸려오는 백족장한의 팔이 어깨 앞으로 나온 순간, 전무심은 우수로 백족장한의 팔목을 마른 나뭇가지 부러뜨리듯 가볍게 분질렀다.

뚝!

허망하게 부러진 팔목이 직각으로 꺾이며 비명이 터져 나왔다.

"아악!"

동시에 박도를 쥐고 있던 전무심의 좌수가 앞으로 뿌려졌다.

패애앵!

백족장한의 손을 벗어난 박도가 빠르게 돌며 앞으로 쏘아졌다. 어찌나 빠르게 도는지 마치 쟁반이 날아가는 듯했다.

쟁반처럼 날아간 박도는 가목의 귀를 반쯤 자르고 날아가더니, 굉음과 함께 주방 앞의 기둥에 손잡이만 남기고 박혀들었다.

쾅!

주방 앞에서 돌아가는 상황을 흥미진진하게 구경하던 말대가리가 코앞에 박힌 박도를 보고 파르르 몸을 떨었다.

모든 것이 눈 한 번 깜박이기도 전에 벌어진 일이었다.

동자고가 바닥에 발을 딛었을 때는 모든 상황이 끝나 있었다.

뒤늦게 전무심을 공격하려던 또 다른 백족장한은 머리 위에 쳐든 박도를 내리지도 못하고 굳어버렸다.

"내리지 않으면 목이 부러져도 책임질 수 없소."

전무심의 무심한 목소리가 들리자 그는 조심스럽게 박도를 내리며 뒤로 물러섰다.

그제야 전무심은 팔목이 부러진 백족장한을 한쪽으로 던져버렸다.

와장창!

탁자를 부수며 나가떨어진 그가 비명을 억누르며 꿈틀거렸다.

하지만 전무심은 마치 아무 일도 없었다는 듯 가목을 향해 말했다.

"이야기를 계속해."

그리고 주방의 말대가리를 바라보았다.

"술도 더 가져오고. 약 안 탄 걸로."

결국 가목은 자시의 종소리가 울릴 때까지 머릿속 귀퉁이에 처박혔던 이야기까지 모조리 끄집어내야만 했다.

그날 가목은 처음 알았다. 자신의 기억력이 생각보다 엄청나게 뛰어나다는 걸. 아니라면 십 년 전 우연히 지나쳤던 객점의 이름을 어떻게 떠올렸을까.

"성도를 둘러서 민강이 흐르는데, 그 강가의 객잔 중 금사객잔이 제일이라고……."

뎅! 뎅!

자시를 알리는 종소리가 멀리서 들려왔다.

전무심은 그제야 자리를 털고 일어섰다.

"수고했소. 돈이 필요하면 내일도 이야기를 해주시오."

창백하게 질려 있던 가목의 눈이 툭 튀어나올 것처럼 커졌다.

'미쳤냐!'

그러든 말든 전무심은 점소이를 불렀다.

"말대가리, 방 하나 주게."

다음날 아침이었다.

운기행공을 마치고 호흡을 가다듬는데 누군가가 전무심의 방으로 찾아왔다.

"나 동자고네. 들어가도 되겠나?"

동자고라면 점창의 검을 배웠다는 자였다.

자신이 느낀 바대로라면 능히 일류고수라 불릴 수 있는 실력을 지닌 자다.

한데 혼자가 아니다. 그보다 더 강한 자가 동행하고 있다.

'왜 이른 아침에 날 찾아온 거지?'

어쨌든 만나보면 알 일. 전무심은 마저 호흡을 정리하고 입을 열었다.

"들어오시오."

허락이 떨어짐과 동시 동자고가 한 사람을 대동한 채 방 안으로 들어왔다.

그는 전무심의 눈이 뒤를 향하자 슬쩍 고갯짓으로 뒤를 가리키더니 입가에 웃음마저 띤 채 입을 열었다.

"이곳, 만수점의 주인이신 손 대인이시네."

손 대인이라는 자는 언뜻 보면 사십 줄로 보이고, 자세히 보면 쉰이 넘은 듯도 보였다. 실제로는 육십이 넘은 자였지만.

'저자가 청부낭인들의 대부라는 손 대인?'

그는 매우 특이해 보였다.

우선 가로세로가 분간이 가지 않을 정도로 뚱뚱했다. 전무심조차 도저히 무심한 눈빛으로 바라볼 수 없을 정도로.

'정말 뚱뚱하군.'

하지만 몸과 정반대로, 실처럼 가느다란 눈에서 뻗치는 눈빛만큼은 누구보다도 맑고 투명했다.

"손호방이라 하네. 강호의 친구들은 상호(象狐)라고 부른다네."

'코끼리 몸에 여우 머리라는 말인가?'

생각해 보니 잘 어울리는 별호였다. 만수점을 운영하는 자가 멍청한 자는 아닐 테니까.

"전무심이오."

"어제 잠시 자리를 비운 사이에 일이 있었다고 들었네. 정말 미안하구면."

그리고 목소리도 어린아이처럼 미성이었다.

하지만 그 셋을 합친 것보다도 전무심을 더 놀라게 한 것은, 그가 턱살이 세 겹인 것과 상관없이 절정의 고수라는 것이었다.

전무심은 가라앉은 눈으로 그를 바라보며 담담한 목소리로 입을 열었다.

"이미 지나간 일입니다."

"이런 말 하기는 미안하네만, 모두 일곱 냥이네. 탁자 하나에다, 의자가 두 개 부서졌거든. 기둥도 구멍이 났고 말이야."

한마디로 파손된 기물 값이 일곱 냥이란 말이었다.

"뭐, 잘못은 그 친구들이 했으니 치료비는 받지 않을 생각이네."

그걸 다행으로 생각해야 하나?

어이없는 말에 전무심이 눈을 좁혔다.

그러자 손호방이 너무나 가늘어 잘 보이지도 않는 눈으로 눈웃음을 지으며 말했다.

"농담이네, 농담. 킬킬킬킬, 얼음장처럼 싸늘한 사람이라더니 꼭 그렇지만은 않은 것 같군."

동자고가 피식, 어색하게 웃으며 툴툴거렸다.

"원래 손 대인은 농담을 즐긴다네. 이해하게나. 어제의 일을 말했더니 직접 보고 싶다 하셔서 모시고 왔네. 이런 농담이나 할 줄 알았으면 말을 하지 않는 건데 말이야."

전무심은 그 말을 듣고서야 눈에서 힘을 뺐다.

"다행이군요. 하마터면 아침부터 피를 볼 뻔했습니다."

순간 손 대인이 실실거리다 말고 멀뚱히 전무심을 바라보았다.

그러자 동자고가 웃음을 겨우 참고 벌게진 얼굴로 물었다.

"사천으로 가려 한다 들었네만?"

"그렇습니다."

손호방이 자신의 실책을 만회하려는 듯 헛기침을 연발하며 나섰다.

"험, 험, 마침 좋은 일거리가 들어왔네. 동가에게 들으니 솜씨도 그 정도면 될 것 같은데. 어떤가? 원한다면 바로 일거리를 맡겨볼 생각인데."

생각보다 빨리 일거리가 들어온 것 같았다. 전무심으로서도 환영할 일이었다.

"빠르면 빠를수록 좋지요."

"그래? 확실히 화끈한 친구군. 가세, 가서 사람들을 만나보고 판단해 보게."

언제 그랬냐는 듯 손호방의 입가에 다시 장난기 어린 웃음이 맺혔다.

아이처럼 맑은 웃음. 전무심은 손호방이 괜찮은 사람 같다는 생각이 들었다. 만수점이라는 요지경의 청부낭인업을 하면서 저런 맑은 웃음을 유지할 수 있다니…….

그러나 또한 그렇기에 완전히 믿지는 않았다.

객방에서 내려가던 전무심은 한쪽에 앉아 있는 사람들을 보고 눈을 빛냈다.

그도 아는 사람들이었다. 추영산과 일행. 바로 그들이었다.

한데 호피 보따리가 보이지 않는다.

'저들이 왜 이곳에? 혹시……?'

계단을 다 내려갔을 때였다. 수경상이 제일 먼저 그를 알아보고 깜짝 놀라 벌떡 일어섰다.

"전 공자님!"

뒤늦게 추영산을 비롯한 나머지 사람들도 놀란 눈으로 전무심을 바라보았다.

"아는 사인가?"

손호방이 의외라는 표정으로 물었다.

"이곳에 오던 중에 만난 사람들입니다. 그런데… 혹시 저 사람들입니까?"

"그렇다네. 이거 생각보다 이야기가 빨리 끝날 것 같군."

손호방은 흥겨운 듯 들뜬 어린아이 같은 목소리로 추영산에게 말했다.

"이 사람이네. 어떤가? 무공도 일류고수에다가 자네들이 믿을 수 있을 만한 사람, 자네들이 원하는 사람에 딱이잖은가?"

'일류? 웃기는 소리. 그는 절정이야, 이 양반아!'

추영산은 대소를 터뜨리고 싶은 것을 가까스로 참고 고개를 끄덕였다. 아마 강안승의 죽음으로 인해 가라앉은 기분만 아니었다면 참지 않았을지도 몰랐다.

"흠, 그러면 우리도 만족합니다."

"하하하. 다행이군, 마음에 든다니. 한데 어째 내가 손해 본 느낌이군. 좌우간 한 번 뱉었으니 어쩔 수 없지. 대가는 이백 냥일세."

전무심은 무슨 말인지 몰라 손호방을 바라보았다.

그의 마음을 알았는지 손호방이 빙그레 웃으며 말했다.

"자네가 팔십 냥, 우리가 이십 냥일세. 왜? 마음에 들지 않나?"

'그런데 왜 이백 냥이지?'

그때 동자고가 입을 열었다.

"결국 일행이 되었군."

그제야 계산이 맞아 들어갔다.

동자고도 사천행에 합류하기로 한 듯했다.

전무심은 어렴풋이나마 낭인들이 이곳에서 거래하는 방식을 조금은 이해할 수 있을 것 같았다. 주인이 이 할, 당사자가 팔 할. 그리 나쁘지 않은 조건인 듯했다.

"아니오. 그 정도면 됐소."

전무심이 승낙하자 추영산도 품속에서 돈을 꺼내 내밀었다.

"여기 있소, 이백 냥."

돈을 집어 든 손호방이 여전히 찝찝한 표정으로 고개를 모로 꼬았다.

"이거…… 아무래도 엄청난 손해를 본 느낌이야. 젠장, 나도 이제 늙었나?"

반면에 추영산은 품속의 주머니를 생각하고 내심 만족했다.

'도저히 안 되겠어서 호피를 오백 냥에 팔았는데, 삼백 냥은 거저 남았군.'

그가 등에 호피 보따리를 매지 않은 이유였다.

"우리는 비룡표국의 표사들이오."

추영산이 도저히 못 참겠는지, 아니면 이제는 말해줘도 되겠다 생각했는지 만수점을 나서자 걸어가며 자신들의 정체를 밝혔다.

'표사?'

전무심도 표사에 대해 들은 적이 있었다. 물건을 배달하거나 사람을 호위한다는 표국의 사람들이라 했었다. 한데 그들이 왜 그렇게 비밀스럽게 행동을 했을까?

여전히 의문은 가시지 않았다.

동자고는 이미 알고 있는지 아무런 반응도 보이지 않았다.

"그동안 말해주지 못해서 미안하오. 곤명에 도착할 때까지 절대 입을 다물라는 엄명이 있어서 어쩔 수 없었소."

그거야 아무런 상관이 없었다. 문제는 왜 그래야만 하는가, 하는 것일 뿐. 이제 일행이 된 이상 그것만큼은 알아야 했다.

추영산이 그에 대해 입을 연 것은 한참이 지나서였다. 중앙 대로를 지나자 그가 한곳을 가리켰다.

저만치 대리석 건물이 빼곡히 들어선 백색 장원이 보였다. 중앙에 거대한 삼층 전각이 위용을 자랑하며 서 있는 장원이었다.

"우리는 일단 저곳에 들러 한 가지 물건을 주고, 또 다른 한 가지 물건을 받아서 성도로 돌아갈 것이오."

전무심은 그 말로 어느 정도 상황을 짐작했다.

중요한 것은 저곳에 들어가 받을 물건임이 분명했다. 그리고 자신들의 임무는 그 물건을 호위하는 것일 터였다.

대체 어떤 물건인데, 표사들로도 모자라 일류고수 두 명을 채용하려 했던 것일까?

전무심의 눈이 전면을 향했다.

곤명제일세(昆明第一勢) 백은궁(白銀宮).

용사비등한 필체로 쓰인 여덟 개의 글자가 커다란 정문 위의 현판에 박힌 채 햇빛을 받아 번쩍이고 있었다.

다섯 사람은 안내인을 따라 안으로 들어갔다.

미로처럼 뻗은 장원의 구조는 중원의 장원과 완전히 달랐다.

넓지 않은 정원이 건물과 건물 사이사이에 오밀조밀하게 만들어져 있었고, 안쪽으로 들어가는 길은 좁으면서도 매우 복잡했다. 자칫 처음 들어간 사람은 길을 잃지 않을까 우려가 될 정도였다.

아마도 평지가 넓지 않은 지역의 특성 때문인 듯했다.

그래도 주인이 있을 법한 건물을 알아보는 것은 그리 어렵지 않았다.

십여 채의 건물을 돌아가자 화려한 지붕을 얹은 커다란 삼층짜리 전각이 위용을 드러낸 것이다.

밖에서 보았던 바로 그 건물이었다.

전각의 입구에는 옆구리에 휘어진 칼을 매단 얇은 입술의 삼십대 장한과 얼음장처럼 차가운 눈빛을 흘리며 팔을 늘어뜨리고 있는 이십대 중반의 여인, 두 사람이 서 있었다.

두 사람 다 백족(白族)인 듯했는데, 백족치고는 상당히 큰 키였다.

그들을 보더니 안내인이 걸음을 멈췄다.

안내인이 두 사람을 향해 깊숙이 허리를 숙이자, 얇은 입술의 삼십대 초반의 장한이 무표정한 얼굴로 입을 열었다.

"수고했다. 그만 가보도록."

칼날처럼 얇은 입술에서 흘러나온 목소리는 듣는 이를 절로 긴장시킬 정도로 날카로웠다.

그는 안내인이 밖으로 몸을 돌리자 전무심 일행을 바라보았다.

추영산이 나서서 그에게 물었다.

"비룡표국의 추영산이오. 단 대인께선 어디 계시오?"

"안에서 기다리고 계시오. 따라오시오."

딱딱 끊어지는 말투. 아무리 들어도 정들 것 같지 않은 목소리로 말을 맺는 그는 할 말을 다 했다는 듯 몸을 돌렸다.

전무심은 맨 뒤에서 무심한 눈으로 두 사람을 살펴보았다.

'제법이군.'

내재된 기운이 상당한 두 사람이다.

낮게 가라앉은 눈빛. 절제된 움직임. 언제라도 무기를 뽑을 수 있는 자연스런 자세. 결코 어설픈 얼치기 무사들이 아니다.

의외였다.

자신이 비록 중원 무인들의 무위를 자세히 알지 못한다 하지만, 눈앞의 두 사람이라면 충분히 일류고수 소리를 들을 수 있지 않을까 싶었다.

장원의 주인이 누구기에 저런 자를 부리는 것일까?

전무심은 궁금해하면서 앞서가는 사람들을 따라 안으로 들어갔다.

입구를 막 지나갈 때다. 반쯤 몸을 돌리고 있던 차가운 표정의 여인이 이채를 띠고 전무심을 응시했다.

눈이 얼음처럼 차갑게 느껴져서 그렇지, 그녀는 누구나 다시 보고 싶을 정도의 미녀였다.

하지만 전무심은 별다른 반응을 보이지 않고 그녀를 스쳐지나갔다.

여인의 입가가 살짝 씰룩였다.

"오랜만에 보는 좋은 몸이군."

건물의 안쪽도 밖처럼 단순한 구조가 아니었다.

외양만큼이나 화려하게 치장된 세 개의 방을 지나서야 주인이 있다는 커다란 방에 들어갈 수가 있었다.

일행이 들어가자 커다란 의자에 몸을 묻고 있던 초로인이 몸을 일으켰다.

화려한 의복을 뽐내기라도 하려는 듯 그는 양팔을 벌이며 일행을 맞이했다.

"먼 길을 오시느라 수고들 하셨네."

운남의 사투리가 거의 섞이지 않은 말투였다.

추영산이 포권을 취하며 마주 인사를 했다.

"비룡표국 남부총로 구대주 추영산이라 합니다. 단호민 대인께 화물을 전달하기 위해 왔습니다."

"내가 바로 단호민이네."

이미 짐작하고 있던 터였다.

추영산은 품속에서 손바닥만 한 자그마한 함을 하나 꺼냈다.

"이것이 단 대인께 보내진 물건입니다. 봉인이 제대로 붙어 있는지, 물건에 하자가 없는지 확인해 보시기 바랍니다."

일행을 안내해 왔던 장한이 추영산에게 다가오더니 손을 내밀었다.

추영산은 단호민을 바라보았다.

단호민이 고개를 끄덕인다. 건네도 좋다는 뜻.

추영산이 장한에게 함을 건네자, 장한은 먼지 하나 묻은 것까지 꼼꼼히 살펴보고는, 이상이 없다는 확신이 들고서야 단호민에게 함을 건넸다.

마지막으로 함을 건네받은 단호민의 얼굴이 살짝 달아올랐다.

흥분을 억누른 표정. 생각보다 중요한 물건인 듯했다.

"흐음······."

그는 열기가 담긴 눈으로 함을 바라보고는 천천히 고개를 들었다.

"정말 수고했네. 잠시만 기다리게나."

그러더니 조심스럽게 함을 들고 안으로 들어갔다. 그리고 일각 정도가 지나자 작은 함 하나를 들고 나왔다.

그가 받은 함과 거의 같은 크기의 작은 함이었다.

단호민은 안에서 들고 나온 함을 추영산에게 내밀며 말했다.

"이걸 국주께 갖다 주게나."

함을 받은 추영산의 눈이 굳어졌다.

마침내 문제의 물건이 손에 들어왔다.

그리 크지 않은 함이다.

뭘까? 이 속에 든 것이 뭔데 흑화령의 자객들이 자신들을 노렸던 것일까.

그때 단호민이 중얼거리며 혼잣말처럼 말을 이었다.

"덕분에 오랜 숙원을 이루게 되었는데 무얼 못해줄까?"

조금은 묘한 말이었다. 또한 함 안에 든 것이 예사 물건이 아니라는 말처럼도 들렸다.

궁금함을 참지 못한 추영산이 물었다.

"이 안에 든 것이 무엇인지 알 수 있겠습니까?"

단호민이 사람 좋은 웃음을 지으며 고개를 저었다.

"자네 국주가 말하지 않았다면 그만한 이유가 있을 것이 아니겠는가? 미안하네."

추영산이 포기하지 않고 다시 입을 열었다.

"오는 도중에 흑화령의 공격을 받았습니다. 가는 길이라 해서 공격이 없을 거라고는 생각지 않습니다. 해서 알고자 하는 것입니다. 뭘 알아야 대처를 할 것 아니겠습니까?"

단호민의 얼굴에서 웃음이 사라졌다.

"흑화령이 자네들을 공격했다고?"

"이미 저희 동료 한 사람이 그들로 보이는 자들에게 죽었습니다. 게다가 저희가 지나가는 곳에 독이 살포된 적도 있었지요. 그리고 국주께선 혹시라도 무슨 일이 생기면 곤명에서 사람을 더 구하라 하셨습니다. 단순한 물건이라면 그런 명령을 내렸을 리가 없지 않겠습니까?"

'어쩌면 돌아갈 때도 놈들이 노릴지 모른다.'

그것이 추영산 등이 내린 결론이었다.

왜 미리 건드렸을까 하는 점이 의문이긴 했다.

경각심을 가지게 해봐야 뭐 좋을 거라고. 결국 자신들의 존재만 드러내는 꼴이 아닌가 말이다.

하나 어쨌든 그것은 그들 사정이었다. 중요한 점은 노리는 자가 있다는 것이었다.

말을 마친 추영산은 굳은 표정으로 단호민을 바라보았다.

하지만 단호민은 단호한 말투로 추영산의 요구를 거절했다.

"그래도 알려줄 수는 없네."

그러고는 심각한 표정으로 눈살을 찌푸렸다.

"음… 어쨌건 몇 사람을 자네들과 함께 보낼 생각이었는데, 상황이 그렇다면 아무래도 사람을 바꿔야 할 것 같군."

말을 마친 단호민의 눈이 삼십대의 장한과 차가운 표정의 여인을 향했다.

"아무래도 예상보다 이 물건을 노리는 사람들이 더 많은 것 같구나. 너희들이 이 사람들과 함께 성도에 다녀오너라."

두 사람의 표정이 일시에 굳어졌다.

하지만 거부할 수 없음을 알았는지 곧 고개를 숙이며 대답했다.

"명에 따르겠습니다."

추영산은 의외라는 표정으로 단호민을 바라보았다.

하는 행동으로 봐서 두 사람은 단호민의 최측근과도 같이 보였다. 한데 그런 두 사람을 가는 데만도 한 달 가까이 걸리는 여행길에 동참시킨다는 말이 아닌가.

"믿어도 되는 사람들이네. 아마 어설픈 무사 몇 명보다는 훨씬 나을 거야. 어디에 내놔도 부끄럽지 않은 실력이니까."

그건 틀린 말이 아니었다.

느낌만으로도 두 사람은 자신보다 강해 보인다.

'어쩌면 월등히 강할지도……'

더구나 이들은 단호민의 사람들. 어떻게 생각하면 임시 표사인 전무심과 동자고보다 훨씬 믿을 수 있는 자들이었다.

어찌 따져도 자신으로선 손해 볼 일이 없었다.

더구나 자신들에게는 비록 임시 표사지만 누구보다 강한 전무심이 있지 않은가.

그런데도 추영산은 왠지 불안한 마음이 가라앉지 않았다.

측근인 두 사람을 함께 보낸다는 것은 그만큼 작은 함에 든 물건이 중요하다는 뜻과도 같았다.

하지만 단호민이 입을 열지 않는 이상 자신으로서는 다른 방법이 없었다.

추영산은 하는 수 없이 함을 품속에 집어넣고 고개를 숙였다.

"그리해 주신다니 감사합니다. 비룡표국의 추영산, 최선을 다해서 표물을 전하도록 하겠습니다."

전무심은 고개를 숙이는 추영산을 바라보고는 조용히 눈길을 돌렸다.

함에 든 물건이 무엇인지 알아내지는 못했지만, 어쨌든 중요한 물건이라는 것만은 분명해졌다. 그걸 노리는 살수가 동원될 정도로.

'귀찮은 일이 벌어질지 모르겠군.'

그때 차가운 표정의 여인이 입을 열었다.

"저분도 비룡표국의 표사이신가요?"

순간 여인의 눈과 전무심의 눈이 마주쳤다.

묘한 호기심이 담긴 눈이었다.

어쩌면 동자고는 놔둔 채 전무심만 물고 늘어지는 것도 호기심 때문인 듯했다.

문제는 그런 여인의 눈빛에 익숙하지 않은 전무심이 그녀의 도발을 반가워하지 않는다는 데 있었다. 하지만 누구도 그 문제점에 대해선 생각조차 하지 않았다.

추영산이 마주 보고 있는 두 사람을 번갈아 보고는 다급히 말했다.

"정식 표사는 아니지만, 우리가 오면서 구한 사람들이오. 믿어도 되오."

임시 표사라는 말.

차가운 표정의 여인은 그 말을 꼬투리 잡아 다그쳤다.

"어쨌든 정식으로 채용된 비룡표국의 표사는 아니란 말이군요."

"그래서 문제가 있소?"

결국 전무심이 입을 열고 그녀를 바라보았다. 조금은 귀찮아하는 말투였다.

한데 그것이 또 여인의 감정을 건드린 듯하다.

차가운 표정의 여인이 싸늘히 웃으며 고개를 끄덕였다.

"문제야 많지. 누군지도 모르면서 함께 먼 길을 가기는 싫거든."

그녀는 전무심의 위아래를 훑어보더니 말을 이었다.

"검을 찬 걸 보니 검을 익힌 것 같은데, 어느 문파 사람이지? 혹시 뭔가를 노리고 끼어든 것 아니야?"

"내가 그걸 당신에게 말해줄 의무는 없는 것 같은데."

"홍! 멀쩡한 놈들이 도적놈으로 변하는 걸 하도 많이 봐서 말이야. 특히 그대처럼 뭔가를 숨기려는 놈들일수록 더 그럴 확률이 높거든."

너 혹시 도둑놈 아니야? 그런 말이다.

전무심은 여인의 공연한 트집이 갈수록 귀찮아졌다.

"나는 지금까지 남의 것을 탐해본 적이 없소."

"호호호! 그걸 지금 믿으라고 하는 소린가? 뒤 구린 놈이 더 깨끗한 척한다더니 그대가 그런 것 같군."

공연히 이들 일행에 끼어들었나?

차라리 지금이라도 그냥 혼자 가볼까?

만일 계약이라는 것을 하지 않았다면 그랬을지도 몰랐다. 그러나 계약을 한 이상 약속을 어길 수는 없는 일.

"그럼 당신은 어떻게 믿지?"

전무심이 무심하게 가라앉은 눈으로 여인을 보며 물었다.

순간 실처럼 가늘게 좁혀진 여인의 눈에서 전무심을 뚫어버릴 듯한 예리한 눈빛이 쏘아졌다.

"나는 정식으로 비룡표국을 돕기로 한 사람이야."

"어쨌든 당신 역시 비룡표국의 사람이 아닌 것은 분명하구려."

"……."

똑같은 말투.

자신을 놀리겠다는 말로밖에 들리지 않았다.

"호, 제법인데? 자신을 감추려고 말꼬리를 잡다니."

그녀의 목소리가 조금 높게 올라갔다. 기분 나쁘다는 것이 여실히 느껴지는 말투였다.

전무심은 더 이상 눈앞의 여인과 쓸데없는 말다툼을 하고 싶지 않았다.

"여인과 싸우는 것은 소인이나 할 일, 쓸데없는 말싸움은 그만 합시다. 원하지 않는다면 돈은 모두 돌려주겠소."

그가 먼저 돌아서자 입술 끝을 살짝 깨문 여인이 천천히 손을 늘어뜨렸다.

"흥! 정체를 밝힐 생각은 하지 않고 얼렁뚱땅 넘어가겠다, 이 말인가? 꽤 겁이 없는 작자군. 이곳이 어딘 줄 알고 감히……."

가늘게 떨리며 힘없이 늘어지는 손끝. 기이한 한기가 그녀의 전신에서 흘러나왔다.

순간이었다!

전무심이 고저없는 목소리로 나직이 말했다.

지금까지와는 완전히 다른 말투였다.

"뻗으면 죽는다. 죽는데 이곳이 어딘가는 중요하지 않아."

"이이……."

여인은 입술을 깨물며 전무심을 노려보았다.

하지만 그뿐이었다. 그녀는 손을 뻗을 수가 없었다.

'뻗으면 죽는다. 뻗으면 죽는다. 뻗으면…….'

뇌리를 뒤흔드는 목소리.

움츠러드는 의지.

손끝까지 거의 다 흘러내려 왔던 비수가 반 치를 남기고 더 이상 내려오지 않는다.

손바닥을 뒤덮으며 끈적끈적한 땀만이 스며 나올 뿐이다.

처음 있는 일이었다.

어떻게 이런 일이 벌어질 수 있는지 자신조차 이해가 가지 않았다.

여인의 부릅뜬 눈에 한 방울 땀이 흘러들었다.

한데 그걸 보더니 차가운 표정의 여인이 몰린다 생각한 듯 완만하게 휘어진 칼에 손을 올려놓은 삼십대 장한이 소리쳤다.

"무슨 짓이냐! 네놈이 감히……!"

전무심이 고개를 돌리지도 않은 채 입을 열었다.

"동료를 위하는 것은 좋지만 만용을 부리지는 마라."

"뭐라고!"

그때 단호민이 나섰다.

"사한, 물러서라."

그의 눈도 굳어 있었다.

여인은 그의 단 하나 있는 제자였다.

그는 자신의 제자인 소미하란을 눈빛만으로 제압할 수 있는 사람이 있다는 게 믿기지 않았다.

"궁주님, 이놈이 감히……."

"물러서라 하지 않았느냐!"

궁사한이 마지못한 듯 물러서자 단호민이 물었다.

"그대는 누군가? 천하에 그대 같은 자가 있는 줄은 몰랐군."

전무심은 천천히 여인에게서 눈을 떼고 단호민을 바라보았다.

"천하는 귀하가 생각하는 것보다 넓소. 모르는 게 당연하지 않겠소?"

순간,

"건방진 놈!"

전무심이 펼쳐 놓은 기의 그물에서 풀려나자, 차가운 표정의 여인 소미하란은 그간의 치욕을 풀기라도 하려는 듯 두 손을 떨쳤다.

슈우욱!

동시에 두 마디의 외침이 대전을 울리고,

"조심해!"

"피해라!"

찰나간 전무심의 신형이 흩어졌다.

소미하란의 손에 들렸던 비수는 두 자루였다.

무령풍의 가공할 빠름은 그녀가 두 번 손을 떨칠 시간도 주지 않았다.

한 자루는 전무심의 그림자를 뚫고 대전의 기둥에 틀어박혔지만, 한 자루는 미처 그녀의 손을 벗어나지도 못했다.

땡그랑!

네 치 길이의 비수가 힘을 잃은 그녀의 손에서 떨어져 바닥을 나뒹굴었다.

전무심은 갈고리 같은 왼손으로 소미하란의 팔목을 움켜쥐고, 나머지 오른손으로는 소미하란의 목을 움켜쥐었다.

찰나의 망설임도 없는 일수!

그의 손가락은 금방이라도 그녀의 목을 꺾어버릴 것만 같았다.

뭐가 뭔지도 모르는 사이에 벌어진 일이었다.

경악한 사람들이 눈을 부릅떴다.

눈으로 쫓을 수 없는 빠름.

조금의 망설임도 없는 행동!

정적조차 얼어붙고 불신에 찬 눈빛만이 대기를 짓눌렀다.

단호민은 조금 전 전무심이 한 말이 결코 빈말이 아님을 알았다.

단숨에 자신의 제자가 제압당했다. 그것도 비참하게.

그런데도 화가 나지 않았다.

어쩌면 그래서 더 어이가 없었다. 상대가 화를 낼 수조차 없는 완벽한 제압이라니.

보고도 믿을 수 없는 광경에 그는 입이 바짝 말랐다.

자신이라면 저리 할 수 있을까?

아니다. 절대 할 수 없다.

그럼 저자가 자신보다 강한 걸까?

만일 싸운다면 이길 수 있을까?

지고 싶은 마음은 없다. 그렇다고 이긴다는 보장도 없다.

아무것도 확실하게 단정 지을 수 없는 상황.

그가 긴장한 목소리로 말했다.

"놔주게나. 아직 그 아이가 뭘 몰라서 그런 것이니."

그제야 추영산도 황급히 입을 열었다.

"전 소협, 한 번만 용서해 주시지요!"

하지만 전무심은 듣지 못한 것마냥 소미하란을 향해 말했다.

"죽는다 했는데, 내 말을 믿지 않는 것 같군."

나직이 말을 내뱉는 전무심의 눈 깊은 곳에서 가느다란 떨림이 일었다.

'하필이면 비도를 사용하는 여인이라니. 젠장!'

소미하란의 얼굴에 하은설의 얼굴이 겹쳐 보인다.

싸한 아픔에 가슴이 아려온다.

한데 궁사한은 그것을 전무심이 망설이는 것이라 생각했는지 칼을 반쯤 뽑은 채 소리쳤다.

"그녀를 해치면 네놈도 죽을 것이다! 손을 놓아라!"

전무심의 떨리던 눈빛이 순간적으로 가라앉았다.

그러더니 소미하란의 목을 움켜쥔 손에 힘을 주었다.

소미하란의 눈동자가 붉게 물들었다.

붉은 입술을 비집고 새어 나오는 억눌린 신음!

"끄으으……."

다급해진 단호민이 발을 굴렀다.

쿵!

"멈추게나!"

한 번의 발 구름에 백색 궁전이 지진을 만난 듯 뒤흔들렸다.

단호민은 한 번의 진각으로 자신의 무위와 뜻을 알렸다.

"이곳은 백은궁이네. 자네가 아무리 강해도 그 아이를 죽이면 이곳을 벗어날 수 없을 것이야."

곤명제일세, 백은궁의 궁주. 세외 팔대고수 중 한 사람.

같은 핏줄인 대리의 일양왕(一陽王) 단호양과 함께 운남의 쌍왕으로 불리는 백왕(白王) 단호민이 바로 그였다.

천하의 누구도 무시할 수 없는 자가 한 말, 헛소리가 아니란 것이다.

하지만 전무심만은 그런 단호민의 말에도 아무런 흥취가 일지 않았다.

또한 소란이 일면서 내전의 주위로 소리없이 몰려드는 자들에게도 별 관심이 가지 않았다. 그래 봐야 그만큼 핏물이 더 흐를 뿐이니까.

하나 그렇다고 해서 소미하란의 목을 꺾어 일행을 곤란케 하고 싶은 마음 또한 없었다.

전무심은 손에 주어지던 힘을 멈추고 소미하란의 붉게 충혈된 눈을 바라보았다.

"아직도 내 말이 믿어지지 않는가?"

소미하란의 충혈된 눈동자가 거세게 흔들렸다.

불신, 공포, 자괴.

그 모든 것이 어우러진 눈빛이었다.

그때 전무심이 갑자기 그녀의 목을 바짝 잡아당겼다.

그리고 다섯 치가량 떨어진 그녀의 두 눈을 똑바로 바라보며 중얼거리듯이 말했다.

"용서는 한 번뿐이야. 믿든 말든 그건 당신 자유지만."

말을 끝맺자마자 그는 소미하란의 목덜미를 밀듯이 놓았다.

더 잡고 있으면…… 정말 목을 부러뜨릴 것만 같았다.

털썩!

힘없이 무너지는 소미하란의 눈이 허공에 매달렸다.

조금 전에 일어난 일이 현실인지 꿈인지 믿지 못해 혼돈에 휩싸인 눈빛이었다.

그러나 전무심은 아무런 일도 없었다는 듯 몸을 돌리고는 동자고의 경악에 찬 눈을 지나 추영산을 바라보았다.

"볼일이 끝났으면 떠나지요."

"예? 예, 그럽시다."

얼떨결에 대답한 추영산은 단호민을 힐끔 쳐다보았다.

결정은 자신이 내리는 것이 아니다. 단호민이 분노하면 떠날 생각을 포기해야만 한다.

그래서 아무런 망설임도 없이 발길을 돌리는 전무심이 부럽기도 하고 원망스럽기도 한 추영산이었다.

'씨발, 미치겠구만!'

그의 이마에서 땀방울이 뚝 떨어질 때다.

단호민이 여전히 굳은 표정으로 전무심을 노려보면서 추영산에게 말했다.

"저 사람이 있는 이상 쓸모는 없을 테지만, 예정대로 저 두 사람은 자네를 따라갈 것이네."

궁사한이 놀란 눈으로 단호민을 쳐다보았다.

"궁주님! 란 매는 그냥 이곳에⋯⋯."

단호민이 손을 저어 궁사한의 말을 끊었다.

"란아는 네가 보살펴 줘라. 약하지 않은 아이니 충분히 딛고 일어설 것이다."

궁사한은 그리 둔한 사람이 아니었다. 그는 단호민의 말을 듣고서야 그가 왜 치욕을 당한 소미하란을 비룡표국의 표행에 딸려 보내는지 이해할 수 있었다.

단호민은 소미하란이 치욕을 이기지 못하고 무너질까 봐 걱정하는 것이었다.

그런 한편으로는 치욕을 준 전무심의 곁에서 상처를 딛고 일어서라는 뜻도 담겨 있었다.

"알겠습니다, 궁주. 속하가 목숨을 걸고 보살피겠습니다."

의외의 일.

'생각보다 대단한 자군. 그 상황을 참아내다니.'

백왕 단호민.

그 이름이 전무심의 가슴 한구석에 새겨졌다.

*   *   *

전무심과 추영산 일행이 백은궁을 나설 때였다. 한 사람이 만수점에 찾아들었다.

그리고 그가 찾아온 지 반 각도 되지 않아 손호방은 통통한 손가락으로 머리를 쥐어 싸고 끙끙거렸다.

"제기랄! 젠장할! 입 안에 들어온 떡을 그냥 뱉어냈단 말이지? 이 천하의 손호방이?"

그러더니 가느다란 눈에서 새파란 빛을 발하며 마주 앉은 자를 노려보았다.

"왜 이제야 그 소식을 전한 것인가? 하루만 일찍 전해주었어도 거저먹을 수 있었는데 말이야!"

뭘? 알았다면 그들에게서 물건을 얻을 수 있었다는 말인가?

그렇게 생각하기에는 조금 의아한 말이었지만, 마주 앉은 청의중년인은 별다른 의문을 표하지 않고 상황을 설명했다.

"어르신이 직접 움직이시면 백은궁이 어르신의 정체를 눈치 챌지 모릅니다. 게다가 대령주께서 아직 백은궁과 직접적인 마찰을 원치 않고 계신다는 거, 장로께서도 잘 아시지 않습니까?"

"그래, 대령주께선 어떻게 할 생각이시던가? 그걸 꼭 얻어야겠다고 하시던가?"

솔직히 사질뻘인 청의중년인에게서 전말을 듣긴 했지만, 손호방은 대령주의 생각이 마음에 들지 않았다. 지금은 힘을 키울 때지, 비룡표국과 같은 거대 표국을 적으로 만들 때가 아니었다. 자칫하면 대령주가 목적을 달성하는 것보다 더 큰 피해가 올 수도 있는 것이다.

"일단 돌아가는 길목에 한 번 더 노려볼 생각입니다. 그러니 어르신께선 저들에 대한 정보를 모아주십시오."

"누가 나왔나?"

"귀무당의 이십사귀(二十四鬼)가 모두 그 일에 투입되었습니다."

손호방의 두터운 이맛살에 주름이 졌다.

그는 화가 났다. 귀무당이라면 흑화령 최강의 조직 중 하나다. 그런 이십사귀를 출동시킬 정도의 고수를 소개시켜 주면서 기껏 백 냥밖에 받지 못했다니!

'젠장, 백 냥이 아니라 이백 냥, 아니, 삼백 냥은 받았어야 했는데!'

그가 무슨 생각을 하는 줄도 모르고 청의중년인이 심각하게 물었다.

"장로님께서 아끼는 자가 이번 표행에 동행했다 들었습니다만, 그 사람을 이용할 수는 없겠습니까?"

손호방은 천천히 고개를 가로저었다.

"그는 아직도 내가 흑화령에 몸담고 있는 사람이라는 것을 모른다네. 내가 말해주지 않았거든. 뭐, 그 사람뿐이 아니라 대부분이 모르고 있는 것이지만. 어쨌든 그는 내 말을 듣지 않을 거네."

"예?"

"비록 점창에서 쫓겨난 사람이긴 하나, 아직 그는 자신을 점창의 사람이라 생각한다네. 그러니 내가 흑화령의 사람이라는 걸 알면 아마 나의 가슴에 검을 겨눌 거야. 자네도 점창과 우리 흑화령과의 관계를 잘 알지?"

"예, 운남에 자리 잡기 위해서 한때 점창과 전쟁 직전까지 갔었지요."

"그때 많은 사람들이 죽었지. 양쪽 합해서 아마 백 명도 더 죽었을걸?"

"그럼 그를 이용하는 것은 어렵겠군요."

"불가능하다고 봐야겠지."

문득 손호방의 눈매가 가늘게 늘어졌다.

그는 슬그머니 의문이 들었다.

'동자고가 정말 모르고 있었을까?

그는 삼 년 전에 만수점에 찾아왔다. 그리고 일 년의 반을 만수점에서 보냈다.

그런 그가 정말 자신이 흑화령의 장로라는 것을 모르고 있었을까?

'그렇게 멍청한 사람은 아닌데.'

만일 알고 있었다면 왜 아무 말도 없었던 걸까?

손호방은 머리가 지끈거렸다.

'젠장! 돈도 손해 보고 사람도 잃고, 잘하는 짓이다!'

바로 그때다. 갑자기 엉뚱한 생각이 드는 손호방이었다.

'가만? 이럴 게 아니라, 심심한데 뒤나 따라가 볼까? 이곳이야 이놈에게 맡기면 될 테고…….'

순간 그의 두툼한 입가로 가느다란 선이 길게 그어졌다.

청의중년인은 그걸 보더니 급히 몸을 일으켰다.

"대령주께서 급히 보고하라 하셨으니 저는 가보겠습니다,

어르신. 그럼 이만."

　그리고는 대답도 듣지 않고 재빨리 방을 나섰다.

　"어? 화가야! 너 이리 안 와!"

第四章
사천혈로(四川血路)

日弟子趙孟頫敬書至大改元四月

道吉廣爲傳

長座前再拜禮一天師與

革閭坟逾天下　湟典和名醮宇界

千秀芳景深　要捨中籟

兩間容差現陂

死星
天血

1

곤명을 떠나 사천으로 가는 길은 단조로웠다.

계곡을 지나도 산, 물을 건너도 산. 그리고 사람의 발길이 닿지 않은 것처럼 보이는 원시림도 산을 따라 끝도 없이 좌우로 펼쳐져 있었다.

그런데도 일행의 누구도 심심하다는 생각을 하는 사람은 없었다.

첫 번째는 흑화령의 살수들이 언제 나타날지 몰라서였고, 두 번째는 뒤따라오는 두 사람의 냉기로 인해 등골이 서늘해서였다.

언제라도 빼어 들 것처럼 도병에 손을 얹고 있는 궁사한의 기세는 그래도 참을 만했다.

문제는 소미하란이었다.

그러잖아도 차가운 표정이던 그녀였다.

그런 그녀가 백은궁을 떠나면서부터 닫힌 입을 한 번도 열지 않은 것이다.

유월의 따가운 햇살이 그녀의 한기에 차갑게 느껴질 정도였으니 더 말할 필요도 없었다.

그런데도 전무심은 돌을 깎아 만든 사람인 듯 무심히 걸음을 옮길 뿐이었다.

벌써 그런 생활이 사흘째. 답답한 것은 앞서가는 사람이나 뒤따라가는 사람이나 마찬가지였다.

사흘째 되는 날 오후, 졸고 있는 산양을 한 마리 때려잡아 점심을 마친 일행이 출발 준비를 서두르고 있을 때였다.

추영산이 사람들을 불러 모았다.

사흘 전에 비해 눈이 한 푼은 더 들어간 것처럼 보이는 그였다. 그만큼 마음고생이 심했다는 말이다.

그가 한숨을 쉬듯이 입을 열었다.

"아시겠지만, 아직 갈 길이 삼천 리나 되오. 빨라도 보름 이상은 가야 한단 말이외다. 한데 언제까지 이렇게 가야 한단 말이오? 후우, 솔직히 말해서 계속 이렇게 갈 수는 없소. 그러니 이 자리에서 결정하시오. 같이 갈 것인지 말 것인지."

눈이 마주치자 궁사한이 말했다.

"누가 같이 안 가겠다고 했소?"

"그럼 서로 간의 서운했던 감정을 푸시오."

추영산의 말에 궁사한이 전무심을 쏘아보았다. 그러나 여전히 보따리를 멘 채 먼 산만 바라보는 전무심이다.

"흥! 저자는 그럴 생각이 없는 것 같소만."

전무심이 천천히 고개를 돌렸다.

"나는 서운한 감정 없소. 그러니 풀 것도 없소."

고저없이 무심한 목소리. 궁사한은 그것이 더 화가 났다.

"그래? 그럼 나만 풀면 되겠군!"

사실이 그랬다. 감정을 가진 사람은 자신과 소미하란이지, 전무심이 아니었다.

그걸 모르지는 않았다. 다만 전무심을 볼 때마다 치미는 살심을 억제할 수 없었는데, 추영산이 멍석을 깔아주자 참지 못한 승부욕이 꿈틀거리며 기어나온 것이다.

궁사한은 도병을 잡은 손에 힘을 쥐고 어깨를 좁혔다. 그때 살얼음이 갈라지는 것 같은 목소리가 두 사람 사이를 파고들었다.

"나도 있어."

소미하란이었다.

사흘 만에 입을 연 그녀의 목소리는 쩍쩍 갈라져 금방이라도 핏물이 배어 나올 것만 같았다.

그녀까지 나서자 동자고는 눈을 빛냈다. 자신의 판단이 잘못되지 않았다면 백은궁의 두 사람은 특급 낭인이라는 자신조차 능가할 정도의 무위를 지녔다. 그런 두 사람을 단숨에 궁지로 몰아넣은 전무심이 아니던가.

'대체 전무심은 얼마나 강한 걸까?'

동자고는 호기심에 어린아이처럼 은근히 가슴이 두근거렸다.

그런 와중에 비룡표국의 표사들은 멀찍이 떨어졌다.

굳이 따진다면 자신들을 구해준 데다 며칠이라도 함께 지낸 전무심이 더 걱정되어야 마땅했다. 그런데도 그들은 궁사한과 소미하란을 걱정하는 표정들이었다.

추영산마저 두 사람을 걱정하는 투로 말했다.

"꼭 그렇게 해야만 하겠소? 그러다 다치기라도 하면 비룡표국이 어찌 궁주께 얼굴을 든단 말이오?"

궁사한과 소미하란이 그 말뜻을 모를 리 없었다. 그래서 더 오기가 솟았다.

"죽고 사는 것은 다 우리 탓이니, 추 대주께선 걱정하지 마세요!"

소미하란이 차갑게 말을 내뱉고 두 손을 늘어뜨렸다. 궁사한도 각오를 다지듯 입술을 깨물고 눈을 가늘게 좁혔다.

츠르릉.

그의 손짓을 따라 나비 문양이 새겨진 만도가 하얀 칼날을 보였다. 때는 유월인데도 두 사람의 기운으로 인해 주위에 서리가 내린 듯했다.

어느 순간,

팟!

소미하란의 소매가 떨쳐지고 한 자루의 비수가 공간을 갈랐다. 그걸 신호로 궁사한의 신형이 낮게 날며 전무심을 향해 쇄도했다.

번쩍!

완만히 휘어진 만도가 도신을 드러내며 나비의 날개처럼 퍼덕였다.

공간을 일직선으로 가른 횐 선!

그와 어울려 날갯짓을 하는 만도의 도영(刀影)!

눈을 부릅뜬 채 바라보던 표사들의 입에서 무의식중에 탄성이 터져 나왔다.

"아아!"

동자고는 그제야 두 사람이 누군지 확실히 알았다는 듯 자신도 모르게 입을 열었다.

"빙혼(氷魂)과 혈접(血蝶)! 백은쌍비!"

그때는 이미 전무심의 오른손이 움직이기 시작한 후였다. 정(丁) 자로 딛고 선 두 발은 땅과 하나가 된 듯 움직이지도 않은 채였다.

무정이라는 투박한 이름의 검이 무광택의 검신을 드러내고, 너무도 느려 움직이지도 않은 듯한 검이 허공을 둥글게 도려낸다 싶은 순간,

쩡!

단숨에 전무심의 몸을 꿰어버릴 것만 같던 백광이 갑자기 허공으로 튕겨졌다.

사악!

나비의 날갯짓으로 전무심을 뒤덮은 도기가 그물처럼 갈라지며 사그라졌다.

그 정도는 각오했다는 듯 소미하란과 궁수한은 이를 악물고 전무심을 향해 달려들었다.

상대는 자신들이 감당하기 힘든 고수. 단숨에 어쩔 수 없다는 것쯤은 이미 백은궁에서부터 알고 있던 터였다.

일격은 상대의 반응을 떠보자는 정도에 불과했다.

진짜 공격은 그다음부터였다.

하지만 그들이 모르는 것이 있었다.

전무심에게는 떠보는 공격이란 것이 애초에 존재하지 않는다는 것을.

검을 펼치면 끝장을 본다! 일검 일수에 승부를 건다!

그것은 작으면서도 큰 차이였다.

고오오……!

두 사람의 공격을 차단한 철검이 갑자기 공간을 일그러뜨리며 휘돌았다.

대기가 비명을 지르며 말려들었다.

미처 두 사람이 다음 공격을 펼치기도 전이었다.

쿵!

대지를 울리며 한 발을 내딛은 전무심이다.

그의 손에서 전마십팔검이 올올이 펼쳐졌다.

밀려드는 시커먼 묵빛 검기. 두 사람의 전방이 무정의 시커먼 검영으로 온통 뒤덮였다.

소미하란이 대경한 표정으로 두 손에 들린 비수를 뿌리며 허공으로 몸을 날렸다.

궁수한이 만접사십팔로(萬蝶四十八路)의 도식을 정신없이 펼치며 악착같이 물러서지 않고 맞섰다.

무심한 표정. 조금도 흔들림 없는 검세!

전무심의 손이 꺾어질 때마다 무정이 절규하며 희열의 노래를 불렀다.

쏴아앙! 쩌저저정!

"크윽!"

궁수한이 더는 견디지 못하고 뒤로 튕겨졌다.

그때 허공으로 몸을 날렸던 소미하란의 손에서 빗살이 춤을 추며 쏟아졌다.

전력을 다한 빙천류혼비(氷天流魂匕)!

은광을 뿌리며 세 줄기 낙뢰가 허공을 찢어발긴다.

이번 공격으로 끝장을 보자는 그녀의 마음이 담긴 한 수였다.

동시에 뒤로 튕겨졌던 궁수한이 기합을 내지르며 몸을 날렸다.

파르르 떨며 날아오는 만도. 수백 마리 나비가 일직선으로 몰려드는 것처럼 보였다.

처음으로 전무심의 눈에 이채가 서렸다.

바로 그 순간이었다.

손에 땀을 쥐고 구경하던 사람들이 입을 반쯤 벌린 채 자신의 눈을 비볐다.

전무심이 천천히 한 손을 허공을 향해 휘젓자 하늘에서 쏟아지던 은빛 찬란한 빗살이 거짓말처럼 그의 손으로 빨려든다.

그뿐이 아니다.

뭉툭해 보이는 철검이 앞으로 슬쩍 찌르는가 싶은 순간, 전무심과 궁수한 사이의 공간이 시커멓게 변해 버렸다.

찰나,

쾅!

"커억!"

거산암벽에 부딪친 돌멩이처럼 궁수한의 몸이 튕겨졌다. 허공에서 겨우 날아 내린 소미하란도 비칠거리며 정신없이 물러섰다.

그런데도 대지를 짓누르며 제자리에 서 있는 전무심이다.

바람에 나부끼는 머리칼 사이의 표정도 여전히 무심하다. 하단으로 내린 그의 무정에서 시커먼 검기가 조용히 맴돌다 스러진다.

쩔그렁.

전무심이 손에 들린 세 자루의 비도를 앞으로 내던졌다.

얼음을 깎아 만든 듯한 은빛 찬란한 비도였다.

넋이 반쯤 나간 소미하란은 자신의 비도가 발치에 떨어지는데도 전무심만 응시했다.

불신의 눈빛은 이제 허탈감으로 채워져 있었다.

자존심을 세우기 위해서, 절체절명의 경우가 아니면 쓰지 마라는 빙혼비도마저 꺼내야만 했다. 한데 금석조차 두부처럼 파고드는 자신의 빙혼비도를 맨손으로 잡아채는 인간이 있을 줄이야…….

"대체… 당신은 누구죠?"

그녀의 입에서 떨리는 목소리가 흘러나왔다. 조금 전까지만 해도 그녀를 지배하고 있었던 절망감이 사라진 목소리였다.

치욕도, 분노도, 차이가 어느 정도였을 때 느낄 수 있는 감정 이었다. 이제는 차라리 그런 감정도 느껴지지 않았다.

어찌 보면 오히려 홀가분한 마음이었다.

가슴 한켠에 쌓여 있던 응어리가 자신도 모르게 풀리고 있었다.

하늘을 보았다.

자신을 절망으로 빠뜨린 것은 하늘이었다.

분노를 표출할 대상이 사라진 것이다.

한데 그녀와 비슷한 생각을 하고 있는 사람이 하나 더 있었다.

"믿을 수 없어. 그건, 그건 분명…… 검강(劍罡)이었어!"

궁수한이 비틀거리며 일어서더니, 멍한 눈으로 전무심의 손에 들린 무정을 바라보며 말한다.

그의 말이 사람들을 침묵 속에 빠지게 했다. 동자고와 추영산의 눈은 더할 나위 없이 커져 있다.

검강!

맙소사! 검강이라니!

당금 천하에서 강기지경에 달한 사람이 몇이나 될까?

삼십? 오십? 아마 아무리 많이 잡아도 백은 넘지 않을 것이다. 그것이 일반 사람들이 예상하는 수치였다.

정파만 해도 구파일방, 팔대세가에 진정한 고수들이 얼마나 될 것이며, 그 외 중소문파의 주인들과 부운처럼 떠돌아다니며 독야청청하는 고수들이 또한 얼마인가.

게다가 마도 또한 숱한 고수들이 있다. 강남북의 마도를 이끌고 있는 칠대마세의 중추 고수들을 비롯해, 이름만으로도 강호고수들을 두려움에 떨게 하는 마도 고수들이 어디 한둘이던가 말이다.

하나, 그들 중에서 고르고 고른다 해도 강기를 펼칠 수 있는 고수는 겨우 그 정도 수치에 불과할 것이다.

사위가 가라앉았다.

침묵은 쉽게 깨지지 않았다.

사람들은 전무심을 바라보고 그의 손에 들린 철검을 내려다보았다.

광택이 없는 단순한 철검이다.

거무튀튀한 것이 조금 강렬해 보이고 물결 문양이 촘촘히 새겨진 것이 예사 검이 아닌 듯 보이긴 하지만, 특별히 보검이나 명검 같지는 않았다.

어색한 침묵을 깨뜨린 것은 전무심이었다.

"한 번은 동료가 되었다는 마음으로 손을 멈추었으나, 두 번은 멈추지 않을 것이다. 더 할 거라면 덤벼라."

여전히 똑같은 음성, 똑같은 표정이다.

잘근 입술을 깨문 소미하란은 전무심을 뚫어지게 바라보았다.

그러기를 얼마, 그녀는 천천히 허리를 숙여 자신의 비도를 주워 들었다. 그러더니 팔목의 소매를 올리고는 비도를 꽂았다.

"솔직히… 오늘은 졌어. 하지만 다음에는… 이렇게 쉽게 지지 않을 거야."

상대가 아무리 하늘이라도 더 이상은 숙이고 싶지 않았다. 그것은 자존심, 그 이상의 그녀만이 아는 기이한 마음 때문이었다.

한 번 더 전무심을 바라보고는 신형을 돌리는 소미하란의 눈이 가늘게 떨렸다.

그녀는 자신을 멍하니 바라보는 궁사한을 보고 홱 고개를 돌렸다.

그 모습에 궁사한은 깨문 입술에서 흐른 핏물이 턱 밑으로 떨어지는 줄도 모르고 소미하란을 바라보았다.

지금 그가 보고 있는 여인은 백은궁의 얼음 꽃, 빙화 소미하란이 아니었다.

죽으면 죽었지 절대 고개를 숙이지 않는다는 그녀다. 그것은 그녀가 수신위가 된 이후로 지난 오 년 동안 백은궁의 모두가 진리처럼 알고 있는 사실이었다.

그런 그녀가 고개를 숙였다. 떨리는 눈빛으로.

'그런 건가? 거참, 알다가도 모르는 게 여인이라더니.'

자신의 도를 만지작거리던 궁사한이 철컹, 도를 도집 속에 밀어 넣었다.

소미하란이 굽힌 이상 자신 혼자 전무심을 상대한다는 것은 상대의 검 앞에 목을 내미는 거와 같았다.

궁사한은 아직 그렇게 죽고 싶지는 않았다.

더구나 이제는 명분도 없었다.

"좋아! 나도 패배를 인정하지. 하지만 무릎을 꿇으라는 소리는 하지 마."

마지막 자존심이라고 하기에는 얼굴이 뜨거웠다. 하지만 그렇게라도 하지 않으면 한 팔이라도 베어내 버려야 기분이 풀릴 것만 같았다.

두 사람이 무기를 거두고 패배를 시인하자, 전무심은 무정을 거두어들이고는 천천히 돌아섰다.

어떤 위험이 있을지 모르는 상황, 애초에 죽일 마음이 없었다. 그렇다고 무릎을 꿇려 모욕을 줄 생각도 없었다. 그럴 생각이었다면 지금처럼 서 있게 만들지도 않았을 터였다.

차라리 목을 잘라 버렸지.

전무심은 추영산을 향해 몸을 돌렸다.

"추 대주, 갈 길이 멀다 하지 않았소?"

그제야 퍼뜩 정신을 차린 추영산은 헛웃음을 지으며 어색한 표정으로 세 사람을 번갈아 봤다.

"음? 아하하! 맞소, 멀지요. 갑시다! 하하하, 진작 이렇게 풀었으면 좋았을 것을."

그러다 흠칫 어깨를 떨었다. 소미하란과 궁사한의 쏘는 듯한 눈빛이 그의 뒤통수로 몰린 것이다.

추영산이 급히 너스레를 떨며 말했다.

"그건 그렇고… 동 형이 말하지 않았다면, 두 분이 백은궁의 사대수신위 중 빙혼과 혈접일 줄 모를 뻔했소이다그려."

그러자 싸늘한 표정을 되찾은 궁수한이 말했다.

"그럼 혹시 이건 아시오? 그 사실을 아는 사람 중 백은궁의 사람 빼고는 살아 있는 이가 없다는 걸 말이오."

말끝에 그의 눈은 동자고를 거쳐 추영산에서 멎었다.

"손 대인이 엄청나게 손해 봤군. 나중에 약 좀 올려야겠어."

동자고는 엉뚱한 소리나 하며 슬며시 눈을 돌리고, 추영산은 입만 뻐끔거렸다.

'썩을! 만만한 게 나다 이거지?'

그래도 가슴의 남은 돈을 생각하자 마음이 조금 풀렸다.

"쿵, 출발합시다."

2

때는 유월, 후끈한 열기에 고산준령조차 숨을 헐떡이며 더운 김을 뿜어내는 계절이다.

곤명을 떠난 지 열흘. 한판 대결을 벌인 지도 벌써 엿새가

지났다.

표행은 너무나 순조로워서 이제는 적들이 언제 나타나나 기다리는 입장이 되어버렸다.

성도에 도착할 때까지 나타나지 않는다면야 얼마나 좋을까마는, 결코 그렇지 않을 거라는 것을 모두가 알고 있기 때문이었다.

"개 같은 놈들. 나타나려면 어서 나타나지, 왜 사람 답답하게 만드는 거야?"

땀을 닦으며 중얼거리는 조공양의 말이 모두의 마음을 대변했다.

그래도 한편으로는 나타나지 않았으면 하는 마음 또한 똑같았다.

"재수없는 소리 말고, 힘내! 사천이 바로 앞이야!"

추영산이 주먹을 불끈 쥐며 소리쳤다.

그의 말대로였다. 이제 영호령(靈狐嶺)의 정상이 얼마 남지 않았다.

이곳만 넘어가면 영인(永仁)이다. 그럼 삼십 리도 가지 않아 사천 땅인 것이다.

사람들의 발걸음이 가벼워졌다.

조금 더 가자 산세에 막혀 불어오지 않던 바람도 조금씩 느껴지기 시작했다.

시원한 바람, 정상에 거의 다 왔다는 만족감. 사람들의 얼굴도 밝아졌다.

전무심은 동자고와 함께 맨 뒤에 처져서 일행을 따라가다 눈을 들었다.

정상의 한쪽은 도끼에 쪼개진 듯한 거대한 암벽이 위용을 자랑하고, 다른 한쪽은 우거진 잎들이 바람에 춤을 추는 아름드리 갈참나무 숲이 차지하고 있었다.

영호령 정상과의 직선거리는 오십여 장 정도. 한 구비만 돌면 정상이었다. 하지만 정상을 바라보는 전무심의 눈빛은 그리 밝지 않았다.

왠지 어둡고 깊게 가라앉은 눈빛이었다.

갈참나무의 우거진 잎에 몸을 숨긴 채, 아래쪽을 내려다보던 흑의인의 입가로 회심의 미소가 번졌다.

올라오는 놈들은 모두 여덟이었다.

비룡표국의 표사가 다섯, 아니, 여섯? 흑의를 입은 청년이 하나. 그리고 청의인과 백의를 입은 여자.

흑의청년이 모궁인을 죽였다는 바로 그놈일 터였다.

살아 돌아온 모궁인의 수하들이 말한 바에 의하면, 흑의청년은 자신들이 상상할 수 없을 만큼 강하다 했다. 모궁인이 기세에 밀려 피를 토하고, 제대로 대항조차 하지 못한 채 목이 꺾였다고 했다.

믿을 수가 없었다. 차라리 몇 초 겨루다 죽었다면 그러려니 했을 것이거늘, 그게 말이 되는가 말이다.

'뭐? 기세에 밀려 피를 토해? 넋을 잃고 목이 꺾여? 흥! 미친

놈들. 헛소리도 어느 정도야 믿지. 하긴 처음부터 살무당의 살수들을 믿는 것이 아니었어.'

모습은 제법 그럴듯해 보인다.

큰 키에 균형 잡힌 몸매. 입고 있는 흑의가 바람에 휘날리는 머리카락과 완벽한 조화를 이루고 있다.

'음… 얼굴까지. 생긴 것 하나는 기가 막히게 잘생겼군.'

하지만 그것뿐이다. 아무리 봐도 강한 것과는 거리가 멀다. 오히려 청의장한과 싸늘한 표정의 여자가 더 위압적인 기세를 뿜어낸다.

흑화령의 귀무당주인 자신조차 둘을 한꺼번에 상대하고 싶지 않을 정도다.

'가만? 혹시 모궁인 그 자식이 남색 취미가 있었던 것 아냐?'

그게 아니라면 어떻게 저런 놈에게 넋을 잃고 당할 수 있단 말인가.

흑의인, 낙인경은 속으로 혀를 차며 흑의청년에 대한 이야기는 뇌리의 한쪽 구석에 처박아 버렸다. 그러고는 가장 강력한 적으로 여겨지는 두 사람만 노려보았다.

'그래, 저 두 연놈이 백은궁에서 보냈다 이거지?'

그는 뒤를 향해 천천히 손을 들어 올려 두 손가락을 양쪽으로 쫙 폈다.

스스스……

수하들이 미세한 소리만 남긴 채 양쪽으로 갈라진다. 귀무당의 최정예인 이십사귀다운 움직임.

낙인경은 만족한 미소를 머금은 채 천천히 몸을 일으켰다.

마침내 표행이 포위망 안으로 들어서고 있었다. 작전도 완벽하다. 이제 물건을 가지고 돌아가는 일만 남았다.

그때다!

소름 끼치는 비명이 그의 뒤통수를 후려쳤다.

"으아아악!"

갑자기 터져 나온 비명에 영호령이 뒤흔들렸다.

처절한 비명은 한 번으로 멈추지 않았다.

"으아악!"

"끄어어억!"

살점을 통째로 뜯어내고, 산채로 팔다리가 뜯겨져 나간다면 저러한 비명이 나올까.

소름이 돋는 비명!

가벼운 발걸음으로 정상을 향하던 사람들이 절벽이라도 만난 것처럼 우뚝 멈췄다.

아무도 입을 열지 않은 채 앞만 바라보았다. 그러자 궁수한 이 군은 표정을 한 채 앞으로 나섰다.

"내가 가보겠소."

"나도 함께 가겠어요."

소미하란도 싸늘한 표정으로 정상의 숲을 노려보며 걸음을 옮겼다.

두 사람이 앞장서자 추영산을 비롯한 비룡표국의 표사들이 주춤거리며 뒤따랐다.

동자고는 따라가지 않고 전무심을 보며 이마를 찌푸렸다.

"누가 싸우고 있는 모양이네."

그 말에 전무심의 눈빛이 더욱 깊게 가라앉았다.

'매미를 노리는 버마재비를 누군가가 덮쳤다.'

누굴까? 적인가, 아니면 아군인가?

'아무래도 사천까지 가는 길이 편하지만은 않겠군.'

느낌상 아군은 아니다.

정상에 넘실거리는 기운. 결코 정갈한 기운이 아니다. 정갈하기는커녕 극악하기 그지없는 기운이다.

전무심은 언제라도 손을 쓸 수 있도록 내력을 끌어올리며 앞서가는 사람들의 뒤를 따라갔다.

이상한 일이었다. 맨 먼저 정상에 도착한 궁사한과 소미하란이 무엇을 봤는지 움직이지 않고 있었다.

긴장으로 팽팽히 당겨진 기세만이 무슨 일이 벌어졌음을 짐작케 할 뿐이었다.

그 원인을 아는데는 그리 많은 시간도 필요없었다. 두 사람이 서 있는 곳에 도착한 일행은 왜 두 사람이 움직이지 않고 굳어 있는지 바로 알아챌 수 있었다.

정상에 펼쳐진 광경은 눈 뜨고 못 볼 지경이었다. 표행을 하며 어지간한 일에 이골이 났다는 비룡표국의 표사들조차 이를 악물고 눈을 부릅떴다. 고개를 돌린 채 헛구역질이 나오려는 입을 억지로 틀어막는 수경상을 보고 누구도 놀리지 않았다.

그만큼 눈에 보이는 광경은 참혹하기 이를 데 없었다. 처참한 비명이 아무것도 아닌 것처럼 생각될 정도로.

정상의 숲 쪽에 있는 공지는 제법 넓어서 족히 이백여 평은 되어 보였다. 한데 그 넓은 공지가 핏물로 시뻘겋게 물들어 있었다. 팔다리가 뜯겨지고, 목이 잘리고, 머리가 부서진 시신들의 몸에서 흘러나온 피로 인해서였다.

대충 봐도 피바다에 누워 있는 시신은 이십여 구에 달했다. 제대로 센다는 것이 불가능해 보일 정도로 온전한 시신이 거의 없었다.

찢겨진 시신들. 그들로 인해 만들어진 피구덩이. 그리고 그 피구덩이에 서서 웃고 있는 다섯 사람.

사람인 이상 그 광경을 보고 놀라지 않을 자 얼마나 될 것인가.

추영산은 궁사한과 소미하란에 이어 정상에 도착하자마자 경악한 눈으로 피구덩이에 서 있는 다섯 사람을 쳐다보았다.

그들의 흉악함 때문이 아니었다. 흑화령의 무사들로 보이는 자들이 불쌍해서도 아니었다. 피구덩이에 서 있는 다섯 사람의 각기 다른 행색이 어디선가 들어본 적이 있는 차림새였던 것이다.

쇠로 만든 손, 머리통만 한 도끼, 쇠손톱, 철곤, 그리고 커다란 대감도.

문득 뭔가가 떠오른 듯 추영산의 입을 뚫고 떨리는 목소리가 흘러나왔다.

"설마… 금사오흉(金紗五兇)?"

표행을 하며 남부총로를 십여 년간이나 돌아다닌 그였다. 그 와중에 절대 만나고 싶지 않은 사람들이 있었으니, 다름 아닌 금사강을 주무대로 활동하는 금사오흉이었다.

금사오흉의 흉악함은 사천과 운남 일대에서 모르는 사람이 없었다.

앞을 가로막았다고 앞서가는 사람의 뒤통수를 후려쳐 죽이고, 밥을 주지 않는다고 객점의 주인부터 점소이까지 일곱 명을 찢어 죽인 자들이 바로 그들이었다.

대충 들려온 소문만으로도 금사오흉에게 죽은 사람이 수백 명은 가뿐히 넘을 거라는 게 정설이었다.

하지만 무인들이 금사오흉을 두려워하는 것은 그들의 흉악함 때문이 아니었다.

사천의 정도연합세력인 사천무련에서 그들에게 건 현상금이 무려 은자 일천 냥이다. 그러나 십 년이 지나도록 잡히기는커녕 오히려 그들에게 죽은 현상금사냥꾼이 그동안 삼십여 명을 헤아렸다.

개중에는 일류고수만도 열 명이 넘었다.

심지어 당가와 청성, 아미에서 고수들이 파견되어 그들을 죽이려 했지만, 결국은 피해만 보고 실패했다는 말을 들은 적도 있었다.

들리는 소문으로는 이류무사에 불과했던 금사오흉이 기연을 얻어 도검에도 상하지 않는 외공을 익혔는데, 일류고수들이 당한 이유가 바로 그들의 외공을 경시했기 때문이라고 했다.

어쨌든 그런 금사오흉이 마침내 자신의 눈앞에 나타났다. 흑화령의 무사들을 이십여 명이나 찢어 죽이고서.

동자고가 금사오흉을 둘러보며 부르르 몸을 떨었다. 그가 추영산의 말을 확인해 주듯 입을 열었다.

"금사오흉이 왜 여기에 나타난 거지?"

목소리의 떨림이 가라앉지 않았다.

바로 옆에 막 도착한 전무심이 있는데도 선입견이 그를 떨리게 했다.

순간 비룡표국의 표사들이 자신들도 모르게 뒤로 두어 걸음 물러섰다.

금사오흉!

역시 추영산의 말대로 저 앞에 있는 자들이 바로 금사오흉이다.

숱하게 들은 이름. 만나면 무조건 도망치라는 말을 하도 들어서 귀에 못이 박혔을 정도다.

추영산을 비롯해 비룡표국의 표사들이 물러서자, 겁에 질렸다 생각했는지 손에 쇠손톱을 단 자가 괴이하게 웃으며 말했다.

"크크크크, 물건만 내놓는다면 곱게 죽여주마."

그 말에 '그러마' 하고 고개를 끄덕일 사람이 누가 있을까.

"무슨 물건 말이오?"

추영산이 이를 악물고 되물었다.

"네놈 가슴속에 있는 상자 말이다."

쇠손톱을 낀 자. 그가 바로 금사오흉의 셋째로 삼흉이라 불리는 귀혈마흉(鬼血魔兇)이었다.

삼흉의 말에 전무심이 조용히 말했다.

"뒤로 물러서시지요, 추 대주."

추영산은 전무심의 말이 떨어지자마자 구세주라도 만난 것처럼 뒤로 빠르게 물러섰다.

삼흉의 이마에 내천 자가 그려졌다.

"크큭! 찢어죽일 놈들이 감히!"

순간 궁사한이 먼저 번개처럼 칼을 빼 들었다.

시간 낭비할 필요가 없었다. 어차피 그냥 물러서지는 않을 자들이다. 그렇다면 선공으로 놈들의 기세를 꺾는 게 최선이었다.

생각과 동시 그의 몸이 움직였다.

"미친놈들!"

한 소리 내지른 궁사한은 빼 든 칼을 비스듬히 쳐들고 삼흉을 향해 쇄도했다.

소미하란도 몸을 날리며 철곤을 휘두르는 사흉의 미간에 비도를 날렸다.

단숨에 모든 것이 결정지어질 것만 같았다. 피하지도 않고 마주 달려드는 놈들을 볼 때만 해도 그랬다.

하지만 정말 그리될 거라 믿는 사람은 없었다. 그렇게 허술한 놈들이라면, 비명이 들린 지 얼마 되지도 않아 흑화령의 이십여 무사가 걸레쪽처럼 찢겨 죽이지도 않았을 터였다.

아니나 다를까, 두 사람의 공격은 그들을 쓰러뜨리지 못했다.

"내놓지 않겠다면, 네놈들도 갈기갈기 찢어 죽이겠다!"

궁사한의 칼이 삼흉의 쇠손톱에 부딪쳐 밀려나고, 소미하란의 비도는 사흉의 철곤에 허공으로 튕겨졌다.

"계집! 너는 내 거다. 내가 시원하게 가랑이를 찢어주마! 낄낄낄!"

사흉이 음침한 웃음을 흘리며 철곤을 허공에 대고 휘둘렀다.

붕붕, 철곤에서 인 바람이 두 사람의 머리카락을 날렸다.

'강하다!'

궁사한과 소미하란의 얼굴이 굳어졌다.

어수룩해 보여 자신들이 충분히 처리할 수 있을 거라 생각했다. 한데 생각보다 강했다. 승부를 장담할 수 없을 정도다.

더구나 삼흉과 사흉이 달려들자 나머지 세 미치광이도 피로 범벅된 무기를 휘두르며 추영산 등 표사들을 향해 달려든다.

광기로 붉게 물든 눈동자.

희열마저 느껴지는 눈빛이다.

'젠장! 쉽지 않겠는걸?'

궁사한은 이를 악물고 달려드는 삼흉을 향해 칼을 휘둘렀다.

소미하란이 사흉을, 유강과 조공양이 오흉을, 추영산과 소진형이 둘이서 대흉을 맞이했다.

그때 이흉이 무심히 서 있는 전무심을 힐끔 쳐다보고는 도끼를 쳐들어 허공에다 돌리며 수경상에게 다가갔다.

상황을 바라보던 전무심의 눈빛이 깊어졌다.

이미 인간이기를 포기한 자들이다. 대화라는 것 자체가 필요없어 보이는 자들. 살아 있어봐야 해악만 끼칠 악귀들 말이다.

더 보고 있을 아무런 이유가 느껴지지 않았다.

더구나 금사오흉의 무력은 결코 비룡표국의 일개 표사가 감당할 수 있는 수준이 아니다.

잔악한 심성에 철피를 두른 듯 도검에도 끄떡없는 외공을 지닌 자들. 잘해야 사오 초나 버틸 수 있을까 싶다.

궁사한과 소미하란이야 쉽게 밀리지 않겠지만, 남은 셋이 문제다.

'일단 숫자를 줄이고 본다. 저들이 왜 표물을 원하는지는 나중에 알아봐도 될 일.'

상황을 살펴보는 데는 눈 한 번 깜짝일 시간이면 되었다. 이제는 움직이는 일만 남았을 뿐.

"동 형께서 저 여인을 도와주시오."

동자고에게 수경상을 맡긴 전무심은 그의 대답을 듣지도 않고 한 발을 내딛었다.

죽 늘어지는 듯한 신형이 어느 순간에 바람에 스며들 듯 흩어졌다.

순간이었다.

쾅!

킬킬거리며 무식하게 도끼를 휘두르던 이흉의 몸뚱이가 삼 장 밖으로 튕겨졌다.

난데없는 상황에 조공양과 유강을 밀어붙이던 오흉이 고개를 홱 돌리며 피 먹은 칼을 휘둘렀다.

"개새끼! 뒈져!"

반사적인 행동이었다. 조공양과 유강의 검쯤은 안중에도 없다는 태도. 덕분에 조공양과 유강의 하얗게 질린 얼굴이 조금 펴졌다.

"물러서시오!"

짧게 한마디 내뱉은 전무심의 신형이 칼바람에 밀리듯 옆으로 세 자쯤 밀려났다. 눈은 여전히 오흉을 향한 채였다.

오흉의 칼이 눈앞을 스쳐 지나가는 찰나였다.

전무심의 구부러진 좌수가 푸르스름한 빛을 발하며 앞으로 쭉 뻗었다.

강기가 서린 천강벽월수였다.

철판조차 뚫어버릴 정도의 위력을 지닌 절대의 수공. 결코 맨몸으로 견딜 수 있는 것이 아니었다.

한 자 거리를 둔 채 전무심의 천강벽월수가 오흉의 옆머리에 작렬했다.

뻐억!

도검에 정통으로 맞고도 끄떡없던 오흉의 옆머리가 움푹 꺼졌다.

오흉의 휘둥그레진 눈에 초점이 흐려진다.

멍하니 벌린 입. 비틀거리는 신형.

전무심은 우수로 무정을 잡아 빼며 검강을 일으킨 그대로 오흉의 목을 날려 버렸다.

동시에 몸을 일으킨 이흉의 목에 검첨을 쑤셔 넣었다.

"꺼억!"

그야말로 찰나간에 벌어진 일이었다.

정신없이 상대를 몰아치면서도 승기를 잡지 못하고 있던 궁사한과 소미하란에게는 충격적인 장면이었다.

강기의 절대적인 위력이 승부에 얼마나 크게 작용하는가를 보여주는 광경이었다.

"이놈!"

바로 그때였다.

추영산과 소진형을 상대하고 있던 대흉이 악귀처럼 일그러진 얼굴로 전무심의 등을 향해 몸을 날리며 쌍수를 내려쳤다.

등 뒤의 공격에 전무심은 이흉을 바라보며 눈살을 찌푸렸다.

자신의 목을 꿰뚫은 검을 두 손으로 움켜쥐고 비릿하니 웃는 이흉이다.

손을 자르면 검을 회수할 수는 있다. 그러나 일수유의 시간차가 난다. 놈들이 원하는 것은 바로 그것.

전무심의 신형이 천천히 돌았다.

추영산과 수경상이 대경해서 소리쳤다.

"전 공자! 뒤를 조심하시오!"

"검을 놓고 피해요!"

그들은 전무심의 신형이 너무 천천히 돈다 생각했다. 안타까움에 다급한 마음이 들 정도였다.

한데 미처 반도 돌지 않은 전무심의 손이 허공을 움켜쥐었다 싶은 순간,

콰직!

전무심이 대흉의 목을 움켜쥔 채 바로 옆의 아름드리 나무에 처박아 버렸다.

쾅!

아름드리 나무가 태풍을 만난 것처럼 거세게 뒤흔들렸다.

하지만 그토록 거센 충격에도 대흉은 눈을 부릅뜨고 전무심을 노려보았다.

그러더니 자신의 목을 움켜쥔 전무심의 손목을 철수(鐵手)로 잡아갔다. 그런 대흉의 입가에는 비릿한 살소가 여전하다.

전무심은 일말의 망설임도 없이 대흉의 목을 움켜쥔 손에 힘을 주었다.

그그그극!

살이 오그라들고 뼈가 엇갈렸다. 대흉의 눈이 퉁방울처럼

커졌다.

한 손에 들어갈 정도로 줄어든 목이 제대로일 리가 없었다. 뼈가 부서지고 경동맥이 막혀 이미 숨이 끊어지기 직전일 게 뻔했다.

그런데도 대흉은 전무심의 손을 잡아가던 철수를 치켜들었다. 악귀처럼 치켜뜬 눈은 금방이라도 튀어나올 것만 같았다.

순간, 무심한 표정의 전무심이 목을 쥔 손에 힘을 더했다.

우두둑!

"끄으으……."

뼈가 으스러지는 소리. 반쯤 부서진 턱뼈 사이로 흘러나오는 신음.

바라보는 모두가 질린 안색으로 고개를 저었다.

대흉의 치켜든 손이 바르르 떨리고 있었다. 이미 뒤로 돌아간 눈동자는 피에 젖은 흰자위만 남은 채였다.

악귀처럼 사람을 죽이던 자의 마지막도 자신들이 죽인 다른 자와 별다를 게 없었다.

대흉의 팔이 축 처지자 전무심은 가볍게 손을 털듯 대흉의 몸을 던져 버렸다.

퍽!

이 장을 날아가 암벽에 처박힌 대흉의 머리가 괴이한 각도로 꺾여진 채 덜렁거린다. 허벅지만큼 굵던 목이 한줌으로 오그라들어 있다.

꿈에도 생각지 못했던 광경에 삼흉과 사흉은 전력을 다해 궁사한과 소미하란을 떨치고 주춤거리며 뒤로 물러섰다.

광기만이 흐르던 그들의 눈에는 어느새 혼란이 자리 잡고 있었다.

자신들의 형제들이 죽었다는 것을 믿을 수 없다는 눈빛이었다.

그때 고개를 돌린 전무심과 두 사람의 눈이 마주쳤다.

순간 두 사람의 눈이 격렬하게 떨렸다.

기이한 일이었다. 궁사한과 소미하란이 다시 공격해 오는데도 두 사람은 정신없이 뒤로 물러서기에 바빴다. 혼란해하던 눈빛은 어느새 공포로 바뀌어 있었다.

그럴수록 궁사한과 소미하란은 두 사람을 쫓으며 자신들의 전력을 쏟아냈다.

이미 전의를 상실한 삼흉과 사흉은 두 사람의 적수가 되지 못했다. 도망가고 싶어도 전무심이 가로막고 있으니 그럴 수 없었다.

그러기를 십여 초. 궁사한의 칼날이 도기를 뿜으며 삼흉의 옆구리를 깊게 훑고 지나갔다.

소미하란의 빙천류혼비가 사흉의 가슴에 꽂혔다.

삼흉의 내장이 빠져나오고, 사흉의 가슴에서 피분수가 뿜어졌다.

마지막 일격을 날리려는 두 사람을 향해 전무심이 말했다.

"물어볼 것이 있으니 죽이지는 마시오."

그제야 두 사람은 손을 멈추고 거칠어진 숨을 골랐다.

사실 금사오흉의 괴물 같은 외공이 깨어지지 않자 지쳐 가고 있던 터였다.

잘해야 한두 번? 그 안에 저 두 괴물을 처치하지 못하면 자신들이 불리할지도 모를 상황이었다. 그러던 차에 들려온 전무심의 말은 두 사람에게 당당히 물러설 기회를 제공한 셈이었다.

더구나 자신들에 의해 중상을 입을 상태다. 도망갈 수도 없을 터. 만족할 만한 결과였다.

궁사한과 소미하란은 내심 안도하며 삼흉과 사흉을 질린 눈으로 쳐다보았다.

하지만 삼흉과 사흉의 눈은 그들에게 있지 않았다. 두 사람의 눈은 오직 전무심에게만 집중되어 있었다.

전무심은 무심한 눈으로 그들을 바라보며 천천히 걸음을 옮겼다. 살기가 인 그의 무채색 눈은 완벽한 묵광에 정체를 알 수 없는 기이한 기운마저 띠고 있었다.

"오, 오지 마! 가까이 오지 마!"

눈이 마주치자 삼흉이 벌벌 떨며 뒤로 물러섰다.

생각보다도 더 심한 반응이었다. 단순히 자신들의 형제가 처참하게 죽었기 때문은 아닌 듯했다.

"으어, 으어어어, 보지 마. 그 눈… 무서……. 으으으……."

사흉은 손을 저으며 좌우를 정신없이 쳐다보았다. 전무심과 눈을 마주치지 않으려는지 한 손으로 눈을 반쯤 가린 채였다.

전무심이 물었다.

"누가 시켜서 온 것이지? 표물에 대해 알고 있는 것을 보면 단독으로 움직인 것은 아닌 것 같은데."

삼흉이 땅바닥을 바라보며 떨리는 목소리로 대답했다.

"말하면… 죽어."

상황에 전혀 어울리지 않는 말이었다. 죽음을 눈앞에 둔 사람들이 할 말이 아니었다.

그럼에도 누구도 웃지 않았다. 웃을 수가 없었다.

난다 긴다 하는 고수들조차 비켜간다는 금사오흉이다.

한데 그런 흉악한 자의 입에서 누군가에게 죽는다는 소리가 서슴없이 나온다. 대체 이들을 움직인 자가 누구이기에.

아연실색한 사람들의 표정에도 아랑곳없이 전무심이 다시 물었다.

"그가 죽이기 전에 내 손에 죽을 텐데도? 그래도 말할 수 없단 말인가?"

사흉이 흔들리는 눈으로 삼흉을 바라보았다.

삼흉의 표정이 와락 일그러졌다.

그러더니 부르르 몸을 떨고는 전무심을 향해 말했다.

"그럼… 우리를 고통없이 죽여줘."

그의 눈이 힐끔 암벽에 반쯤 몸이 막힌 채 죽어 있는 대흉을 향했다.

"나는 저렇게 죽기 싫어……."

흑화령의 귀무당 무사들을 찢어 죽인 자들도 죽을 때는 곱게 죽고 싶은 모양이었다.

어차피 전무심도 이들을 처참하게 죽이고 싶지는 않았다.

"좋아. 사실대로만 말한다면 고통없이 죽여준다. 내 약속하지."

삼흉과 사흉이 서로 마주 보았다.

두 사람이 천천히 고개를 끄덕였다.

옆구리를 움켜쥔 삼흉은 두려워하는 표정으로 전무심을 향해 중얼거리듯 말했다.

"천귀혈마(千鬼血魔). 그 늙은이가 시켰어. 우리더러 여기서 기다리다가 비룡표국의 표행이 지나가면 전부 죽이고 한 가지 물건을 가지고 오라고 했지."

목소리는 어눌했다. 하지만 내용마저 그런 것은 아니었다.

천귀혈마!

바로 그 이름 때문이었다.

추영산이 떨리는 목소리로 물었다.

"서, 설마, 신마성의 악귀인 그 천귀혈마 말이오?"

삼흉이 고개를 끄덕였다. 동자고의 눈도 커졌다.

"구화문을 하루아침에 피바다로 만들었다는 그 천귀혈마?"

이번에는 사흉이 뚱한 표정으로 대답했다.

"그 말고 다른 천귀혈마도 있수?"

추영산이 아연한 눈으로 전무심을 바라보았다.

"아무래도 일이 이상하게 된 것 같소이다, 전 소협."

전무심은 미간을 좁히며 삼흉에게 다시 물었다.

"당신들은 그의 수하인가?"

삼흉과 사흉이 동시에 고개를 저었다.

"그럼, 왜 그의 일을 해주는 것이지? 안 하면 죽인다고 하던가?"

사흉은 또 고개를 저었다. 그러나 삼흉은 머뭇거리면서도 입을 열었다.

"어, 그게 아니고… 우리가 그것을 가져다주면 천귀혈마가 환락단을 백 개나 준다고 해서……. 절대 말하지 말라고 했는데. 말하면 불에 태워 죽인다고……."

"환락단?!"

추영산이 경악하며 소리를 질렀다.

경악한 것은 그만이 아니었다.

비룡표국의 표사들 모두가 경악으로 얼굴이 일그러졌다. 왠지 동자고는 창백한 얼굴에 몸마저 떨었다.

"환락단이라고 했나?"

동자고가 떨리는 목소리로 물었다. 삼흉과 사흉의 눈빛이 흔들렸다. 공연한 말을 했다는 생각인지 눈동자를 좌우로 바쁘게 굴렸다.

"우리는 모, 몰라!"

갑자기 삼흉이 빽 소리치고는 한 걸음 물러섰다.

순간이었다. 전무심이 한 걸음 앞으로 나아가더니, 벼락같이 손을 뻗어 삼흉과 사흉의 태양혈을 동시에 파괴했다.

약속대로. 고통을 느낄 틈도 없이.

"꺼억!"

"큭!"

두 개의 구덩이를 파서 금사오홍과 여기저기 널린 흑화령의 무사들의 시신을 묻어주는 데 반 시진이 걸렸다.

그래도 다행히 해가 지기 전에 영인에 들어설 수 있었다.

영인은 그다지 크지 않은 마을인지라 객잔이 달랑 두 군데였다. 일행은 추영산의 인도로 마을의 입구에서 그리 멀지 않은 객잔을 찾아들어 갔다.

석양이 저물어가는 객잔에는 몇몇 술꾼들만이 보일 뿐이었다.

점소이가 주문을 받은 후 엽차를 따르고 물러가자 추영산이 닫았던 입을 열었다.

"환락단이 나타난 것은 오 년 전부터요. 처음에는 부유한 가문의 자식들에게만 몰래 유통되고 있었소. 그때만 해도 소문만 무성했을 뿐 막상 환락단이 어떤 것인지는 아무도 알지 못했소. 한데 삼 년 전에 성도를 발칵 뒤집어놓은 사건이 터졌는데, 그 사건의 중심에 환락단이 있다는 것이 알려지면서 세상에 환락단의 존재가 알려지기 시작했소이다."

동자고가 힘든 표정으로 입을 열어 이야기에 끼어들었다.

"삼 년 전의 사건이라면, 당가와 청성파의 젊은 제자들이 십여 명이나 죽었던 그 사건 말이구려?"

"그렇소이다. 당시 그 사건에 휘말려 죽은 사람이 오십 명도 넘었소. 심지어는 당가와 청성의 장로도 몇 명 희생되었다는 말이 있었지요."

궁사한도 그 이야기는 들은 듯 이마를 찌푸렸다.

"음… 이야기는 들었습니다만, 그 일이 벌어진 이유가 환락단이라는 일개 미약 때문이라니……."

그 말에 추영산이 고개를 저었다.

"문제는, 환락단이 일개 미약이라고 하기에는 너무 가공할 효력을 지녔다는 것이오."

"무공을 익힌 사람과 관련이 있었나 보군요."

전무심이 조용히 입을 열자 추영산의 눈이 그를 향했다.

"맞소이다. 바로 그것 때문에 난리가 난 것이지요. 단순히 앵속 같은 효과만 있었다면 그런 난리가 날 이유도 없었소. 들은 소문으로는 환락단을 먹을 때마다 조금씩 내공이 늘어난다 하더이다. 그러니 남보다 앞서고 싶어하는 무가의 자제들이 자꾸 찾게 되고, 중독된 자들은 환락단을 구하기 위해서 물불을 안 가리는 상황이 된 것이지요. 그러다 결국은 한정된 물량을 차지하기 위해서 서로 암투까지 벌이게 되었는데, 그것도 한계에 다다르자 결국 드러내 놓고 싸우게 된 모양이오."

당가와 청성이 싸울 정도가 되었으니 더 이상 설명할 필요도 없었다.

당시 사천의 이름있는 무가는, 정사를 막론하고 거의 모두가 그 일에 관련되어 있었다.

"그 일이 있고 나서 당가와 청성이 앞장서서 대대적으로 환락단에 대해 조사를 시작했소. 하지만 성도의 흑도 세력을 완전히 뒤집었는데도 그 출처는 오리무중이었지요. 어떤 사람은 남만에서 들어왔다고도 하고, 어떤 자는 남해에서 들어왔다고도 하고, 워낙 말이 중구난방이라서……."

엽차를 단숨에 들이킨 추영산은 심각해진 표정으로 전무심을 바라보았다.

"그런데 금사오흉의 말대로라면, 그 출처가 신마성인 것 같소."

궁사한이 찡그린 미간을 펴며 물었다.

"천귀혈마가 다른 곳에서 환락단을 얻었을 수도 있지 않겠습니까?"

"삼 년 전 그 사건 이후로 환락단을 본 자도 없고, 그것이 유통되고 있다는 말을 들은 적도 없소. 한데 어디서 갑자기 백 알의 환락단을 구한단 말이오?"

"천귀혈마가 금사오흉에게 거짓말을 했을 가능성은?"

추영산이 잠시 생각하더니 고개를 저었다.

"그들도 금사오흉이 얼마나 골치 아픈 자들인지 잘 알고 있을 것이오. 하물며 금사오흉이 소문만 내고 다녀도 당가와 청성이 방방 뜰 텐데 굳이 그런 거짓말을 할 필요가 있었겠소?"

조용히 두 사람의 대화를 듣고 있던 전무심이 결론을 내리듯 입을 열었다.

"어쨌든 신마성이 표물을 노리고 있다는 사실 하나만큼은 분명하군요."

순간 탁자에 둘러앉아 있던 모두가 굳은 눈으로 전무심을 쳐다보았다.

흑화령만 해도 골치 아픈데, 이제는 신마성마저 표물을 노리고 있다는 것이 기정사실화 되었다.

살이 떨리는 말이다.

저승사자가 바로 눈앞에서 대기하고 있는 것만 같다.

"대체 표물이 뭐기에 신마성이 노린단 말입니까?"

답답한지 조공양이 화난 얼굴로 추영산을 노려보았다. 소진형도 가세해 추영산을 압박했다.

"대주, 그게 뭔지 보면 안 됩니까?"

사실 보고 싶은 마음이야 추영산이 더했다. 하지만 안 되는 것은 안 되는 거다.

추영산은 안 된다는 것을 뻔히 알면서 자꾸 재촉하는 두 사람이 더욱 얄미워 보였다.

"내 밥줄, 너희들이 책임져 줄래?!"

벌게진 얼굴로 소리치는 추영산의 말에 슬며시 고개를 돌리며 두 사람이다.

그때 전무심이 말했다.

"표물이 뭐든 신마성은 포기하지 않을 것이오. 더구나 환락단에 대한 정보를 우리가 알고 있다는 것을 안다면, 표물만 가져가려는 것이 아니라 어느 한 사람 살려 보내려 하지 않을 것이오. 그러니 오늘 이후로 환락단에 대한 것은 당분간 잊으시오."

사실이 그러했다.

그제야 사람들은 자신들이 또 하나의 혹을 달고 있다는 사실을 자각했다.

점소이가 음식을 가져오는데도 아무도 손을 뻗지 않고 바라보기만 했다.

"입맛 버렸군."

소미하란이 그늘진 얼굴로 한 소리 내뱉었다.

모두가 같은 마음이었다. 전무심만 빼고.

"일단 배를 채워둡시다. 오늘 이후로 따뜻한 음식을 언제 맛볼지 모르니까."

먹을 수 있을 때 먹어둬야 한다. 그건 위기에서 살아남기 위한 철칙이었다.

3

마도인들 중에는 어쩔 수 없는 사연 때문에 음지로 숨어든 자들이 많았다.

한때 도문(道門)인 도천문의 제자로 장래가 촉망되는 기재였던 곡초안도 그런 사람들 중에 한 사람이었다.

이십 년 전, 그는 사부와 사문의 어른들을 따라 마도에 몸을 담았다. 미쳐 버린 사조가 수십 명의 정파인들을 때려죽이면서 공적으로 몰리고, 그로 인해 사문이 풍비박산 나자 어쩔 수 없었다.

사조가 무림공적으로 몰렸다 해서 죽여달라고 순순히 목을 내밀 수는 없는 일이 아닌가 말이다.

하지만 정심한 가르침만 받아온 그들이 마도의 무리에 섞여 살아간다는 것이 쉬울 리 없었다.

결국 세월이 지나면서 사부와 사문의 어른들은 폐인이 되어 하나둘 죽어갔다. 그리고 십 년이 지나자 남은 사람은 단 하나, 자신뿐이었다.

제자도 없고, 자식도 없고…….

그러면서도 마도의 울타리를 뛰쳐나가지 못하는 자신의 나약함이 원망스러웠다.

어쩌면 그래서였을 것이다. 잘나가던 신마성 부군사 지위를 내팽개치고, 삼 년간 엉뚱한 짓만 하다 오지 중의 오지인 남황 근무를 자청한 것은.

하지만 요즘은 그러한 결정을 한 것이 후회막심하기만 했다.

신마성의 비밀을 알고 있는 자신을 그냥 놔둘 리는 없을 테지만, 그래도 차라리 깊은 산속으로 도망가 사는 게 낫지 않았나 하는 마음뿐이었다.

"휴우우우우."

땅이 꺼질 것 같은 한숨이 절로 나왔다.

통나무로 만든 커다란 목옥이 보이자 어깨마저 처졌다.

그렇다고 목옥 안에까지 그런 태도로 들어갈 수는 없는 일. 그는 억지로 어깨를 펴고 목옥의 문고리를 잡았다. 그리고 마치 지옥의 입구에 들어가는 기분으로 문을 열었다.

안으로 들어가면 이후에 어떤 일이 진행될지 누구보다도 그가 잘 알고 있었다.

하나, 그렇다고 들어가지 않을 수도 없었다.

잠시 후, 그는 무릎을 꿇고 나직한 목소리로 입을 열었다.

"금사오흉이 모두 죽었다 합니다, 어르신."

붉은 머리를 단정히 틀어 올린 노인은 피가 뚝뚝 떨어지는 짐승의 간을 젓가락으로 집다 말고, 그 머리색만큼이나 붉은 혀로 입술을 축이며 물었다.

"금사오흉이 모두 죽었다고?"

말하는 노인의 눈가에 잔주름이 그어진다. 웃음기마저 섞인 목소리. 살심이 일고 있다는 뜻이다.

탁자 앞에 무릎을 꿇고 있던 곡초안은 머리를 조금 더 숙이고는 공손한 어조로 빠르게 대답했다.

"구덩이에서 다섯 모두의 시신이 발견되었습니다."

"흠, 그 멍청이들이 다 죽었다? 우리가 미처 모르는 고수가 끼어들었나? 누구지? 흑화령인가?"

"다른 구덩이에 흑화령의 무사들이 묻혀 있었습니다. 모두 금사오흉에게 죽은 자들로 보였습니다, 어르신."

그제야 웃음이 사라진 붉은머리노인의 눈매가 가늘어졌다.

"흑화령이 아니면, 누구란 말인가? 설마 백은궁의 두 꼬마는 아니겠지?"

"그들이 강하긴 하지만, 금사오흉을 모두 죽일 정도는 아닙니다."

"그럼 누구지? 누가 감히 본 성의 일에 끼어든 거지?"

"저희들이 파악한 바에 따르면, 죽은 모습은 모두 다르지만 다섯이 모두 한 사람에게 죽은 듯했습니다."

붉은머리노인의 가늘어진 눈에서 싸늘한 살광이 번뜩였다.

"그 정도의 고수라면 알려진 자일 것이 분명하거늘, 아직도 그가 누군지 알아내지 못했단 말이냐?"

"비룡표국의 표사들 중에 미처 파악하지 못한 젊은 자가 하나 끼어 있었사온데, 혹 그가 아닌가 생각하고 있습니다."

"젊은 자?"

"나이는 이십 중반 정도. 큰 키에 한 자루 짧은 검을 지닌 자였습니다."

"흠! 재미있는 일이군. 금사오흉을 단독으로 죽일 수 있는 젊은 자라… 천하에 그럴 만한 젊은 고수가 몇이나 될까?"

"절대 스물은 넘지 않을 것입니다."

"그래, 그렇겠지. 현재 그들의 위치는?"

"오늘 오전에 놈들이 약정으로 들어섰다는 전서가 도착했습니다."

"그래? 얼마 멀지 않군."

붉은머리노인은 젓가락을 내려놓고, 왼손으로 턱을 괸 채 고개를 까닥거렸다. 놈들을 어떻게 죽여야 분이 풀릴까, 고민이라도 하는 것처럼. 그러다 갑자기 움직임을 멈추더니 곡초안에게 물었다.

"그런데 초안, 놈들이 금사오흉을 그냥 죽였을까?"

곡초안이 움찔하며 바로 대답을 하지 못했다.

대답의 결과가 어떻게 흐를지 너무나도 잘 알기 때문이다. 아마 붉은머리노인, 천귀혈마의 성격상 많은 피가 흐를 터. 곡초안은 마도인답지 않게 그것이 싫었다. 그리고 그럴 때마다 맥을 잇기 위해 마도에 발을 디딘 사문의 어른들이 원망스러웠다.

'젠장! 차라리 깊은 산속에 틀어박혀 지내자니까.'

하지만 자신에겐 선택의 여지가 없었다. 설령 자신이 말하지 않는다 해도 천귀혈마가 곧 사실을 알게 될 테니까.

"고문을 한 흔적은 발견하지 못했습니다. 다만⋯⋯."

"다만? 뭐냐?"

"삼흉과 사흉이 너무 깨끗하게 죽었습니다. 옆구리가 터지고 가슴에 구멍이 나긴 했습니다만, 직접적인 사인은 파괴된 태양혈 때문이었습니다. 저희가 봤을 때, 대항을 못하는 상태에서 태양혈이 뚫린 게 아닌가 싶습니다."

의아한 표정을 지은 채 고개를 갸우뚱거리던 천귀혈마가 점차 눈을 빛내며 얼굴을 굳혔다.

"설마 그 멍청한 놈들이⋯⋯?"

곡초안은 이를 지그시 깨물고 말을 이었다.

"아무래도 놈들이 우리와의 약속을 발설했을 가능성이 오할은 넘을 것 같습니다, 어르신."

어깨에 걸쳐져 있던 천귀혈마의 붉은 머리카락이 바람도 없는데 파르르 떨며 위로 떠올랐다.

"현재 이곳에 있는 본 성의 무사가 모두 몇 명이지?"

"지금 그들을 추격하고 있는 무사를 빼고, 팔십칠 명이 남아 있습니다."

"경비를 빼고 당장 동원할 수 있는 최대한의 숫자는?"

"오십 명 정돕니다."

"오십? 좋아, 귀살당의 아이들만 남기고 모두 동원해! 네가 직접 나서서 놈들을 쫓아! 쫓아가서 모두 죽여 버려! 남의 눈치 볼 것 없어! 혈정(血精)이야 놈들을 모두 죽이면 자연히 우리 것이 될 테니까 신경 쓰지 말고! 빨리 가봐!"

끝내 우려하던 대로 흐른다. 자신이 어떻게 할 사이도 없이. 매일같이 싸우고 사람을 죽이는 데 환멸을 느껴 이런 오지 근무를 자청했거늘.

'후우, 나의 업인 건가?'

하지만 이미 명이 떨어진 이상은 어쩔 수 없는 일.

"존명!"

곡초안이 굳은 표정으로 대답하고는 방을 나서자, 천귀혈마 고륵은 태사의에 털썩 몸을 묻었다.

"제기랄! 천왕교에서 오는 손님만 아니면 내가 직접 나설 텐데……."

일류 중의 일류고수이며, 신마성에서도 알아주는 모사(謀士)인 곡초안을 보냈는데도 왠지 스멀거리는 불안감에 숨털이 곤두섰다.

지난 십 년간 한 번도 느껴보지 못한 지독한 느낌이었다.

그는 자리에서 벌떡 일어나 서성거렸다. 그러더니 채 열 걸음도 옮기기 전에 고개를 번쩍 쳐들었다.

"아무래도 안 되겠군. 손님을 만나고 나면 내가 직접 가봐야겠어."

4

"뭐야! 귀무당이 전멸을 해?"

"금사오흉의 습격을 받은 듯합니다, 대령주!"

쾅!

가슴에 커다란 흑모란이 새겨진 백의중년인은 분노를 감추지 못하고 탁자를 내려쳤다.

두께만도 한 뼘은 되어 보이는 탁자가 힘없이 두동강나며 무너져 내렸다.

"놈들은? 놈들은 어디 있는가? 놈들이 혈정을 가져갔나?"

고개를 숙이고 있던 청의중년인이 고개를 들고는 차분히 말했다.

"놈들도 모두 죽은 것으로 파악되었습니다."

그 대답에서 이상함을 느꼈는지 대령주는 청의중년인을 빤히 바라보았다.

"죽었다? 귀무당을 전멸시킨 금사오흉이 죽었다?"

청의중년인은 침착함을 유지한 채 자신의 생각을 말했다.

"금사오흉을 죽인 자들이 죽은 금사오흉과 귀무당의 무사들을 묻어주었는데, 나중에 누군가가 파본 것 같습니다. 저희가 갔을 때는 시신들이 반쯤 밖으로 드러난 상태였습니다."

대령주의 눈빛이 조금씩 가라앉았다.

이야기를 들을수록 괴이한 생각이 드는 것이다.

"누구라 생각하나?"

"죽인 자를 말씀하시는 겁니까, 아니면 파헤친 자들을 말씀하시는 겁니까?"

"둘 다."

"화밀당(花密堂)에서 여러 가지 의견들이 나오고 있습니다만, 저의 생각으로는……."

"사제 생각이면 돼. 다른 사람의 생각은 필요없어!"

청의중년인은 조용히 대령주를 바라보고는 천천히 자신의 생각을 말했다.

"죽인 자는 비룡표국에 합류했다는 그 흑의청년일 거라 생각됩니다."

"혈무당의 무사들이 말했던 그자? 손 장로의 만수점에 들렀다던 그 전무심인가 뭔가 하는 자 말인가?"

"그렇습니다. 그리고 시신을 파서 확인한 자들은 신마성이 아닌가 합니다."

신마성이라는 말이 나오자마자 대령주의 굳었던 얼굴에 경악이 스쳐 지나갔다.

"신마성? 그놈들이? 그들에게 혈정은 별 소용이 없는 물건일 텐데, 그들이라 생각할 만한 이유가 있나?"

"최근 그들의 움직임이 활발해졌습니다. 그리고 얼마 전에는 신마성의 서열 오위인 천귀혈마가 신마성의 남황 지부에 내려와 있습니다. 그가 놀기 위해 내려와 있을 리는 없잖겠습니까?"

"그야 그렇지. 하지만 그렇다고 해서 놈들이 시신을 파서 훼손한 자들이라고 볼 수는 없잖은가?"

청의중년인은 그것이 아니라는 표정으로 자신이 알고 있는 바를 말했다.

"저희들이 접한 정보에 의하면, 천귀혈마가 남황 지부에 내려와 가장 먼저 한 것이 비밀리에 금사오흉을 찾은 것입니다, 대령주."

의아해하던 대령주의 눈이 그 말에 부릅떠졌다.

그렇다면 아귀가 딱 맞아떨어진다.

대령주는 분노에 물든 목소리로 나직이 깔아 말했다.

"그러니까, 천귀혈마가 금사오흉을 부렸다? 그 금사오흉에게 비룡표국의 표물을 뺏으려던 귀무당의 무사들이 당했다? 그건가?"

"그렇습니다."

"현재 천귀혈마는 어디 있지?"

"남황 지부에 있는 것으로 압니다."

"그래?"

대령주의 얼굴에 살소가 맺혔다.

"칠대마세 어쩌고 하니까 우리가 그렇게 우습게 보였다, 그 말인가?"

"솔직히 놈들은 이제 예전의 신마성이 아닙니다."

"나도 알아!"

대령주가 버럭 소리쳤다. 인정하기 싫지만 인정하지 않을 수도 없었다.

그때 청의중년인이 조용히 말을 이었다.

"하지만 아무리 힘센 자도 넋 놓고 있을 때 다리를 걸면 흔들리게 되어 있습니다."

청의중년인의 말에 대령주가 눈을 빛냈다.

"방법이 있나?"

"어차피 신마성이 노린 이상 혈정을 우리가 차지하기는 힘든 상황입니다. 더구나 비룡표국의 표사에 합류한 흑의청년이 정말로 금사오흉을 죽일 정도로 강하다면, 엄청난 희생이 있어야만 혈정을 얻을 수 있다는 말입니다."

"그래서! 그래서 어쩌자는 건가?"

청의중년인이 처음으로 슬며시 웃음을 지었다.

"우리가 못 먹는 것, 신마성도 못 먹게 만들면 어떻겠습니까? 잘하면 복수도 하고, 혈정도 얻을 수 있을지 모르는데 말입니다."

대령주가 눈에 힘을 주고 말했다.

"별로 마음에 드는 계획은 아니군."

그러고는 홱 몸을 돌렸다. 돌아서는 그의 입가로 보일 듯 말 듯 씨익, 차가운 웃음이 스쳤다.

"그래도… 그렇게 하세. 사제가 직접 지휘해. 지원은 얼마든지 말만 하고. 그리고… 흑마사화령(黑魔四花靈)을 데려가."

청의중년인이 눈을 크게 떴다.

"흑마사화령을요?"

"그 정도는 되어야 천귀혈마가 나타나면 상대할 수 있지 않겠나?"

"알겠습니다, 사형. 그들이라면 천귀혈마가 직접 나타난다고 해도 한번 해볼 만하지요."

청의중년인이 고개를 숙이고 밖으로 나가자 대령주의 입가로 싸늘한 웃음이 번졌다.

"흥! 환우신마 회천양. 그동안에 당하기만 했는데, 이번에 이자를 톡톡히 쳐서 갚아주마."

사제는 분명 자신의 마음을 알 것이다. 분명히!

백 년 역사의 흑화령이 신생 신마성에게 밀려 사천을 내준 것이 벌써 이십수 년이다. 그 중심에 회천양이 있었다.

이십여 년 전, 회천양이 이끄는 신마성에 흑화령의 전대 대령주였으며 자신의 사부였던 흑령제군이 처참하게 당했다.

그뿐인가? 자신은 피눈물을 뿌리며 사제들과 함께 수하들을 데리고 이 운남의 외진 골짜기로 피신해야만 했다.

그간 흘린 눈물과 땀과 피가 골짜기 곳곳에 스며 있다. 그 세월을 어찌 잊을까. 와신상담(臥薪嘗膽), 이십수 년의 세월을 말이다!

"회천양, 네가 무엇 때문에 혈정을 노리는지는 몰라도 혈정이 너에게 넘어가도록 그냥 놔두지는 않을 것이다."

한편으로는 생각할수록 아까웠다.

금자로 일천 냥에 이르는 거금을 쏟아 붓고서야 혈정이 백은궁에 있다는 것을 알아냈다. 그리고 더불어서 자신 외에 또 다른 곳에서 혈정을 원하고 있다는 것까지.

한데 다급해진 그가 백은궁에 사람을 보내려고 했을 때였다. 또 한 가지 기가 막힌 정보가 들어왔다.

혈정을 원하는 또 다른 곳, 비룡표국에서 뭔가를 가지고 혈정과 바꾸려 한다는 정보였다.

비룡표국의 표물이 무엇인지는 알지 못했다. 그러나 들어온 정보에 의하면, 백은궁주 단호민은 그 표물을 무척 기다리고 있었다고 한다.

그는 즉시 사제와 함께 한 가지 계획을 세웠다.

'그 표물을 빼앗아 단호민이 가진 혈정과 교환하자!'

아주 간단한 계획이었다.

그런데 그토록 간단한 계획이 이상한 곳에서, 생각지도 못했던 한 사람 때문에 완전히 틀어졌다.

하긴 그런 고수가 산중 오지에 갑자기 나타날 줄 누가 알았을까.

그러더니 점입가경으로 이제는 신마성까지 나선 상황.

자신도 모르게 한숨이 나왔다.

"후우, 천 년 묵은 혈삼이 혈정을 대신할 수 있다고는 하던데……."

문제는 천년혈삼을 찾는 것이 혈정을 찾는 것보다 배는 힘들다는 데 있었다.

흑화령의 대령주, 한무중은 고개를 저으며 눈을 가늘게 떴다.

혈정은 사문의 마지막 무공이라는 흑천신마공을 완성하기 위해 반드시 필요한 물건이거늘, 흑천신마공을 익혀야만 복수를 할 수 있다 생각했거늘…….

'희천양, 그렇다고 아직 끝난 것은 아니다. 조금 더 시간이 걸릴 뿐!'

第五章
혈로중첩(血路重疊)

死星
天血

1

서걱!

날도 없는 검날이 목을 스치자 피분수가 가늘게 솟구친다.

잘린 목에서 새어 나오는 그르렁거리는 소리.

전무심은 얼굴로 튀는 피를 아랑곳하지 않고 고개를 틀며 몸을 누였다.

쉬이익!

뒤에서 기회를 노리던 놈의 칼날이 허공에 날린 머리칼 몇 가닥을 자르며 지나갔다.

순간 칼을 날린 놈과 눈이 마주쳤다. 당황했는지 놈의 얼굴이 악귀처럼 일그러진다.

"악마 같은 놈!"

등 뒤에서 암습한 놈이 거꾸로 자신을 악마라 한다.

이놈들과는 영인을 떠난 지 이틀 만에 마주쳤다.

그리고 반 각이 되기도 전. 이십여 명의 적 중 열 명이 넘는 자들이 자신의 손에 쓰러졌다. 제대로 저항조차 해보지 못한 채.

처음엔 의아하다는 표정으로. 그러다 나중에는 공포에 물든 표정으로.

놈이 악마라 부르는 것도 그 때문이다.

하지만 전무심은 그의 말을 되새겨 들을 생각이 없었다.

악마든 뭐든, 검을 나눌 때는 이기는 게 우선인 것이다.

스으윽!

소리를 지르고 물러서는 놈을 향해 한 걸음을 내딛었다.

좌우로 흔들리며 나아가는 신형에 놈의 눈빛이 흔들렸다.

찰나간에 다섯 자 간격으로 좁혀진 거리.

놈이 올려 치는 칼은 쳐다보지도 않은 채 전무심은 무정을 그의 목에 비스듬히 꽂아 넣었다.

"컥!"

외마디 신음을 지르는 놈의 눈이 홱 돌아간다. 허리 어름에 다가왔던 칼날은 이미 자신의 좌수에 잡힌 상태.

전무심은 검을 잡아 빼며 사위를 쓸어보았다.

적들 중 살아남는 자는 다섯.

궁사한과 소미하란이 그들을 상대하고 있다.

한데 바라보는 사이 일곱 자 길이의 대검을 쓰는 자가 소미하란의 뒤로 돌며 빠르게 접근한다.

땅!

전무심의 좌수에 힘이 가해지자 손에 잡힌 칼날이 한 자 크기로 부러졌다.

부러진 칼날이 눈 깜박할 사이에 그의 손에서 사라졌다.

"커억!"

이어지는 단말마.

소미하란의 등을 향해 대겸을 휘두르던 자가 목을 움켜쥐고 고개를 쳐들었다. 그의 목에 박힌 부러진 칼날을 타고 핏물이 흐른다. 전무심의 좌수를 떠난 칼날이다.

뿜어지는 피분수가 소미하란의 등을 적셨다.

그런 상황을 아는지 모르는지, 소미하란은 입술을 깨물며 전면을 향해 소도를 휘두르며 뛰어들었다.

그녀도 등 뒤의 암습을 알고는 있었다. 그러나 마땅히 대처할 방법이 없었다. 정 안되면 한쪽 팔 정도는 내줘야 할 듯했다. 저 빌어먹을 작자가 도와준다면 몰라도.

한데 빌어먹을!

진짜로 빌어먹을 작자가 손을 써서 위험이 해소되었다.

그런데 기분이 왜 이렇게 더럽단 말인가!

자존심이 구정물 속에 빠진 기분이다. 마지막 남은 지푸라기가 끊어져 다시는 헤어나올 수 없을 것만 같다.

'도저히 넘을 수 없는 하늘이란 말인가!'

소미하란은 새파란 살기를 발하며 악착같이 덤벼드는 갈의 무사를 바라보았다. 분노가 방향을 바꿨다.

'네놈들만 아니었어도 이런 기분을 느끼지 않았을 텐데!'

분노는 그녀에게 또 다른 힘을 주었다.

"죽어!"

여섯 자의 간격. 실패하면 언제라도 적의 반격에 목이 달아날지도 모르는 상황. 그런 상황인데도 그녀는 손에 들린 두 자루의 비수를 내던졌다.

퍽!

뼈가 뚫리는 기음. 생각지도 못한 공격에 눈을 치켜뜨고 쓰러지는 두 사람이다.

그들의 이마에는 손잡이만 남은 비수가 하얀빛을 발하며 꽂혀 있었다.

두 사람이 갑자기 죽자 궁사한을 상대하던 자들도 스스로 무너져 버렸다.

의지가 무너진 그들로서는 궁사한의 쾌도를 피할 수가 없었다. 삼 초가 지나기도 전에 궁사한의 칼이 두 사람을 휩쓸고 지나갔다.

순간 갑자기 주위가 조용해졌다.

싸움이 시작된 지 반 각.

스물두 명의 적이 모두 쓰러졌다.

의외의 일은 동자고가 펼치는 쾌검의 위력이 결코 궁사한이나 소미하란에 비해 크게 뒤지지 않는다는 것이다. 두 사람의 가슴에 검을 꽂고 돌아서는 그의 호흡이 별반 흐트러짐이 없다.

'흠, 의외군. 자신의 실력을 잘 드러내지 않으려 하는 것은 알았지만 생각보다 더 강한 것 같군.'

전무심은 무정을 검집에 꽂으며 한쪽을 바라보았다.

부상당한 유강과 조공양을 수경상이 돌보고 있고, 추영산이 그런 수경상을 가로막고 서 있다. 한데 가볍지 않은 상처를 입은 듯 그의 어깨는 이미 붉게 물들어 있었다.

전무심이 바라보자 추영산이 이를 악물고 말했다.

"소 표사가 죽었소."

소진형은 두려움을 이기지 못하고 숲으로 뛰어들려다 심장이 꿰뚫렸다.

유강과 조공양이 부상을 당한 것도 소진형이 갑자기 이탈하며 오행의 수비진이 깨졌기 때문이었다.

그나마 전무심이 제때에 도와주지 않았더라면 나머지도 모두 죽었을지 몰랐다.

전무심은 소진형의 시신을 바라보고는 추영산에게 말했다.

"묻어주고 떠납시다."

추영산은 물론이고 다른 모두의 얼굴이 굳어졌다.

비록 두려움 때문에 도망치려 했지만, 동료였던 사람이 죽었다. 그런데 슬픔을 나눌 시간도 없이 묻고 떠나자 한다.

사람들의 눈에는 너무나 냉정하게 말하는 전무심이 야속하게만 보였다.

그때 전무심이 말을 이었다.

"다시 한 번 공격받으면, 그때는 이 정도로 끝나지 않을 것입니다. 모두가 죽음을 각오해야 할 겁니다."

여전히 냉정한 말투였다. 그러나 조금 전과는 다른 반응이었다.

야속해하던 표정이 놀람으로 바뀌었다.

"놈들이 또 공격할 거란 말이오?"

추영산이 굳은 표정으로 물었다.

전무심은 당연하다는 표정으로 대답했다.

"물건이 뭔지는 모르나, 저들은 목적을 달성하지 못했습니다. 목적을 달성하든지 힘이 떨어지든지, 둘 중 하나가 되어야만 공격을 멈출 겁니다."

틀린 말이 아니었다. 그래서 더 두려운 말이기도 했다.

추영산을 비롯한 비룡표국의 표사들은 소진형의 죽음이 안타깝기는 했지만 어쩔 수 없었다.

"적은 이곳의 지형을 잘 알고 있는 자들, 추적을 받으면 반드시 잡히게 되어 있습니다. 일단은 시간을 벌어서 유리한 지형을 찾는 수밖에."

유강과 수경상의 경공으로는 적을 떨칠 수 없는 데다, 설상가상 부상자마저 있는 상황이다.

냉정한 판단이었다.

그렇다면 시간을 지체한다는 것은 적에게 기회를 준다는 거와도 같았다.

"표사가 되었을 때는 각오했을 것이 아닌가? 뭐 해! 어서 소진형을 묻고 떠나자고!"

추영산이 악을 쓰듯 소리쳤다.

동자고가 아무 말 없이 다가가더니 부드러운 흙을 찾아 검을 찔러 넣었다. 아마 삽 대용으로 사용하려는 듯했다. 검사가 검을 함부로 쓰는 것이 어리석게 보일 수도 있었지만, 아무도 그에 대해 말하지 않았다.

오히려 상처를 싸맨 조공양도 비척거리며 일어서더니 검을 괭이 삼아 흙을 팠다. 그러자 유강과 수경상이 거들기 위해 검을 빼 들었다.

"비켜보시오."

보다 못한 전무심이 그들 앞으로 나섰다. 그러고는 양손을 내치듯이 빠르게 앞으로 밀었다.

퍽!

지옥십관에서 석벽을 뚫으며 익힌 탄포천공. 단 일수에 둔중한 굉음이 일더니 한 자 깊이로 길게 구덩이가 파였다.

더 놀랄 일도 없다는 표정으로 눈물을 훔친 유강과 입술을 깨문 채 멍하니 검을 들고 있던 수경상, 한 차례 악을 쓰고 돌아선 추영산이 소진형을 구덩이에 묻고 흙을 덮었다.

무덤은 한 자 정도 살짝 솟은 형태로 만들어졌다.

대충 만들어진 무덤의 흙을 다독이던 수경상이 유강을 흘겨보았다.

유강의 흐느낌이 그러잖아도 참고 있는 눈물을 끌어내는 것 같아 마음에 들지 않은 때문이었다.

"남자 새끼가 왜 울어!'

수경상이 버럭 소리쳤다.

유강은 소맷자락으로 눈물을 닦으며 몸을 휙 돌렸다.

"남자는 울지 말란 법 있수!'

그러다 수경상의 눈에 맺힌 눈물을 보고는 묵묵히 그녀와 함께 무덤을 다독였다.

소진형을 다 묻고 나자 사람들이 어색한 표정으로 서로를 쳐다봤다.

여기저기 널브러져 있는 신마성의 무사들 때문이었다.

'저들도 묻어줘야 하나?' 하는 표정들이었다.

전무심은 그런 표정에 아랑곳하지 않고 몸을 돌렸다.

소미하란이 눈살을 찌푸리며 말했다.

"사람의 도리로 묻어줘야 하지 않겠어요?'

왠지 조금은 비꼬는 듯한 목소리였다.

하지만 전무심은 그대로 걸음을 옮겼다.

"저들은 우리가 아니어도 묻어줄 자들이 있소. 그 일을 위해 서너 명은 남아야 할 거요."

동자고가 보충하듯이 말을 이었다.

"그럼 우리에게 그만큼의 부담이 덜어지겠지."

소미하란의 눈이 잘게 떨렸다.

너무도 냉정해서 몸이 떨릴 정도나. 이용할 수 있다면, 적의 시신조차 이용하겠다는 뜻으로 들린 것이다.

그러나 분명한 것은 틀린 말이 아니라는 것이다.

그 말에 아무 반박도 못하고 자신 역시 몸을 돌리지 않는가.

'저 사람의 가슴속에는 무엇이 들었을까?'

소미하란은 그런 생각을 하며 무심코 고개를 돌리다가 전무심과 눈이 마주치자 화들짝 놀라 고개를 되돌렸다. 궁사한이 씁쓸한 웃음을 지으며 쳐다보는 줄도 모른 채.

전무심의 예상대로였다.

오십 리도 가지 않아 두 번째 공격이 시작되었다. 그것도 후면이 아닌 전면에서.

두 번째 공격은 처음과 천양지차였다.

이미 자신들의 동료가 전멸했다는 것을 알고 있는지, 적들은 손을 쓸 때마다 사정이라는 것 자체를 배제한 살수만을 썼다.

숫자는 전과 마찬가지로 이십여 명이지만, 피부로 느껴지는 공격 강도는 두 배 이상이었다.

게다가 그들 속에 섞여 있는 서너 명은 궁사한과 소미하란이 일 대 일로도 쉽게 승부를 자신할 수 없을 정도의 고수들이었다.

그나마 다행이라면, 수십 장 높이의 암벽을 등진 데다 전면이 확 트인 곳이어서 적을 모두 파악할 수 있다는 것 정도였다.

하지만 그 정도만으로도 상황은 생각보다 훨씬 나았다.

게다가 분노로 눈이 뒤집힌 신마성의 무사들은 미처 전무심의 강함을 알아보지 못했다.

그것은 그들의 결정적인 실수였다.

싸움이 시작되자마자 무정을 빼 든 전무심의 그림자가 전방을 휩쓸었다.

무정에서 쏟아지는 푸르스름한 검기!

무령풍이 펼쳐지며 전방 이 장을 덮어버린 시커먼 구름!

순식간이었다.

시커먼 구름 사이로 날선 벼락이 수십 줄기 번쩍이더니, 자욱한 피안개가 먹구름과 뒤엉켰다.

"크악!"

"커억!"

동시에 비명이 터져 나오며 세 명의 무사가 허리 잘린 채 허수아비처럼 쓰러져 버렸다.

"뭐, 뭐야? 저놈 막아!"

누군가가 소리쳤다. 그러나 막는다고 해서 막을 수 있는 힘이 아니었다.

살기 가득한 표정이 경악으로, 경악이 공포로 바뀌는 데는 그리 오랜 시간이 필요치 않았다.

세 명의 목숨을 염라전으로 인도한 전무심은 무표정한 얼굴로 패왕의 암황십이검 중의 초식 세 개를 뒤섞어 펼쳐 냈다.

암혈야(暗血夜), 암중잔광(暗中殘光), 암천명귀곡(暗天鳴鬼哭)!

시커먼 구름이 갈기갈기 찢겨지며 울려 퍼지는 귀곡성. 처절한 비명과 함께 혈무가 드리워졌다.

일순간 시커먼 구름에 덮인 다섯이 피분수를 뿜으며 꼬꾸라 졌다. 그들 중 다시 일어설 가능성이 있는 자는 단 하나도 없었다.

보는 사람이 질릴 정도로 냉정하고도 간결한 손속.

여전히 변함없는 표정.

고요히 가라앉은 숨결.

당장이라도 찢어 죽일 것처럼 달려들던 자들은 처참하게 일 그러진 표정으로 황급히 신형을 멈췄다.

그들을 향해 전무심이 몸을 날렸다.

"이놈!"

동시에 뒤로 처져 있던 신마성의 무사들 중 두 사람이 대갈을 터뜨리며 날아들었다.

곡초안도 그중 하나였다.

그는 도저히 믿을 수가 없었다.

적들 중에 절정고수가 섞여 있다는 것 정도는 이미 알고 있었다. 그리고 그가 비룡표국의 무리에 끼었다는 젊은 자라는 것까지.

하지만 이 정도일 줄은 꿈에도 몰랐다.

설령 절정의 고수가 있다 해도 자신과 자신이 이끄는 주력 이라면 충분하다 생각했다. 그가 구마(九魔) 정도의 고수라 해도 자신이 있었으니까.

한데 단숨에 여덟 명이 쓰러졌다. 그것도 채 십 초도 지나기 전에.

스멀거리는 불안감이 그의 뇌리를 지배했다.

불안감은 순식간에 분노로 변하더니 그의 사고(思考)를 덮어버렸다.

두 자루의 도를 빼 들고 대갈을 터뜨리며 날아가는 그의 표정이 악귀처럼 일그러졌다.

바로 그때였다.

쩡!

"컥!"

검이 부러지는 소리와 함께 답답한 신음이 동시에 터져 나오더니, 앞서 신형을 날린 수하의 등을 뚫고 한 자루 검이 삐죽 튀어나왔다.

화악 뿌려지는 핏물!

일그러진 곡초안의 눈동자가 찰나간에 거세게 흔들렸다.

'아차!'

그제야 자신의 성급함을 자책한 그는 흔들린 마음을 추스르며 도를 쥔 손에 힘을 주었다. 그러고는 신형을 옆으로 틀었다.

하지만 전무심은 그를 놓아줄 마음이 없었다.

전무심은 적의 심장을 꿰뚫은 무정을 빼내지 않고 옆으로 그었다. 곡초안이 막 신형을 옆으로 틈과 동시었다.

마른 갈대를 잘라내듯 갈비뼈를 그대로 잘라낸 무정이 골육을 가로지르며 곡초안을 베어갔다.

이미 수하의 검이 잘린 것을 본 곡초안이었다.

그는 감히 정면으로 마주칠 생각을 하지 못하고 몸을 눕혔다. 그러고는 검이 쫓아올 수 없는 속도로 빠르게 세 바퀴를 굴렀다.

눈 깜짝할 사이 이 장 정도의 거리가 벌어졌다.

그는 전무심과 거리가 벌어지자마자 '이 정도면 되겠지' 하는 생각을 하며 신형을 세웠다.

순간, 앞이 캄캄해졌다.

보이는 것은 검은 구름과 그 사이로 보이는 무표정한 얼굴. 그리고 아무런 빛도 나지 않는 한 자루 검뿐이었다.

미처 물러날 새도 없었다. 물러설 곳도 마땅치 않았다.

자신이 할 수 있는 일은 하나뿐이었다.

그는 자신의 쌍도에 모든 내력을 집어넣고, 자신이 지난 삼십 년간 연마해 온 귀전쌍도를 혼신의 힘으로 펼쳤다.

까가가강!

귀신이 회전하는 것처럼 두 자루의 도가 휘돌았다.

물샐틈없는 도막이 그의 전면을 가로막았다.

그의 얼굴이 침착함을 찾아갔다.

바로 그때,

쩌저정!

허공에 구멍이 뚫리듯 그가 펼친 도막이 뻥 뚫렸다.

전무심은 탄포천공을 이용한 일검으로 도막에 구멍을 내고는 경악한 상대의 얼굴을 보며 검에 내력을 더 쏟아냈다.

새파란 검강이 불쑥 이빨을 내밀었다.

일그러진 곡초안의 두 눈이 화등잔만 하게 커졌다.

"거, 검강?"

쩌저정!

그는 산산이 부서지는 자신의 도를 보며 뒤를 생각할 것도 없이 몸을 눕혔다.

다른 방법이 없었다.

도를 쥐고 있던 손아귀에선 이미 아무런 감각이 느껴지지 않았다. 상대의 신법은 자신이 흉내 낼 수 없을 정도로 빠르고 변화가 막심했다.

살 수 있는 방법이 있다면, 그는 땅속이라도 파고들었을 터였다.

그렇다고 온전한 것은 아니었다.

검강의 여파에 가슴 부위의 옷이 먼지처럼 흩어졌다.

둔탁한 통증, 답답한 가슴. 숨도 쉴 수가 없었다.

그래도 정신이 멀쩡한 것을 보니 아직 살아 있기는 한 모양이었다.

땅바닥과 거의 닿을 정도가 된 곡초운이 막 몸을 굴려 철판교의 신법을 펼치려 할 때다.

악귀 같은 자의 목소리가 귀를 파고들었다.

"물어볼 것이 있어 살려둔 것이니 움직이지 마라. 거기서 더 움직이면 진짜 죽는다."

철판교를 펼치려던 곡초운의 몸이 굳었다.

퍽!

뒤통수를 땅바닥에 처박고도 그는 신음조차 흘리지 않았다.

'저자의 말을 들어야 한다. 그래야 살 수 있다!'

오직 그 생각만이 그의 뇌리를 꽉 채웠다.

문득, 곡초운은 어이가 없어 멍해졌다.

왜 저자의 말이 절대의 명령처럼 들린 것일까?

자신이 그토록 나약했던가?

지나가던 개도 믿지 않을 말이다.

귀령자 곡초운이 나약한 사람이라니!

그는 억지로 눈을 돌려 자신을 혼란의 나락으로 빠뜨린 악귀, 전무심을 올려다보았다.

때마침 고개를 트는 전무심의 두 눈과 그의 눈이 스치듯 마주쳤다.

찰나의 순간이었다.

곡초운의 눈이 격렬하게 떨렸다.

'서, 서, 설마……?'

깊이를 알 수 없는 호수처럼 가라앉은 두 눈. 그 눈을 전체적으로 뒤덮은 은은한 묵광. 그리고 묵광을 가르며 흐르는 기이한 혈선.

결코 아래에서 보지 않았으면 볼 수 없는, 그가 살기를 일으키지 않았다면 절대 볼 수 없는 특이한 눈빛이었다.

그 눈빛을 본 순간, 곡초운은 십여 년 전 언젠가 사부인 기천자가 술이 취하면 버릇처럼 이야기하던 설화 같은 이야기가 떠올랐다.

"상고 시대 이래로 매우 특이한 신체를 지닌 사람이 수백 년에 한 번씩 탄생했단다. 세상은 그런 사람을 두 가지 부류로 나누었지. 세상을 이롭게 할 사람과 해를 끼칠 사람으로 말이다. 이 사부는 그런 나눔이 아주 잘못된 것이라 생각한단다. 세상이 그러한 능력을 지닌 사람을 그런 길로 갈 수밖에 없게끔 만들었을 뿐, 하늘이 그리 정해준 것은 아니거든. 뭐, 실제 그리되는 걸 봐서는 내 생각이 잘못된 것 같기도 하지만. 어쨌든 처음부터 선입견을 가지고 대하지 않았다면 그 사람들 중 몇 정도는 삶이 바뀌었을 수도 있었지 않겠느냐?"

사문의 사조께서도 그런 특이신체를 타고나셨다고 했다. 사부는 사조가 미친 것도 아마 그러한 업을 이기지 못했기 때문일 거라 했다. 결국 악마라 불리며 무림공적으로 몰려 정파인들에 의해 죽임을 당하고 말았지만.

어쩔 수 없이 마도에 몸을 담아야만 했던 사부는, 그따위 이유로 사문이 망한 것에 한이 맺힌 듯했었다.

어쨌든 바로 그때, 사부께서 이야기하신 특이한 신체를 지닌 사람들의 특징 중 하나가 바로 눈앞에 있었다.

'내가 직접… 하늘이 된 사들의 천석이라는 천시지안(天死之眼)을 보게 되다니……. 맙소사!'

곡초운의 생각을 알 리 없는 전무심은 눈을 돌려 뒤를 바라보았다.

"크윽!"

조공양이 비명을 지르며 그 자리에 주저앉고 있었다. 길게 갈라진 복부에서 쏟아지는 핏물이 하체를 완전히 적신 채였다.

궁사한과 소미하란과 동자고가 좌우를 막고, 전무심이 전방을 막는 사이 서너 명이 후방으로 돌아간 듯했다.

그들이 조공양을 쓰러뜨린 뒤에도 유강과 수경상을 몰아붙이고 있다. 여기저기서 피가 배어 나오는 두 사람은 금방이라도 사지가 잘리며 쓰러질 것만 같다. 이를 앙다물고 휘두르는 검에서 힘이 느껴지지 않는 것이다.

추영산만이 그럭저럭 적을 맞이해 고군분투하고 있지만, 자신의 몸 하나 건사하기 바쁘다.

궁사한과 소미하란은 만만치 않은 상대를 만나 몸을 뺄 수 없는 상황. 동자고는 하나를 상대하기도 벅차다.

게다가 자신 역시 둘러싼 자만 여섯 명. 둘러싼 적이야 문제될 것이 없다. 그렇다고 그냥 보내주지는 않을 터. 그 약간의 시간이면 유강과 수경상이 시신으로 변하는 데 충분한 시간이다.

'어쩔 수 없군. 아직 드러내고 싶지는 않았는데.'

어지간하면 천왕교에서 알아볼 물건은 꺼내 들고 싶지 않았다. 하지만 다른 방법이 없다. 일단은 눈앞의 일을 먼저 해결해 놓고 볼 일.

돌아보고, 생각을 하고, 결심을 굳히기까지는 찰나의 시간이 소요되었을 뿐이었다.

전무심은 결심을 굳히자 좌수를 가볍게 흔들었다.

팔을 타고 내려오는 시원한 감촉.

손아귀에 잡힌 지옥혈심표의 차가운 기운이 그의 혈관을 싸늘히 식힌다.

동시였다.

철컥!

전무심의 손가락 사이로 붉은 번개가 튀어나왔다.

좌수가 호선을 그리며 앞으로 뻗는 순간! 붉은 벼락 한 줄기가 완만한 원을 그리며 대기를 갈랐다.

둘러싼 채 공격을 망설이고 있던 자들이 갑작스런 전무심의 움직임에 흠칫 뒤로 물러섰다.

찰나간, 붉은 벼락은 물러선 그들의 눈동자 역시 붉게 물들였다.

쒜에에에엑!

일수유의 순간이었다.

기음이 터짐과 동시, 바람이 갈라지며 허공이 두 동강으로 나뉘었다.

"어헉!"

빛줄기를 따라 무심코 고개를 돌리던 누군가의 입에서 다급한 신음이 터져 나왔다.

붉은 벼락이 가른 것은 허공만이 아니었다.

유강과 수경상의 목을 쳐가던 신마성 무사들의 목이 몸통에서 분리된 채 옆으로 밀려나고 있었다.

하늘을 향해 치솟는 시뻘건 피분수!

비명도 없었다. 아니, 비명을 지를 새도 없었다.

움직이던 그대로 목이 스르르 옆으로 밀려나며 피분수가 솟는다.

잘린 머리가 옆으로 떨어지는데도 그들의 얼굴에선 여전히 살소가 사라지지 않고 있다.

자신들의 죽음조차 인지하지 못하고 있다는 말이다.

그것은 섬뜩함! 그 이상도 그 이하도 아니었다.

털썩! 철푸덕!

목 잃은 몸뚱이들이 힘없이 무너져 내리고,

"아악!"

갑자기 터진 비명이 절벽을 타고 산꼭대기로 솟구쳤다.

수경상이었다.

코앞에서 잘려 나간 머리가 옆으로 미끄러지고, 목 잃은 몸뚱이들에서 뿜어진 피분수가 자신을 덮치자 더 이상 참지 못한 그녀가 자신도 모르게 비명을 지른 것이다.

그사이, 지옥혈심표를 회수한 전무심이 다시 손을 떨쳤다.

쒜에에엑!

기음이 다시 공포를 싣고 장내를 휩쓸었다.

그것은 지옥으로의 초대성(招待聲)!

주춤거리며 물러서던 자들 중 몇 명이 손에 들린 무기를 미친 듯이 휘두른다. 또 다른 자들은 공포에 질린 악다구니를 쓰며 몸을 돌린다.

"피해!"

"도망쳐!"

츠츠츠츠! 서걱! 서걱!

하지만 그들 중 누구도 반경 오 장을 벗어난 자는 없었다.

까가강!

바싹 마른 수수깡처럼 부서져 나가는 도검의 파편들.

붉은 빛줄기는 도검을 부수고도 성이 차지 않는지, 그 주인들의 육신마저 훑고 지나갔다.

심지어는 궁사한과 소미하란이 상대하던 자들의 등마저 갈라 버렸다.

"컥!"

"어헉!"

거의 동시에 터져 나온 단말마와 함께 오 장 반경이 피로 뒤덮였다.

장내를 한 바퀴 휘돈 혈심표가 전무심의 손으로 돌아올 즈음 신마성의 무사들 중 살아 있는 자는 바닥에 쓰러져 있던 곡초운, 그 하나뿐이었다.

동자고도, 추영산도, 궁사한도, 소미하란도, 유강과 수경상도 그 누구도 입을 열지 못했다.

"대체… 그건 뭐죠?"

소미하란이 부릅뜬 눈으로 전무심의 좌수를 바라보며 물

었다.

지옥혈심표는 이미 전무심의 소매 속으로 사라진 뒤였다.

비도를 사용하는 그녀에게 전무심의 지옥혈심표는 충격 그 자체였다.

하지만 전무심은 무심한 눈으로 소미하란을 바라보고는 천천히 몸을 돌렸다.

"알려 하지 마시오. 그리고 모두 오늘 본 것은 잊도록 하시오."

아직은 누구도 지옥혈심표에 대해 알아서는 안 된다.

극소수일지라도 천왕성에는 지옥혈심표를 아는 자들이 있을 터였다. 소문은 소문을 낳고 천하로 퍼져 갈 터. 그들이 주시하기 시작하면 자신의 정체가 밝혀지는 것은 시간문제였다.

백리군악은 결코 멍청하지 않으니까.

몸을 돌린 전무심은 곡초운을 바라보았다.

한데 기이한 일이다. 곡초운의 눈에는 공포 대신 경악이 자리하고 있다.

더구나 눈이 마주치자 그가 말한다.

"천사지안……."

무의식중에 튀어나온 말 같다. 말을 뱉어내고 몸을 떠는 그다. 공연한 말을 했다는 자책의 표정.

무슨 뜻일까? 왜 저런 표정이지?

전무심은 의아했지만, 당장 중요한 것은 그가 한 말의 뜻을 알아보는 것이 아니었다.

"당신에게 두 가지를 묻겠소. 우선 하나, 신마성에서 나온 사람들은 이곳에 있는 사람들이 다요?"

곡초운은 고개를 끄덕였다. 그러고는 곧바로 고개를 저었다.

이중적인 대답에 전무심이 다시 물었다.

"당신이 확신할 수 없는 또 다른 사람이 있단 말이오?"

곡초운은 눈을 크게 뜨고 전무심을 올려다봤다.

누구라도 이해하기 힘든 자신의 행동을 보고도 정확한 답을 내리는 전무심이다.

확신에 찬 물음. 그는 전무심이 더욱 두려워졌다.

"그렇소. 내가 이번 일의 수장이기는 하나, 내 생각이 틀리지 않는다면 나에게 명령을 내린 분이 직접 이곳으로 올 것이오."

"천귀혈마가 직접?"

곡초운의 크게 떠진 눈이 튀어나올 것처럼 붉거졌다.

"어떻게……? 혹시 금사오흉이?"

전무심은 대답을 하지 않고 고개를 들었다. 그러고는 추영산에게 말했다.

"들었습니까? 천귀혈마가 직접 온다고 합니다."

추영산은 숨을 헐떡이고 있는 조공양 앞에 무릎을 꿇고 있었다. 그러다 전무심이 말하자 그제야 고개를 돌렸다.

"조 표사가 중상을 입었소."

"혼자 오지는 않을 것입니다."

"복부가 갈라졌소. 지금 움직이면 견딜 수 없을 것이오."

"그들이 도착하면 가고 싶어도 갈 수 없을 겁니다."

모르는 것이 아니다. 자신도 잘 안다.

천귀혈마, 신마성의 악귀. 그가 온다면 이곳에서 살아남을 가능성이 있는 사람은 오직 하나, 전무심뿐이다.

'어쩌면… 천귀혈마조차 이길지도 모르지.'

전이었다면 말도 안 된다며 코웃음 쳤을 것이다. 그러나 지금은 아니다. 내기를 한다면, 오히려 자신은 전무심 쪽에 걸지도 모른다.

하지만 자신들은 그 일과 상관없이 죽을 게 분명하다. 전무심이 천귀혈마를 단숨에 제압한다면 몰라도 그가 혼자서 오지는 않을 테니까. 게다가 그가 삼류무사들과 함께 올리는 없을 터, 자신들에게는 천귀혈마의 일행을 상대할 힘이 없었다.

추영산은 힘겹게 숨을 몰아쉬는 조공양을 바라보았다.

입이 떨어지지 않았다.

그때 조공양이 파랗게 물든 입술을 떨며 말했다.

"후우우우, 후우우……. 크크……. 가슈. 빨… 리."

"조 표사……!"

"내 수당… 소가…… 마누라 주고……."

점점 잦아드는 목소리다. 유강이 울먹이며 소리쳤다.

"조 형님! 힘내슈! 왜 죽는다는 생각만 하는 거유!"

"크크크……. 씨… 발……. 누군… 죽고 싶어서… 죽……."

울컥! 말을 끝맺기도 전에 그의 입에서 핏덩어리가 뿜어졌다.

그의 가슴을 가득 적시며 쏟아진 핏덩어리에는 잘려진 내장 쪼가리마저 섞여 있었다.

"조 표사!"

"형님!"

추영산과 유강의 외침을 들으며 전무심은 곡초운을 내려다 봤다.

곡초운이 묘한 눈빛으로 자신을 바라보고 있었다.

죽음을 앞둔 자의 눈빛이라 하기에는 괴이할 정도로 평온한 눈빛이었다. 게다가 마도의 고수라 보기에는 눈빛이 너무나 맑았다.

정말 이자가 신마성의 무사인지 의아한 마음이 들 정도다.

그래도 하는 수 없다. 죽이는 수밖에.

그래야만이 한 사람이라도 더 살아서 목적지까지 갈 수 있는 확률이 높아지니까.

곡초운을 죽이기로 작정한 전무심의 우수 검지에 푸르스름한 빛이 일렁였다.

천강패왕지(天罡覇王指).

패왕 장천궁의 다섯 가지 무공 중 하나가 마침내 강호에 첫 선을 보이기 직전이었다.

바로 그때, 곡초운이 차분한 목소리로 입을 열었다.

"죽기 전에 한 가지만 물어봐도 되겠소?"

전무심은 짧게 고개를 끄덕였다.

곡초운이 물었다.

"천사지안(天死之眼)에 대해 알고 있소?"

두 번째 듣는 말이다.

한데 기이하게도 그 이름을 다시 듣는 순간 까마득히 깊은 어느 곳에선가 가느다란 떨림이 이는 전무심이다.

"천사지안?"

전무심이 자신도 모르게 그 말을 되뇌이자 곡초운이 다시 말을 이었다.

"세상에는 가끔씩 수십 년, 또는 수백 년 만에 아주 특별한 신체나 능력을 지닌 사람들이 태어난다고 하오. 그중 하나가 천사지안을 지닌 자요. 나는 남들보다 그것에 대해 조금 더 알고 있소. 그대가 나를 살려준다면, 내가 알고 있는 것을 모두 알려주겠소."

"그게 당신 목숨만큼이나 중요하오?"

"그거야 당사자인 그대가 더 잘 알지 않겠소?"

"내가?"

전무심의 눈살이 살짝 찌푸려졌다.

그러다 무엇을 깨달았는지, 찌푸려진 눈이 조금 커지며 싸늘한 광채가 피어올랐다.

"설마… 그것이 나를 말하는 것……?"

곡초운이 천천히 고개를 끄덕였다.

전무심은 깊은 곳에서 시작된 떨림이 점점 커짐을 느끼고 이를 지그시 깨물었다.

자신에게 남들과 다른 능력이 있다는 것만큼은 분명했다.

어쩌면 그 능력이 어릴 적 아버지가 해준 말과 관계가 있지 않을까, 생각한 적도 있었다.

그러나 확실한 것은 아무것도 없었다.

그래서 오랫동안 그러려니 하며 살아왔다. 군악이 붙여준 이름대로 초감각이라 부르면서.

한데 천사지안이라니…….

왠지 모르게 가슴이 떨려온다. 듣는 것이 겁날 정도다.

자신의 감각이 듣기를 거부하고 있다.

그런데도 전무심은 억지로 고개를 끄덕이며 곡초운을 재촉했다.

어쩌면 잘되었는지도 몰랐다. 추영산 일행이 조공양과 마지막 이야기를 나눌 수 있는 시간도 될 테니까.

"좋소, 말해보시오. 그 이야기가 당신을 살려줘야 할 정도로 대단한지 아닌지는 듣고 판단하겠소."

그로부터 반의반 각이 되기도 전이었다.

전무심의 무심한 표정이 창백하게 굳어졌다.

그럴 수밖에 없었다.

두개골을 뚫고 벼락이 꽂히는 것만 같았다.

거센 해일에 몸뚱이가 심해바다로 쓸려 들어가는 기분이었다.

곡초운의 말은 벼락만큼, 해일만큼, 아니, 어쩌면 그보다도 더한 충격이었다.

"…그래서 갓 태어나자마자 죽이든지, 아니면 깊은 곳에 감춘다고 들었소."

"갓 태어난 아이를 죽인다고? 왜, 왜!"

이를 앙다문 전무심의 목소리가 칼날처럼 곡초운을 압박했다.

곡초운은 쓴웃음을 지으며 입술 끝을 비틀었다.

"하늘을 죽이는 운명을 지닌 자가 집안에 태어나는 것을 마냥 좋아할 수만은 없지 않겠소. 자칫 반역자로 몰려 집안이 통째로 무너질 수도 있으니까 말이오."

"어떻게 알아보고 아이를 죽인단 말이오?"

"천사지안의 특징을 알아보는 것은 그리 쉬운 일이 아니오. 더구나 태어난 지 사흘이 지나면 사라졌다가, 하늘의 힘을 얻으면 다시 나타난다고 했으니 때를 놓치면 알아볼 수조차 없소. 당연히 갓 태어났을 때 죽일 수밖에. 물론 알아보지 못하면 그럴 수도 없겠지만……."

문득 오래전, 머릿속에 영원히 지워지지 않을 것처럼 새겨졌던 아버지의 목소리가 재생되어 울려 퍼졌다.

"…너를 살리기 위해 나머지 모두를 버려야만 했다. 심지어 가족마저도. …얼마나 좋았을까, 네가 평범한 아이였다면……."

전무심의 움켜쥔 손이 하얗게 탈색된 채 파르르 떨렸다.

그랬던가? 그 말이었던가?

그래서 아버지는 그렇듯 벽촌까지 도망쳐서 숨어 살아야 했던 것인가? 단지 아들이 괴이한 능력을 갖고 태어났을지도 모른다는, 그런 빌어먹을 이유 하나 때문에?

그래서 또 나는 그리도 힘든 세월을 보내야 했던 것인가?

결국 나의 능력은 하늘의 은혜가 아닌, 저주였던 것인가! 정녕 그랬던 것인가!

'아버지!'

걷잡을 수 없는 분노에 심장이 타버릴 것만 같았다.

천지가 무너져라 악이라도 쓰고 싶었다.

백리군악의 술잔을 받기 전이었다면 그랬을지도 몰랐다.

하은설의 단심비가 가슴에 박히기 전이었다면 분명 그랬을 것이다.

그러나 지금은 아니었다.

가슴이, 심장이 벌겋게 달구어지기는 했어도 결코 시커멓게 타버리지는 않았다.

가슴으로 외친 고함이 온몸 구석구석 치달리기는 했지만, 그 소리가 밖으로 뿜어져 나오지는 않았다.

그러기에는 오래전에 만년빙처럼 차갑게 굳어버린 심장이었다.

게다가 마음의 하늘마저 죽어 있었다.

'그래, 그것도 그리 나쁘지 않은 것 같군. 어차피 하늘을 죽여야 할 운명이라면……!'

그는 숨을 세 번 크게 들이켰다.

그리 긴 시간이 아니었다.

그럼에도 모든 것이, 전처럼은 아니지만 어느 정도는 가라
앉았다.

전무심은 마음이 가라앉자 곡초운을 똑바로 바라보고 말했
다.

"당신을 살려주겠소. 하지만 바로 떠나면 곤란할 수 있으니
혈도를 제압할 것이오."

곡초운은 고개를 끄덕였다. 당장은 지옥의 입구까지 갔다가
되돌아온 것만으로도 족했다.

"당신에 대한 비밀은 죽을 때까지 나 혼자 간직하겠소. 뭐,
말한다 해도 누가 믿어주지도 않겠지만."

그는 처연한 표정으로 말을 마치고는, 깜박 잊었다는 듯 다
시 말을 이었다.

"다만 한 가지. 어디로 가든 상관없지만, 남황 쪽으로는 가
지 마시오. 당신은 살 수 있을지 몰라도 저들은 모두 죽을 것
이오. 그곳에는 본 성의 비밀 지부가 있으니까 말이오."

의외의 말이었다. 전무심은 들어 올리던 우수를 멈추고 곡
초운을 바라보았다.

"왜 그걸 알려주는 것이오."

"그냥……. 굳이 이유를 말하라면, 이렇게 사는 게 싫어서일
뿐이오."

"이렇게 사는 게 싫다? 흥! 우리를 죽이려 온 놈이 별말을 다
하는군!"

추영산이 분노한 표정으로 곡초운을 노려보았다.

하지만 곡초운은 대답하지 않고 눈을 감아버렸다.

'당신들이 어찌 알까, 마도를 택할 수밖에 없었던 우리들의 한을……'

쓸쓸한 표정. 뭔가 사연이 있는 듯했다.

그렇다고 해서 그냥 놔두고 떠날 수도 없는 일. 전무심은 우수 검지를 들어 곡초운의 목 뒤쪽 천주혈(天柱穴)을 향해 일지를 튕겼다.

핑!

대기가 떨리는 소리와 함께 곡초운의 몸이 움찔거렸다.

마혈을 제압당한 그로선 이제 피냄새를 맡고 언제 나타날지 모를 네 발 달린 짐승들을 걱정해야 할 판이었다.

하지만 그가 모르는 것이 있었다. 그가 마지막 말을 하지 않았다면, 전무심의 지력이 그의 뇌호혈을 파괴했을 거라는 것을.

전무심은 뒤돌아서며 무심히 한마디를 내뱉었다.

"충고 한마디 하리다. 그렇게 살기 싫다면 신마성을 떠나시오. 그리고 오늘의 이야기, 아무에게도 하지 마시오."

그러고는 알았다는 듯 눈을 깜박이는 곡초운은 바라보지도 않고 마지막 숨을 몰아쉬고 있는 조공양에게 다가갔다.

조공양은 이미 기름이 떨어진 등잔 같은 상태였다. 숨은 쉬고 있지만 혼은 이미 염라전으로 떠날 채비를 마친 상태였다.

전무심이 다가가자 추영산이 몸을 일으켰다.

"대주님……"

유강과 수경상이 머뭇거리며 추영산을 올려다봤다.

추영산이 일그러진 표정으로 말했다.

"가자."

"대주님……."

"나도 알아! 그러니 일어서! 그래도 이야기는 실컷 나눴잖아!"

오 년을 함께 보낸 수하다. 그런데 그냥 놔두고 떠나야 하는 그다.

마음 같아서는 숨이 완전히 멈출 때까지 기다렸다 묻어주고 싶었다.

하지만 시간이 없었다. 천귀혈마가 언제 나타날지 모르는 상황. 자신의 목숨도 그렇지만, 유강과 수경상까지 죽임을 당하게 놔둘 수는 없었다.

비참한 마음에 목이 메인 추영산은 빽 소리를 지르고는 이를 악물고 돌아섰다.

그때 전무심이 터벅터벅 조공양에게 다가가더니 유강과 수경상이 어찌할 사이도 없이 덥석 안아 들었다.

"내가 안고 가겠소. 일단 떠납시다."

"전 소협?"

추영산이 빤히 바라보자 전무심은 주위를 둘러보는 척하고는 바로 걸음을 옮겼다.

"이곳은 무덤을 쓰기에 그리 좋은 곳 같지가 않소. 좋은 곳을 찾거든 그곳에 묻읍시다."

그제야 유강과 수경상이 몸을 일으켰다. 사실 두 사람도 가볍지 않은 상처를 입은 터였다.

그런데도 전무심의 말에 힘이 솟는지 발걸음이 가볍게 느껴졌다.

그들이라고 해서 어찌 모를까. 전무심의 말이 순전히 핑계라는 것을.

2

"죽일 놈들!"

천귀혈마는 울화통이 터져 미칠 것만 같았다.

곡초운과의 연락이 끊어진 지 벌써 두 시진째다.

그 말이 뜻하는 바는 두 가지. 하나는 놈들을 발견하지 못했거나, 아니면 전멸당했다는 뜻이었다.

하나 그것만이라면 화날 것도 없었다. 기다리면 어찌 된 일인지 알 수 있을 테니까.

그가 진짜 화를 내는 이유는 따로 있었다.

한 시진 전부터 따라붙기 시작한 찰거머리 같은 흑화령의 살수들. 그 빌어먹을 놈들 때문이었다.

손님에게 좋은 꼴은 보여주지 못할망정 한낱 살수 나부랭이들에게 당하는 모습을 보여줘야 하다니.

자존심이 상해서 간이 썩는 기분이었다. 심장이 터지지 않는 것이 다행이라면 다행이었다.

벌써 다섯 명이 싸움다운 싸움도 해보지 못하고 죽어간 것이다.

와중에 흑화령의 살수 일곱을 죽였지만, 솟구친 분노는 조금도 가라앉을 생각을 하지 않았다.

"이놈들! 한번 해보자 이거지!"

뿌드득, 천귀혈마의 이를 가는 소리가 숲을 울렸다.

그러자 천귀혈마와 나란히 걸어가던 핏빛 혈의를 입은 중년인이 흥미롭다는 투로 입을 열었다.

"한때 사천제일의 살수조직이었다더니, 제법이구려."

천귀혈마는 뱃속에서 울컥, 덩어리가 올라오는 기분이었다.

"흥! 사천제일은 무슨! 그래 봐야 일개 청부업자들인데."

"흠, 일개 청부업자들에게 다섯의 정예가 당했다? 신마성의 무력이 생각보다 약한 것 같군요."

은근히 얕보는 말투다.

끝내는 이마에 굵은 핏줄이 툭툭 솟아났다.

때리는 시어미보다 말리는 시누이가 더 밉다더니, 딱 그 짝이다.

'확! 이놈부터 죽여 버려?'

하지만 밖으로 표현할 수는 없었다.

시누이처럼 밉상인 이자는 전설의 패도문과 천왕교의 사자인데다가, 솔직히 자신이 이긴다 자신할 수도 없는 자였다.

천귀혈마가 이를 갈며 말했다.

"곧… 알게 될 거네. 신마성이 왜 신마성인지. 흑화령 놈들,

절대 건드려서는 안될 곳을 건드린 죄가 얼마나 무서운지 알게 될 거야."

딴에는 오연한 자세로, 당장 흑화령을 멸문이라도 시킬 것처럼 으르렁거렸다.

그러나 중년인은 날파리가 눈앞을 스치고 날아갈 때만큼의 반응도 보이지 않았다.

대신 한마디만을 가볍게 내뱉었다.

"우리 아이들을 앞장세워 보면 어떻겠소?"

이를 갈던 천귀혈마가 움찔하며 옆을 바라보았다.

중년인 옆에는 네 명의 적의인이 조용히 서 있었다.

'자신있다 이 말인가? 흥! 나야 손해날 것 없지.'

천귀혈마가 아무런 말도 하지 않자 중년인이 고개를 까닥거리며 앞을 가리켰다.

"너희들이 상대해 봐라."

그의 말이 떨어지자마자 네 명의 적의인이 앞으로 주욱 나아갔다.

신마성의 무사들은 갑자기 네 명의 적의인이 앞으로 나서자 조금은 불쾌한 눈으로 그들을 노려보았다.

하지만 그것도 한순간이었다.

쌍둥이처럼 비슷한 네 사람의 손에 네 자루의 칼이 들린 순간, 등골을 얼려 버릴 듯한 한기가 완만히 굴곡진 계곡을 뒤덮어 버렸다.

마침내 천왕교 혈천단의 살귀, 혈중사살이 중원에서 첫 사냥을 시작한 것이다.

3

으아아악!

비명이 메아리치며 아스라이 들려왔다.

상당히 먼 곳에서 들려오는 소리였다.

숨을 거둔 조공양을 양지바른 곳에 묻어주고 일어서던 비룡표국의 표사들은 흠칫하며 고개를 들었다.

단순한 비명이 아니다. 절벽에서 떨어지며 지르는 비명도 아니고, 짐승을 만나 지르는 비명도 아니다.

들리는 비명은 인간들끼리의 싸움으로 인해 터져 나오는 소리다.

이상한 일이었다. 자신들 외에 이 첩첩산중 오지에서 누가 싸우고 있는 것일까.

"전 소협, 아무래도 이상하군요."

추영산은 소리가 들려오는 곳을 가늠하며 이마를 찌푸렸다.

그러다 문득 이상한 느낌에 고개를 돌려봤다.

전무심이 이 장 가량 떨어진 곳에 서 있었다.

한데 평소의 그가 아니다. 하늘이 무너져도 변하지 않을 것 같던 전무심의 표정이 대리석을 조각해 놓은 것처럼 굳어 있다.

"전 소협⋯⋯?"

추영산이 다시 한 번 부르자 그제야 전무심이 하늘을 올려다본 자세 그대로 나직이 중얼거렸다.

"그들이… 나왔는가?"

의미를 알 수 없는 말이었다.

그런데도 추영산은 몸이 떨렸다. 척추를 타고 송충이가 기어가는 느낌이었다.

바로 그때였다.

전무심의 신형이 둥실, 허공으로 떠올랐다.

동시에 나직한 목소리가 사람들의 귀청을 파고들었다.

"곧 뒤따라갈 테니 먼저 가십시오. 저는 확인해 볼 것이 있습니다."

이유를 물어보고 자시고 할 시간도 없었다.

엉거주춤 몸을 돌리는 궁사한과 소미하란의 눈에 쏜살같이 날아가는 전무심의 흔적이 남겨졌다.

"정말 믿을 수 없을 정도로 엄청나군."

동자고의 입에서 탄성이 절로 터져 나왔다.

누구라 할 것도 없었다. 입을 쩍 벌린 사람들의 마음은 모두가 마찬가지였다.

궁사한은 도병을 쥐었다 폈다를 반복하며 입을 달싹이더니, 결국은 고개를 젓고 말았다.

"제기랄, 닿을 수 없는 곳이었나?"

이를 지그시 문 소미하란이 몸을 돌렸다.

"가요, 사형. 새삼스런 일도 아니니까."

"훗, 하긴."

그때 추영산이 두 사람보다는 훨씬 편안한 표정으로 입을 열었다.

"일단 출발합시다. 뭔가 심상치 않은 일이 있는 것 같소."

'대체 무슨 일로 이곳까지 온 것일까?

자신의 느낌은 결코 거짓을 말하지 않는다.

저 너머에서 익숙한 기운이 느껴졌다.

그 느낌이 말하는 것은 오직 한 가지다.

저 너머에 천왕교의 사람이 있다는 것!

의문이었다.

차라리 중원에서 만났다면 그러려니 했을 것이다.

하지만 이곳은 아니었다.

한편으로는 그래서 더 궁금했다.

무엇이 천왕교의 사람들을 이런 오지에까지 오게 만들었을까?

'가보면 알겠지!'

자문자답을 한 전무심은 빠르게 세 개의 산을 넘었다.

비명은 이제 간간이 들려올 뿐이었다. 싸움이 끝나가고 있다는 뜻이었다.

잠시 후.

바람없는 허공에서 깃털처럼 떨어져 내린 전무심은 굳은 얼굴로 앞을 바라보았다.

비명은 더 이상 들리지 않았다.

고요히 숨죽인 채 공포에 질려 있는 숲 속. 사방이 잘려진 팔다리와 그 몸체들이 쏟아낸 핏물로 시뻘겋게 물들어 있었다.

눈에 보이는 것만도 대여섯 명. 아마 숲 안쪽에는 더 많은 사람이 죽어 있을 터였다.

눈살을 찌푸린 전무심은 고개를 들어 눈을 반쯤 감았다.

주위에 남은 것은 죽은 자의 혼백뿐이었다.

살아 있는 자들은 지금 이 시간에도 그의 감각에서 점점 멀어지고 있었다. 쫓는 자도, 쫓기는 자도.

'그리 멀지는 않아.'

쫓아가면 그리 오래지 않아 따라잡을 수 있을 듯했다.

한데 바로 그때였다. 그들을 쫓아 몸을 날리려던 전무심의 눈빛이 반짝 빛을 발했다.

허리가 잘려진 소나무 그루터기에 걸쳐진 시신. 그 시신의 가슴에 핀 검은 꽃 한 송이가 보인 것이다. 그리고 그 꽃을 가르고 지나간 칼자국도.

"혈사구도식(血蛇九刀式). 혈천단이 나온 것인가?"

검은 꽃을 가르고 가슴을 훑어 내려간 흔적. 뱀이 기어가듯이 갈지 자를 이루고 있다.

그가 아는 대로라면, 그것은 혈사구도의 흔적이 분명했다.

흑화령의 무사들과 혈사구도식.

아무리 생각해도 연결이 되지 않았다.

왜 흑화령은 이들과 부딪쳤을까? 왜 혈천단의 무사들이 흑화령의 무사들을 도륙했을까?

"만나보면 알겠지."

왜 이들을 죽였는지. 그리고 천왕교의 소식도.

한순간, 전무심의 신형이 피로 얼룩진 숲 속에서 사라졌다.

살아남은 자들의 뒤를 쫓는 것은 그리 어렵지 않았다. 거의 일직선을 이루며 곳곳에 흔적이 남아 있었으니까.

게다가 잊을 만하면 들려오는 처절한 비명이 그로 하여금 길을 잘못 들래야 잘못 들 수 없게끔 만들었다.

덕분에 추적을 시작한 지 이각이 채 지나기도 전, 전무심은 격전을 벌이고 있는 한 무리를 발견할 수 있었다.

전무심은 그들을 발견하자마자 십 장 높이의 나무 위로 몸을 날렸다. 그러고는 팔뚝 굵기의 나뭇가지 위에 신형을 세우고 전면의 공터를 내려다보았다.

칼을 휘두르고 있는 적의인들이 보였다.

숫자는 모두 넷. 쌍둥이처럼 닮은 자들이었다.

그들의 손에 들린 칼이 춤을 출 때마다 흑화령의 무사들이 하나둘씩 쓰러진다.

얼마 되지 않은 것 같은데도 벌써 쓰러진 자가 십여 명이다. 대부분이 적의인들에게 당한 듯싶었다.

"살귀들! 네놈들은 대체 누구냐!"

전무심이 장내를 내려다보고 있는데, 흑화령의 무사들 중 가슴에 세 송이의 흑화를 피운 자가 이를 갈며 소리쳤다.

불신의 눈빛, 분노에 휩싸인 표정이었다.

그때 한쪽 구석에서 팔짱을 낀 채 구경하고 있던 혈의인이 두어 걸음 앞으로 나서며 조용히 웃었다.

"후후후. 어차피 죽을 텐데, 알아서 뭐 하겠나?"

전무심은 목소리를 따라 고개를 틀었다.

그러다 목소리의 주인을 본 순간, 눈 깊은 곳에서 가벼운 놀람이 일었다.

무성한 나뭇잎에 가려 보이지 않았던 자의 얼굴이 두어 걸음 앞으로 나오자 똑똑히 보인 것이다.

한데 언젠가 멀리서 봤던 자가 아닌가.

신월단주와 나란히 서 있던 자. 자신의 기억이 잘못되지 않았다면, 혈의인은 천왕교의 사단 중 하나인 혈천단의 단주 도천기였다.

그제야 적의인들이 누군지 감이 잡혔다.

'혈중사살. 혈천단주 능혈도(陵血刀) 도천기의 그림자.'

마침 가슴에 세 송이의 검은 꽃을 피운 자가 다시 소리쳤다.

"신마성의 고수들 중에 너희 같은 놈들이 있다는 소리는 들어보지 못했다! 정체를 밝혀라!"

도천기가 여전히 입가에 웃음을 매단 채 천천히 고개를 저었다.

"차라리 모르는 게 나을 거야."

그러고는 흑마사화령을 몰아치고 있는 혈중사살을 바라보

왔다.

"사살, 천귀혈마가 돌아오기 전에 정리해라."

"존명!"

도천기의 명이 떨어진 순간이었다. 혈중사살의 도법이 더욱 신랄한 살기를 뿜어내기 시작했다.

의외로 강한 흑마사화령으로 인해 실추된 자존심을 되찾기라도 하겠다는 듯.

하지만 이미 삼십여 명의 수하를 잃은 흑화령의 이령주도 악에 받칠 대로 받친 상태였다.

"흑마사화령! 죽더라도 놈들을 끌어안고 죽어라! 동료들의 죽음에 대한 대가를 받아내라!"

신마성의 지부 무사들만 상대하면 될 줄 알았다.

최악의 순간이 오더라도 천귀혈마만 막으면 될 줄 알았다.

한데 엉뚱한 놈들이 나타났다. 개개인은 천귀혈마에 뒤떨어지지만, 놈들의 연수합공은 천귀혈마조차 진저리를 칠 정도다.

결국 그들로 인해 모든 계획이 틀어졌다.

흑마사화령으로 천귀혈마를 막는다는 계획도, 그사이 자신이 이끄는 흑화령의 정예들이 신마성 남황 지부의 무사들을 쓸어버린다는 계획도 모두가 공염불이 되어버렸다.

이제는 이판사판이었다. 어차피 더 물러날 곳도 없었다.

죽더라도 수하들의 복수는 해주어야 했다. 온몸이 갈기갈기 찢기고 잘려진 채 죽어간 수하들의 혼백을 위해서 말이다.

"모두! 놈들과 함께 죽는다!"

그는 살아남은 십여 명의 수하를 독려하며 도천기를 향해 몸을 날렸다.

도천기의 입가에 매달린 웃음이 짙어졌다.

"어리석은 놈들."

그의 손이 옆구리에 매달려 있는 도병을 잡아갔다. 그는 좌우에서 달려드는 흑화령 무사들은 아랑곳하지도 않고 이령주만을 바라보았다.

"본 단주의 손에 죽는 것을 영광으로 알아라!"

일성을 토해낸 도천기는 주욱 앞으로 나아갔다.

어느새 칼집을 벗어난 시퍼런 협도가 허공을 향해 휘둘러지고, 잘게 깎여 나간 역도가 사방으로 비산(飛散)했다.

혈류십이도가 강호에서 첫 선을 보이며 펼쳐진 것이다.

일시지간 폭풍우 같은 도기의 광란이 사방을 휩쓸었다.

쩌저정!

"크어억!"

채 삼 초가 지나기도 전이었다. 달려들던 흑화령의 무사들이 사방으로 튕겨 나가며 처절한 비명이 터져 나오기 시작했다.

그들로서는 결코 절정의 고수인 도천기를 막아낼 수 없었다.

분하지만 그것이 현실이었다.

도천기의 도세에 튕겨진 이령주 화운곡은 두 눈에서 분노의 불길을 뿜어내며 다시 도천기를 향해 쇄도했다.

죽기를 각오한 터였다. 놈의 한 팔이라도 지옥으로 가져가야만 죽더라도 덜 억울할 것 같았다. 그나마 몇 명의 수하가 살아 있을 때가 아니면 그럴 기회조차 없을 듯했다.

그는 일갈을 내지르며 도천기를 향해 몸을 날렸다.

"이놈! 함께 죽자!"

도천기 역시 더 시간을 끌 생각이 없었다. 천귀혈마가 오기 전에 모든 일을 마무리 지어야만 했다.

그의 도가 다시 붉은 핏빛 도기를 줄기줄기 뿜어내며 화운곡을 비롯한 흑화령의 무사들을 휘감았다.

일순간에 도검이 난마처럼 뒤엉켰다.

그렇게 십 초 정도 지났을 때다.

따다당!

도천기의 도세를 감당하지 못하고 화운곡이 피화살을 뿜어내며 뒤로 나뒹굴었다.

전무심이 움직인 것은 바로 그때였다.

"도천기!"

고막을 터뜨릴 듯한 전음으로 도천기의 이름을 부른 전무심이 나무 위에서 떨어져 내렸다. 손에는 무정을 빼어 든 채였다.

화운곡에게 마지막 일격을 가하려던 도천기의 몸이 벼락이라도 맞은 것처럼 멈춰 버렸다.

누군데 천귀혈마조차 모르는 자신의 이름을 안단 말인가.

"웬 놈이냐!"

경악한 그가 화운곡을 향한 도첨의 방향을 돌리며 소리쳤다.

하늘에서 떨어져 내리는 가공할 역도가 억만 근 바위처럼 전신을 짓누른다!

숨조차 쉬기 힘든 상황!

도천기는 안간힘으로 도를 치켜들었다.

찰나였다.

쾅!

도검이 부딪친 소리라 믿을 수 없는 굉음이 숲을 떨어 울리고, 도천기가 바닥에 다섯 치 깊이의 족적을 새기며 주르륵, 다섯 걸음을 물러섰다.

그러다 끝내는 목구멍으로 치밀어 오른 신음을 참지 못하고 입술 밖으로 흘려 냈다.

"크윽!"

동시에 들려오는 음성.

"죽을죄를 지었으니 죽어도 여한이 없을 것이다, 도천기!"

"크으으으으, 네놈은 누군데……?"

이글거리는 눈을 쳐든 도천기는 자신이 본래 서 있던 자리를 직시했다.

한 사람이 검신이 짧은 검을 자연스럽게 늘어뜨린 채 천천히 내려서고 있었다.

먹물처럼 시커먼 흑의를 입고 긴 머리에 큰 키, 아무리 봐도 이십대 중반 정도로밖에 보이지 않는 청년이었다.

처음 보는 자였다.

"네놈은 누군데 나를 아는 것이냐?"

도천기는 손에 들린 도병을 부서뜨릴 것처럼 세게 움켜쥐고 노성을 내질렀다.

하지만 천천히 땅으로 내려선 전무심은 아무런 말도 없이 무정을 중단으로 끌어올렸다.

시간을 끌 이유가 없었다. 구질구질한 이유는 나중에 알아 봐도 되었다. 굳이 도천기의 입이 아니라도 상관없었다.

무심한 눈빛. 무표정한 얼굴.

그는 한쪽에서 벌어지고 있는 혈중사살과 흑마사화령의 싸움은 신경도 쓰지 않고 중단으로 끌어올린 무정에 칠성의 내력을 주입했다.

순간 무정의 끝이 새파란 빛을 발하며 쑥 자라났다.

그걸 본 도천기의 일그러진 눈이 튀어나올 것처럼 홉떠졌다.

자신도 강기를 펼칠 수는 있다. 그러나 저렇게 자연스럽게 펼친다는 것은 아예 생각도 못해봤다.

그렇기에 상대의 무서움이 점점 더 가슴을 짓눌렀다.

"너는 대체……?"

그는 말을 걸어 시간을 끌어보려 했다. 혈중사살이 자신을 향해 돌아설 때까지만이라도.

하지만 귀청을 파고드는 목소리는 사신의 목소리처럼 그의 정신을 옭아매 버렸다.

"천왕의 율을 어긴 자, 죽음으로써 다스릴 지니……."

"무, 무슨……!"

난데없는 말에 도천기의 안색이 흙빛으로 물들었다.

'천왕의 율'이라니! 대체 왜 저 젊은 놈의 입에서 '천왕의 율'이라는 말이 나온단 말인가!

의문을 풀 사이도 없이 전음이 이어졌다.

"…누구도 벗어날 수 없을 것이다!"

그와 동시였다.

천궁일섬단(天窮一閃斷)!

주욱 늘어지듯이 허공으로 떠오른 전무심의 손에서 시퍼런 빛줄기가 낙뢰처럼 떨쳐졌다.

사방이 모조리 푸른빛에 뒤덮였다.

진저리치는 대기를 가르고 번개 기둥이 하늘에서 떨어져 내린다!

도천기는 뒤로 물러서며 혼신으로 도를 휘둘렀다.

하지만 소용이 없었다.

이를 악물고 휘두른 도천기의 협도가 한겨울 바싹 마른 갈대 짓이겨지듯이 부수어진다.

쩌저저저정!

항거할 수 없는 힘에 뒤로 튕겨진 몸뚱이.

"크억!"

쩍 벌린 입에서 뿜어지는 피분수!

재빨리 일어서고도 날벼락이라도 맞은 사람처럼 부들부들 떨고 있는 도천기다.

반 토막 난 협도. 불신, 공포에 질린 표정.

"마, 말도 안 돼! 설마… 혈사자?!"

주춤거리며 물러서던 그가 미친 듯이 소리친다.

전무심은 아랑곳하지 않고 무정을 들어 허공을 길게 내려쳤다.

이미 작정을 하고 손을 쓰는 터였다.

상대는 천왕성의 무력단체인 사단 중 혈천단의 단주. 누가 뭐래도 초절정의 고수가 아니던가. 기세를 잡았을 때 끝내는 게 최선이었다.

십성의 내공이 실린 천궁만리벽(天窮萬里霹)!

하늘과 땅을 잇는 공간이 한 번의 검격에 쩍 갈라졌다.

무의식적으로 반 토막 난 도를 들어 올리던 도천기가 아연한 표정을 지었다.

피할 수 없음을 안 그의 표정은 절망으로 물들어 있었다.

일수유의 순간,

땡그렁!

반 토막 난 그의 협도가 그나마 손잡이만 남기고 잘려 바닥으로 떨어졌다.

"컥!"

거의 동시, 아연한 표정을 짓고 있던 도천기의 입에서 단말마가 터져 나왔다.

이마를 세로로 가르며 그어지는 기다란 혈선.

혼돈으로 물든 빛바랜 눈빛.

그의 귀청을 뚫고 한마디가 더 보태졌다.

"지옥에 가서라도 암천혈왕의 이름을 기억하라, 도천기!"

꺼져 가던 도천기의 두 눈이 튀어나올 듯이 부릅떠졌다.

그것이 이승에서 그가 마지막으로 한 행동이었다.

하지만 전무심은 무너지는 도천기가 땅바닥에 머리를 처박기도 전에 몸을 돌렸다.

동시에 그의 신형이 안개처럼 흩어지며 사라져 버렸다.

시커먼 안개가 혈중사살의 몸을 덮어버린 것은 바로 그 직후였다.

몸을 일으키던 화운곡은 고통도 잊은 채 두 눈을 부릅떴다.

자신의 눈으로 보고도 믿을 수 없는 일이었다.

십여 초 만에 자신의 수하들을 닭 모가지 자르듯 베어낸 자가 이마가 쪼개져 죽었다.

그러더니 이제는 흑마사화령을 죽음 직전까지 몰고 가던 혈중사살마저 제대로 대항조차 못해보고 무너진다.

'분명…… 그다.'

화운곡은 전무심이 누군지 알 수 있을 것 같았다.

혈무당의 무사들이 말했던 그, 모궁인을 개 잡듯 두들겨 잡았다는 바로 그자다.

만수점의 손 장로가 말했던, 비룡표국의 표사들과 함께 표행을 하고 있다는 '그' 말이다.

화운곡은 갑자기 떠오른 생각에 황급히 소리쳤다.

"천귀혈마가 표행을 따라갔소!"

그 말이 떨어진 순간이었다.

시커먼 안개 속에서 번개가 작렬했다.

쩌저저적!

혈중사살이 비명도 지르지 못한 채 튕겨진다.

그 한가운데 서서 자신을 향해 무심한 눈길을 던지는 전무심이다.

화운곡은 해쓱한 안색으로 말을 이었다. 다시는 말할 기회가 없는 사람처럼 다급하게.

"지금쯤 조우했을지도……."

그의 말이 끝나기도 전에 전무심의 신형이 허공으로 빨리듯 올라갔다.

그러더니 호선을 그리며 십 장 높이의 나무를 넘어 북쪽으로 사라졌다.

그제야 몸을 일으킨 화운곡의 몸이 부르르 떨렸다.

그의 주위로 살아남은 흑화령의 무사들이 몰려드는 데도 그의 눈은 전무심이 사라진 북쪽에서 떠날 줄을 몰랐다.

"이령주……."

수하 하나가 고통을 참고 부르는 소리가 들리고 나서야 그가 천천히 입을 열었다.

"어쩌면…… 불가능하지만은 않겠어. 저자라면……."

절망으로 꺼져 가던 그의 눈빛에서 서서히 불씨가 살아나기 시작했다.

　'모든 것을 바쳐서라도…….'

　문득 도천기가 죽으며 했던 말이 귀청을 울렸다.

　"혈… 사자……라 했던가?"

*　　　*　　　*

　절망이 물안개처럼 가슴으로 스며들었다.

　포위한 자들의 수효는 십여 명, 하나같이 자신보다 강한 자들이다.

　전면과 좌우는 적들이 막고 있고, 뒤는 이십 장 높이의 깎아지른 절벽이다.

　빠져나갈 구멍이 보이지 않는다.

　젠장할! 하필이면 전무심이 자리를 비웠을 때 나타나다니. 더구나 놈들을 이끌고 온 자는 천귀혈마 고륵이 아닌가 말이다.

　추영산은 와락 일그러진 표정으로 좁혀오는 자들을 바라보았다.

　검을 잡은 손이 자신도 모르게 떨리고 있었다.

　"천귀혈마 선배, 꼭 이래야겠습니까?"

　뒷짐 진 채 다가들던 천귀혈마가 입꼬리를 말아 올렸다.

　"크큭, 안될 것은 또 뭐냐? 잔소리 말고 물건을 내놓아라. 그러면 살려주마."

물건을 내놓으면 살려준다고?

말짱 개소리! 물건을 내놓으면 입을 막기 위해서라도 당장 죽이려 들걸?

"죽는 게 두려워서 표물을 내놓는 표사가 어디 있단 말입니까?"

"후후후, 죽느냐 사느냐 하는 판에 물건이 무슨 소용이 있단 말이냐?"

그때였다.

"개새끼들!"

유강의 입에서 거친 욕설이 터져 나왔다.

입술을 비집고 흘러나온 핏물이 가슴을 적시는데도 유강은 천귀혈마를 똑바로 바라보며 욕을 퍼부었다. 그의 생각도 추영산과 그리 다르지 않았다.

"물건을 주면 당장 죽일 생각이면서, 뭐? 살려줘? 개들이라 그런지 개 짖는 소리만 하는군."

신랄한 유강의 말에 천귀혈마의 눈빛이 차갑게 가라앉았다.

처음에는 말로 다독일 생각이 없었다. 그냥 다 죽이고 빼앗으면 된다 생각했으니까. 그런데도 심하게 몰아붙이지 않은 것은, 만에 하나 악에 바친 추영산이 표물을 부숴 버리지나 않을까 염려해서였다.

사실 추영산의 앞을 막고 있는 두 놈만 아니었다면, 그딴 걱정은 아예 하지도 않았을 그였다.

자신이 이끌고 온 귀살당의 무사들이 두 놈의 남녀에게 막히지만 않았어도, 분명 추영산의 목을 잘라 버리고 물건을 취했을 터였다.

한데 십 초가 지나도록 귀살당의 공격이 두 놈의 방어를 뚫지 못했던 것이다.

의외였다. 잠깐 지켜본 것이지만, 저 두 연놈을 해치우려면 자신이라 해도 십 초 이상 걸려야 할 것 같았다.

빌어먹게도 그 정도면 추영산이 혈정을 부수기에 충분한 시간이었다. 그래서 망설였던 것이거늘.

한데, 뭐라? 개.새.끼!

이제는 혈정이고 나발이고 다 필요없었다.

그는 새파란 놈에게 '개새끼' 소리를 들어가면서까지 혈정이 부서지는 것을 걱정할 만큼 참을성이 많은 사람이 절대 아니었다.

"흥! 찢어 죽일 놈들. 살려주겠다는 데도 싫다면 모조리 죽여주지!"

그는 냉소를 날리고는 턱짓으로 앞을 가리켰다.

그러자 기다렸다는 듯 대기하고 있던 귀살당의 무사들이 일제히 포위망을 좁혔다.

천귀혈마도 궁사한과 소미하란을 향해 다가갔다.

'진작 이렇게 했어야 했어!'

그가 다가가자 귀살당 무사들이 공격을 멈추고 옆으로 갈라졌다. 반면에 그들의 공격을 겨우겨우 막고 있던 궁사한과 소미하란의 표정은 납덩이처럼 굳어졌다.

천귀혈마. 구마에 못지않은 고수.

사부라면 모를까, 결코 자신들이 상대할 수 있는 자가 아니었다.

그렇다고 피할 수도 없는 상황. 이를 지그시 악문 두 사람은 손에 들린 칼과 비도를 움켜쥐었다.

한데 어느 순간이었다. 기이한 느낌이 들었다.

막상 이 장의 거리가 되었는데도 천귀혈마가 그리 강하게 느껴지지 않는 것이다.

전무심에게서 느꼈던 그 강함이 왜 이자에게서는 느껴지지 않는 걸까? 설마 전무심이 천귀혈마보다 더 강해서?

믿을 수 없지만, 사실이 그런 것 같았다. 아니라면 해답이 없었다.

궁사한과 소미하란은 새삼 전무심의 강함을 절감하면서 온몸을 경직시킨 긴장감을 누그러뜨렸다.

'전무심보다 약하다면… 해볼 만해!'

동시에 그런 생각을 한 것이다.

"제법이구나. 내 기세를 견디다니. 후후후!"

굳었던 두 사람의 몸이 풀어진 것을 알았는지 천귀혈마가 냉소를 흘렸다.

궁사한은 묵묵히 손에 들린 도를 천천히 들어 올렸다.

"얼마 전에 당신보다 더 강한 사람과 싸워봤거든."

궁사한이 비꼬듯 입을 열자 소미하란이 뒤를 이었다.

"아무리 봐도 전무심보다는 약해."

두 사람의 말에 천귀혈마의 입가에 떠올랐던 조소가 사라졌다.

"건방진 놈들!"

동시에 노성을 내지른 천귀혈마의 신형이 주욱 나아가며 두 사람을 덮쳤다.

궁사한의 도가 호선을 그리며 허공을 가르고, 소미하란의 비도가 벼락처럼 쏘아졌다.

그것을 시작으로 귀살당의 무사들도 좌우에서 추영산 일행을 압박했다.

결국 귀살당의 공격에 제일 먼저 피해를 입은 사람은 일행에게서 조금 떨어진 곳에 서 있던 유강이었다.

따다당!

몇 번의 검격을 마주치기도 전에 한 자루 뾰족한 검첨이 유강의 어깨를 꿰뚫었다.

"헉! 이 개 같은……."

"유강!"

그걸 본 수경상이 비명을 지르듯이 소리쳤다.

하지만 어깨가 뚫린 유강이 멈칫하는 사이, 또 다른 자의 칼날이 유강의 한쪽 팔을 베어버렸다.

"크억!"

유강의 입에서 터져 나온 억눌린 신음!

잘려진 팔꿈치에서 뿜어지는 피분수!

"아아악! 이 개잡놈들!"

수경상이 미친 듯이 검을 휘두르며 유강이 있는 곳으로 다가가려 움직였다.

그러자 추영산이 악쓰듯 외쳤다.

"수경상! 자리를 이탈하지 마라! 전 소협이 올 때까지만 견뎌!"

흐트러지면 다 죽는다. 물론 흐트러지지 않아도 다 죽을 것이다. 다만 시간이 좀 더 늦어질 뿐.

추영산이 바라는 것은 그 시간이었다.

"대주님! 유강이……!"

"침착해! 곧 전 소협이 올 거야!"

소리치긴 했지만 자신도 자신할 수가 없었다.

궁사한과 소미하란이 협공하고도 천귀혈마에게 밀리고 있었다.

우리가 모두 죽기 전에 전무심이 올까?

"유강은 내가 지킬 테니 흩어지지 마시오!"

다행히 동자고가 한 놈의 가슴에 구멍을 내고 유강의 앞을 가로막는다. 더구나 재빨리 유강의 잘린 팔의 혈도를 막아 지혈까지 하고 있다.

잘하면 아주 약간의 시간을 더 벌 수 있을 듯하다.

"아악!"

그때 수경상의 입에서 고통에 찬 비명이 터져 나왔다.

슬쩍 눈을 돌려 바라보자 붉게 물들어가는 그녀의 옆구리가 보였다. 상처를 움켜쥔 손가락 사이로 뭉클거리며 배어 나오는 핏덩어리.

추영산이 소리쳤다.

"수경상! 너도 뒤로 물러서!"

그 말에 비틀거리며 물러서는 수경상이다.

한데 그녀를 향해 다가가는 두 놈의 느물거리는 표정이 심상찮다. 아무래도 수경상이 여자이기에 엉뚱한 생각을 하는 듯하다.

수경상이 치욕을 당하는 꼴을 눈 멀쩡히 뜨고 볼 수는 없는 일!

"이놈들!"

추영산의 검이 수경상에게 다가가던 두 명의 귀살당 무사를 쓸어갔다.

자신에게로 칼날의 방향을 트는 두 놈의 입가에 비릿한 미소가 맺힌다. 가소롭다는 표정이다.

'빌어먹을 놈들! 어디 마음껏 비웃어봐라! 내가 죽더라도, 너희 두 놈은 꼭 데리고 갈 테니까!'

추영산은 이를 악물고 두 놈의 칼날 속으로 몸을 던졌다.

그러고는 두 놈이 휘두른 칼날은 보지도 않고, 두 놈의 목을 그대로 그어갔다.

서걱!

"어억!"

짤막한 비명. 살이 베어지는 감촉.

놈의 목에서 뿜어진 피가 얼굴을 적셨다.

동시에 자신의 등에서도 짜릿한 통증이 느껴졌다.

'빌어먹을! 한 놈은 놓쳤어!'

죽음을 각오하고 펼친 검인데도 겨우 한 놈밖에 잡지 못했다. 그렇다면 이제는 자신이 당할 차례다.

추영산은 마지막 힘을 다해 홱 몸을 돌렸다.

급소만 피한다면 다시 기회가 주어질지 모른다는 소박한 희망을 담고서.

하지만 그것은 말 그대로 소망일 뿐이었다. 적의 검은 얄미울 정도로 정확하게 자신의 심장을 파고들고 있었다.

한데 그때다.

땅!

심장을 찔러 들어가던 검이 옆으로 튕겨지고, 찌익, 가슴의 옷자락이 살가죽과 함께 찢겨졌다.

동시에 들리는 목소리.

"정신 차리시오!"

유강을 지키고 있던 동자고였다. 그가 어느새 다가와 지옥에서 그를 건져 낸 것이다.

"이자는 내가 맡을 테니, 대주는 수 표사를 데리고 뒤로 물러나시오!"

추영산은 가슴에서 피가 스며 나오는데도 수경상의 몸을 이끌고 뒤로 물러섰다.

"킬킬! 그럼 내가 죽여주지!"

그때 또 다른 귀살당 무사들이 추영산과 수경상을 향해 달려들었다. 아니, 정확히는 수경상을 향해서.

"저 대주라는 놈을 죽이는 사람이 먼저 계집을 가지기로 하
자고."

"크크크, 그것도 좋지."

검을 들어 올리는 추영산의 눈에 절망이 떠올랐다.

둘을 벗어나니 이제 셋이다. 궁사한과 소미하란은 말할 것
도 없고, 동자고마저도 손발이 묶여 있는 상태다.

"수경상! 너는 뒤로 물러나라!"

물러난다고 해도 적의 공격을 벗어날 수는 없을 것이다. 그
러나 그로선 그렇게 말할 수밖에 없었다.

촌각이라도 버티기 위해선.

"여자는 놔두고 모두 나한테 덤벼! 자근자근 잘라줄 테니
까!"

어이가 없는지 귀살당 무사들의 얼굴에서 웃음이 사라졌다.

"꼴에 남자다, 이거지? 미친 새끼, 지랄하고 있네."

순간이었다.

귀살당 무사 중 하나가 추영산을 향해 득달같이 달려들었
다.

그러자 그에 뒤질세라 나머지 두 사람도 각자의 무기를 휘
두르며 추영산을 덮쳤다.

"그래! 함께 죽자, 자라새끼들아!"

까짓 거 한 번 먹었던 마음, 두 번 먹지 말란 법도 없었다.

'사람이 한 번 죽지, 두 번 죽는 것도 아닌데 뭐!'

추영산은 검을 잡은 손에 젖 먹고 남았던 힘까지 모조리 끌어올리고는 달려드는 세 놈의 얼굴을 직시했다.

바로 그때, 갑자기 묵직한 목소리가 천둥처럼 들려왔다.

"내가 맡지요!"

동시에 바로 앞에서 터져 나오는 외마디 비명 소리.

"컥!"

"케엑!"

쿵!

뒤늦게 목이 반쯤 잘린 놈이 땅바닥에 몸뚱이를 처박는데도, 두 자라새끼의 뻥 뚫린 가슴에서 핏물이 뭉클거리며 뿜어져 얼굴을 적시는 데도, 추영산은 앞만 바라보았다.

마침내 전무심, 그가 온 것이다!

'왔다! 왔어!'

그는 쏟아내고 싶은 말을 꾹 참고는 주위를 쓱 훑어보았다.

비틀거리던 수경상이 언제 그랬냐는 듯, 몸을 세우고 부릅뜬 눈으로 전무심을 바라보고 있었다.

다가오던 자들이 못 볼 것을 본 것마냥 질린 표정을 짓고 있었다.

하늘에서 갑자기 나타난 전무심이 손을 젓는 순간 한 명은 목이 잘리고, 두 명은 가슴이 뻥 뚫려 버렸으니 어찌 질리지 않을 수가 있으랴.

그들을 바라보며 추영산이 싸늘히 말했다.

"이제 시작이야! 자! 어디 누가 먼저 죽나 해보자고!"

그 말과 동시, 먹구름으로 화한 전무심의 신형이 귀살당 무사들을 뒤덮어갔다.

천귀혈마 고륵은 꿈을 꾸는 것만 같았다.

질기디질긴 두 놈을 때려죽이기 직전에 놈이 나타났다.

놈은 나타나자마자 수하들을 도륙하기 시작하더니, 자신이 미처 어떻게 할 틈도 없이 십여 명에 달하는 수하들을 모조리 죽여 버렸다.

한데도 자신은 몸을 뺄 수가 없었다. 그놈이 나타나자 두 연놈이 갑자기 힘을 내더니 자신의 발을 묶어버린 것이다.

차 한 잔 마실 정도의 시간, 그 짧은 시간에 모든 것이 변해 버렸다.

죽어가던 자는 살고, 죽이려던 자는 죽었다.

보고도 믿을 수 없는 일. 그로선 환장할 일이었지만, 그가 할 수 있는 일은 아무것도 없었다.

더구나 그게 끝이 아니었다. 놈이 일장을 뻗어 자신을 뒤로 세 걸음이나 물러서게 하고는 말했다.

"천귀혈마, 당신이 답해줘야 할 것이 있다."

그 말을 들었을 때만 해도 미친놈이라 생각했다. 싸우다 말고 무슨 개 짖는 소리를 한단 말인가. 뒈질 게 두려운 건가?

하지만 채 십 초가 지나기도 전에 천귀혈마는 자신의 생각을 수정해야만 했다.

놈은 자신이 펼친 귀혈장을 조금도 두려워하지 않았다.

공력을 모조리 끌어올려 펼친 장강(掌罡)조차 날도 없는 검으로 베어버렸다.

단 십 초 만에 구마에 뒤지지 않는다는 자신이 몸을 가누기도 힘들 정도로 내상을 입어버린 것이다.

그리고 또 한 번의 공격. 천귀혈마의 눈이 아연히 커졌다.

다섯 자 크기의 새파란 강기가 다가온다.

그것은 결코 자신이 막을 수 있는 것이 아니었다.

"크억!"

전무심의 무정에 오른쪽 가슴이 뚫린 천귀혈마는 목구멍을 가득 메운 선혈을 토해내고는 눈을 부릅떴다.

이건 꿈이 아니었다.

앞에 서 있는 놈도 미친놈이 아니었다.

"네놈은… 누구냐?"

전무심은 천귀혈마의 가슴을 뚫고 반대편으로 삐져 나온 무정을 천천히 잡아 뺐다.

시뻘건 선혈이 혈조를 타고 주르륵 흘러나온다.

"도천기도 그렇게 묻더군. 내가 뭐라고 했는지 아는가?"

"도… 천기? 그가 누구지?"

전무심의 눈에 이채가 어렸다.

도천기가 자신의 이름을 밝히지 않은 듯했다. 아니면 다른 이름으로 알려주었든지.

"천왕교에서 나온 자. 몰랐나?"

천귀혈마의 부릅뜬 눈이 눈구멍에서 반쯤 튀어나온 듯했다.

전무심은 그 눈을 똑바로 바라본 채 나직이 물었다.

"그가 무엇 때문에 이곳까지 온 것이지?"

"미친… 놈. 내가 그걸 말할 것 같더냐!"

발악하듯 외친 목소리가 끝남과 동시였다!

천귀혈마가 갑자기 입을 쩍 벌리더니, 전무심을 향해 한 덩이의 선혈을 벼락처럼 토해냈다.

마지막 발악이었다. 미처 생각지도 못했던 공격!

전무심은 바람에 밀리듯 뒤로 물러서며 좌수를 휘둘렀다.

순간 쏘아져 오던 선혈덩어리가 멈칫하더니 땅바닥에 처박혔다.

그때였다.

천귀혈마가 우수를 들어 자신의 천령혈을 내려쳐 버렸다.

픽!

느닷없는 상황.

모두가 경악한 표정으로 천귀혈마만 바라보았다. 무너져 내리는 그의 몸을 피비린내 가득한 바람이 쓸고 지나가는데도, 누구 하나 움직일 줄을 몰랐다.

한때 사천을 공포로 몰아넣었던 천귀혈마가 죽었다.

신마성의 서열 오위라는 그가 산촌 오지에 뼈를 묻게 되었다.

그리고 자신들은 지옥의 문턱에서 겨우 살아났다.

그런데도 환호하는 사람은 아무도 없었다.

한참의 시간이 지나서야 전무심이 그의 시신에서 눈을 떼고 천천히 돌아섰다.

"아깝군. 많은 것을 알 수 있었을 텐데. 하는 수 없지, 다른 방법을 찾아보는 수밖에."

사람들의 어깨가 흠칫 떨렸다.

왠지 그의 말을 듣는 순간 하늘이 붉게 보이는 것만 같았다.

털썩!

그때 유강이 더는 견디지 못하고 그대로 꼬꾸라졌다.

"유강!"

수경상이 대경해 소리쳤다.

급한 대로 지혈을 했다지만 그 이전에 엄청난 피를 흘린 유강이었다. 그의 얼굴은 시퍼렇게 변해 죽은 자와 다름없었다.

더구나 쓰러진 유강의 팔에선 다시 선지피가 뭉클거리며 스며 나오고 있었다.

동자고가 급히 다가가더니, 겨드랑이의 혈을 눌러 일단 지혈을 하고는, 옷자락을 찢어 피가 흐른 유강의 팔을 감쌌다.

"어떤가요? 괜찮겠어요?"

수경상이 비틀거리는 걸음을 다가가며 초조한 목소리로 물었다.

"너무 많은 피를 흘린 데다, 갑자기 긴장이 풀려서 쓰러진 것 같네. 조속히 의원에게 데려가지 않으면 힘들 것 같군."

동자고는 안타까운 목소리로 수경상에게 대답하고는 전무심을 바라보았다.

전무심이 무정을 거두어들이고는 천천히 몸을 돌렸다.

"일단 이곳을 떠납시다."

그의 말이 아니어도 이곳에 더 머무르고 싶은 사람은 없었다.

지칠 대로 지친 궁사한이나 소미하란도 그 마음은 마찬가지였다.

"조금 큰 마을이 나타나면 마차라도 하나 구해봐야겠소."

"그럼, 유강도 데려가는 건가요?"

수경상이 반색하며 하는 말에 전무심이 나직이 답했다.

"유강은 나의 동료요. 나는 동료를 버리는 자를 아주 싫어하오."

第六章
동행(同行)

死星
天血

1

신시 말, 칠월의 마지막 불길을 담은 태양이 서산으로 기울어져 가던 때였다.

두 마리 노마가 이끄는 낡은 마차 한 대가 사천성제일의 도시 성도의 남문으로 들어섰다.

마차는 남문을 통과하자 느리게 남문대로를 따라 안으로 이동했다. 그러더니 남문대로의 중간쯤에서 우측으로 꺾어져 백여 장을 직진한 다음에야 발길을 멈추었다.

전무심은 마차가 멈추자 앞을 바라보았다.

길이 끝나는 곳에는 커다란 정문이 입을 벌리고 우뚝 서 있었다.

정문은 사두마차 두 대가 동시에 드나들 수 있을 정도로 컸다.

정문에 걸려 있는 현판도 길이가 이 장은 되어 보였다.

비룡표국(飛龍鏢局).

과연 사천제일의 표국다운 위세였다.

고삐를 잡고 있던 궁사한이 허탈한 표정으로 입을 열었다.

"마침내 왔군요."

"저들은 정말로 지금까지의 상황을 모르고 있었을까요?"

곁에 앉아 있던 소미하란이 싸늘한 표정으로 정문을 노려보며 의구심을 드러냈다.

그럴 수밖에 없었다.

남부총로의 구대가 전멸하다시피 했다. 그것도 신마성에 의해서. 그런데도 비룡표국은 너무나 평온해 보였다. 마치 아무것도 모르고 있는 것처럼.

"모르고 있었을 수도 있지 않겠소?"

마차 안에서 추영산의 힘없는 목소리가 들려왔다.

믿음이 반감된 목소리였다.

뒤따라서 수경상의 이를 가는 목소리도 들려왔다.

"말도 안 돼요. 국주님이 신경 쓸 정도로 중요한 물건을 가져가는데, 표국에서는 우리가 오든지 말든지 아무 신경도 쓰지 않았단 말인가요?"

사실 추영산도 모르지는 않았다. 하지만 그렇게 믿는 편이 마음이 편했기에 그리 말한 것이었다.

"국주님을 뵈면 알 수 있을 테니 그만 해라, 수 표사."

"조 표사님도 죽고, 소 표사님도 죽고, 강 표사님도 죽고, 유 강이는 한 팔을 잃은 데다 아직 정신도 차리지 못하고 있어요! 분하고 화가 나서 참을 수가 없단 말이에요!"

그때 전무심이 조용히 입을 열었다.

"일단 들어가 보시오. 나는 이곳에서 작별해야 할 것 같소."

순간 덜컹! 마차의 문이 세차게 열리더니, 파리한 안색의 추 영산이 힘겹게 밖으로 나오며 소리쳤다.

"무슨 말씀이시오, 전 소협! 이 추영산을 은혜도 모르는 파 렴치한으로 만들고 싶은 것입니까?"

"맞아요. 전 소협을 그냥 보내 드릴 수는 없어요."

행여 그냥 갈세라 수경상도 다급히 나섰다.

추영산이 말을 이었다.

"적어도 한 끼 대접할 수 있는 기회는 주어야 하지 않겠소? 저녁 시간도 얼마 남지 않았으니 오늘 저녁만이라도 표국에서 머물고 가시구려."

추영산의 마음을 모르는 바는 아니었다.

그러나 전무심은 냉정하게 고개를 저었다.

"너무 마음 쓰지 않아도 됩니다. 나중에 인연이 되면 그때 하지요. 그럼."

이미 굳어진 결심이었다. 전무심은 말을 맺자마자 곧바로 몸을 돌렸다. 매정하다고 느껴질 정도였다.

전무심이 몸을 돌리자 그 옆에 서 있던 동자고도 어깨를 한 번 으쓱하고는 말했다.

"나도 가야겠소. 만날 사람이 있어서. 다음에 봅시다, 전 공자."

처음부터 뭔가 목적이 있는 듯하더니 누군가를 만나러 온 듯했다.

다만 그늘져 보이는 표정으로 봐서는 반가운 사람을 만나러 오지는 않은 것 같았다.

전무심은 별다른 말은 하지 않고 고개만 가볍게 끄덕였다.

한데 바로 그때였다. 난데없이 소미하란이 마부석에서 내리며 선언하듯 말했다.

"나는 당신을 따라가겠어요."

몸을 돌린 전무심의 고개가 천천히 소미하란을 향했다.

"나를 따라가겠단 말이오?"

"그래요."

"왜?"

전무심의 짧은 외마디 질문에 소미하란이 입술을 잘근 깨물었다.

그녀는 결코 속에 있는 마음을 감추는 여인이 아니었다. 하지만 이상하게도 입이 벌어지지 않았다.

그녀는 한참 만에야 힘겹게 입을 열었다.

"나도 아직은 모르겠어요. 다만… 지금은 내 마음이 움직이는 대로 하고 싶을 뿐이에요."

"사매……."

궁사한이 안타까운 목소리로 그녀를 불렀다. 그러나 전무심을 향한 소미하란의 눈은 움직이지 않았다.

궁사한은 억지로 말을 이었다.

"나는 사부님께 사매를 지켜주겠다고 약속했다. 그러니 사매가 간다면 나도 간다."

왠지 구차한 변명 같아 궁사한은 가슴이 메었다.

'나는 사매를 보내줄 수 없어! 왜 내 마음을 몰라주는 거냐!'

그렇게 말하고 싶은데 입에선 엉뚱한 말만 나오는 것이다.

소미하란이 천천히 궁사한을 향해 고개를 돌렸다.

"미안해요, 사형. 사형은 사형이 하고 싶은 대로 하세요."

궁사한은 이를 악물고 마부석에서 내려섰다.

"추 대주, 힘드시겠지만 아무래도 직접 마차를 몰아야 할 것 같소. 이해해 주시오."

미처 추영산이 대답하기도 전이었다. 전무심이 걸음을 옮겼다.

"따라오는 것을 말리지는 않겠소. 하나 한 가지, 각자의 목숨은 알아서 챙겨야 할 것이오."

그 뒤를 소미하란이 재빨리 따라갔다. 그러자 궁사한도 무거운 걸음을 떼었다.

추영산이 세 사람의 뒤에 대고 소리쳤다.

"전 소협! 언제고 꼭, 이 추영산을 찾아오시구려. 부탁이외다!"

수경상도 가슴을 움켜쥐고 안타까운 눈으로 전무심의 뒷모습을 바라보았다.

"꼭… 찾아오셔야 해요!"

피 묻은 옷을 그대로 입고 다닐 수는 없었다. 더구나 궁사한과 소미하란의 옷은 운남 지역의 복장인데다 여기저기 찢어지기까지 해서 사람들의 시선을 붙잡기에 부족함이 없었다.

전무심은 일단 포목점에 들러 옷을 먼저 갈아입었다.

그러다 보니 전무심이 소미하란과 궁사한을 꼬리처럼 매단채 민강이 보이는 금사객잔에 들어간 것은 반 시진이 지난 유시 초였다.

촤라락!

주렴을 걷고 들어서자 시끄럽게 떠들던 사람들이 세 사람을 향해 눈길을 돌렸다.

세 사람은 자신들을 주시하는 사람들의 눈에 아랑곳하지 않고 객잔의 한쪽 구석에 자리를 잡았다.

그제야 사람들은 다시 각자의 이야기에 몰두하며 떠들기 시작했다.

대부분이 삶의 일상에 대한 이야기였다.

하지만 건너편 탁자에서 간간이 들려오는 한 가지 이야기는 전무심조차 관심을 가지지 않을 수 없었다.

"이봐, 소문 들었어? 신마성이 청성하고 한 판 붙었다고 하던데."

"지랄, 그게 언제적 소문인데 이제 이야기하는 거야?"

"그 일 때문에 당가에서 청성과 아미에 연합을 제의한 거 아닌가?"

"당가에서? 거참, 신마성이 대단하긴 대단한가 보군. 천하에 두려울 것 없다는 세 곳이 연합을 하다니."

엽차 잔을 가져온 점소이에게 간단하게 식사를 주문한 전무심은 묵묵히 엽차를 마시며 귀를 기울였다.

추영산이 표행을 떠난 것은 두 달 전이었다.

긴장감을 누그러뜨리기 위해 시간이 날 때마다 강호의 이야기를 하던 그였다. 그런 그가 말하지 않았다는 것은, 건너편 탁자에서 나누는 일이 그 후에 벌어졌다는 말과도 같았다.

한데 의외였다.

오대세가 중 하나인 당가, 구대문파 중 둘인 청성과 아미, 그세 곳이 신마성 하나를 견제한다는 말이 아닌가.

'신마성의 위세가 생각보다 더 대단한 것 같군. 하긴, 그러니까 천왕교가 손을 내밀었겠지.'

전무심이 나름 신마성의 위세를 판단하고 있을 때였다.

강력한 기운이 담긴 뭔가가 허공에서 벼락처럼 떨어져 내렸다.

퍽!

갑자기 바윗돌이 떨어진 것처럼 커다란 소리가 나더니 시장통처럼 시끄럽던 주위가 조용해졌다.

당가가 어떻고, 청성 아미가 어떻고 하던 자들은 새파랗게 질린 안색으로 입을 다물고 앞만 노려보았다.

그들의 시선이 향한 곳에는 대나무 젓가락 하나가 반 뼘 두께의 탁자를 뚫고 깊숙이 박힌 채 꼬리를 떨고 있었다.

젓가락의 떨림이 멈출 즈음, 이층에서 한 사람이 휘리릭 날아 내리더니 냉랭히 말했다.

"우리 당가가 그깟 마도 놈들 하나 어쩌지 못해서 연합을 하려는 것인 줄 아는가?"

길쭉한 얼굴에 치켜 올라간 눈썹, 거기에 냉랭한 목소리가 더해지자 그러잖아도 날카롭게 보이는 인상이 차갑게까지 느껴지는 자였다.

전무심의 눈 깊은 곳에서 작은 반짝임이 일었다.

'우리 당가라… 당가의 사람인가 보군.'

아니나 다를까, 젓가락을 바라보고 있던 세 사람 중 하나가 황급히 고개를 들더니 벌떡 일어서서 대답했다.

"감히 저희가 어찌 그런 생각을 할 수 있었겠습니까? 당 공자께서 오해하셨습니다."

"오해?"

냉랭히 되묻는 그는 나이가 이십 중반 정도로 보였는데, 진한 녹색 경장을 입고 이마에도 녹색 영웅건을 두르고 있었다.

그것은 한 가지 사실을 의미했다. 성도 사람이라면 모두가 알고 있는 사실, 상대가 당가의 적자(嫡子)라는 걸.

또한 자신들이 상대할 수 있는 자가 아니라는 것도.

"저희는 단지 사천의 세력을 주도하는 곳이 당가라는 것에 대해 말했을 뿐입니다."

그 말에 녹의청년의 안색이 조금 풀어졌다. 치켜 올라간 눈썹도 끝이 살짝 꺾어졌다.

한데 그때였다.

"흥! 당가가 대단하다는 것은 인정하지. 하지만 사천의 세력을 주도한다는 말에는 동의할 수 없다."

갑자기 한쪽에서 코웃음과 함께 냉랭한 목소리가 튀어나왔다.

그러자 녹의청년의 표정이 다시 차갑게 굳어졌다. 그는 냉랭한 목소리가 튀어나온 구석을 노려보며 살얼음이 갈라지는 듯한 목소리로 물었다.

"그렇게 말하는 분은 뉘시오?"

그의 눈이 향한 곳에는 찌그러진 도관을 쓰고 낡은 도복을 입은 도인이 혼자 앉아 있었다. 언뜻 보면 중년으로 보이지만, 자세히 보면 생각보다 젊게 보이는 도인이었다.

도인은 술을 마저 따르고는 술잔을 잡아가며 녹의청년의 물음에 대답했다.

"당위라면 그렇게 물어보지 않았을 것이다."

순간 청년의 눈이 조금 커졌다.

당위. 그 이름 때문이었다.

그는 팔목에 숨겨진 네 치 길이의 수전(手箭)을 잡아 빼다 말고 되물었다.

"귀하가 둘째 형님을 어찌 아시오?"

"그는 그런 질문도 좋아하지 않지."

사실이었다.

한데 저자가 어떻게 둘째 형님의 성격을 저리 잘 안단 말인가?

"그럼 어떻게 했을 거란 말이오?"

도인이 술잔을 딱 소리가 나게 내려놓고는 녹의청년을 직시했다.

"그라면 당연히 일단 손을 쓰고 봤을 것이다. 그 개 같은 성질이 아직 고쳐지지 않았다면 말이다. 비록 졸고 있는 토끼도 잡지 못하는 화살이라 해도, 넷째 너처럼 한 번 뺀 것을 절대 다시 집어넣지는 않았을 것이야."

"그건 그렇……."

자신도 모르게 고개를 끄덕이려던 녹의청년은 뚫어져라 도인을 바라보았다.

언젠가 들어본 말이었다.

어디서 들었지?

녹의청년이 고개를 갸웃거릴 때였다. 도인이 술잔을 싹싹 핥으며 혀를 찼다.

"멍청하긴, 십 년밖에 지나지 않았는데 몰라보다니. 쯔쯔쯔. 당가도 다되었군. 남들이야 당가오호가 사천을 호령할 거라고 하지만, 내 귀에는 다 개소리로밖에 안 들려. 저게 어떻게 호랑이야? 그냥 조금 사나운 고양이지."

녹의청년의 치켜 올라간 눈이 한껏 커졌다. 뭔가가 생각난 듯했다.

"다, 당신은……?"

바로 그때였다.

"왔으면 집으로 바로 올 것이지, 돈도 없는 말코가 왜 이곳에서 노닥거리고 있는 것인가?"

주렴이 좌악 열리더니 역시 녹의를 입은 삼십 초반의 장한이 안으로 들어섰다. 그는 들어서자마자 신랄하게 도인을 비꼬더니 눈을 돌려 녹의청년을 노려보았다.

"너는 여기서 뭐 하고 있는 것이냐? 명신당원들의 수련은 어떻게 하고 이곳에 있는 것이지?"

녹의청년의 얼굴이 와락 일그러졌다.

자신을 질타하고 있는 장한, 그가 바로 자신이 가장 무서워하는 둘째 형이었다.

'젠장, 그냥 넘어가기는 틀렸군.'

분명 그럴 것이다. 잘못을 저지르면 절대 용서란 것을 모르는 사람이 둘째 형 당위니까. 적어도 밤새도록 땀 흘릴 각오 정도는 기본으로 해야 할 듯했다.

당위가 다시 물었다. 목소리가 조금씩 차가워지는 것이 피부로 느껴진다.

"혹시… 명이 너, 술 마시러 몰래 나온 것이더냐?"

당위의 말대로였다. 본래 자신은 지금 명신당원들과 함께 땀을 흘리며 수련을 하고 있어야 했는데, 갑자기 찾아온 친구가 꼬시는 바람에 잠깐 나왔던 것이다.

"손님이 와서 잠시 나왔습니다, 형님."

"손님? 무슨 손님 말이냐?"

당명은 땀을 삐질 흘리며, 부인이 부른다고 부리나케 도망간 친구만 원망했다.

'그 자식만 있었어도…….'

그가 말을 하지 않고 입술을 깨물자 당위의 눈빛이 싸늘하게 가라앉았다. 화가 잔뜩 났다는 뜻이었다.

"네가 감히 내 앞에서 거짓말을 하겠다는 거냐?!"

'아차! 그냥 잘못했다고 할걸.'

하지만 때늦은 후회였다. 거짓말을 병적으로 싫어하는 당위가 아니던가.

이제는 밤새는 것이 문제가 아니었다. 자칫하면 폐관 수련을 이유로 일 년 이상 햇빛을 볼 수 없을지도 몰랐다.

그것만은 절대 피해야 했다.

그에게는 한 달 전부터 사귀기 시작한 여인이 있었다. 그녀를 놔두고 일 년 동안 폐관을 할 수는 없는 일!

당명은 필사적으로 머리를 굴렸다. 이미 쭉 치켜 올라갔던 눈썹은 비 맞은 개털처럼 푹 가라앉은 상태였다.

그때였다. 고개를 살짝 틀고 번개처럼 머리를 굴리던 당명의 눈빛이 반짝 빛을 발했다.

당명은 급히 무슨 소리냐는 듯 고개를 저었다.

"제가 어찌 형님 앞에서 거짓말을 하겠습니까? 절대 아닙니다."

"그래? 그럼 네가 만나러 온 손님은 어디 있느냐?"

당명이 손을 쭉 뻗으며 힘차게 말했다.

"그야 저기. 바로 저 사람들이 저의 손님들입니다, 형님!"

전무심은 갑자기 당명이 자신을 가리키자 눈을 좁혔다.

그가 왜 자신을 가리키는지 알 수는 없었다.

손님이라니, 자신이 왜 저자의 손님이란 말인가?

참으로 어이없는 말이었다.

그런데도 전무심은 자신을 향해 똑바로 뻗은 당명의 손을 바라보지 않을 수 없었다.

다름이 아니었다. 팔목을 감싼 보호대 사이로 날카로운 빛을 발하는 수전의 끝이 보인 것이다.

"그 손, 내리지 않을 건가?"

전무심의 무심한 목소리에 당명은 엉거주춤 손을 내렸다.

그때 당위가 고개를 돌리더니 전무심 일행을 쳐다보았다.

가벼운 놀람이 그의 눈가를 스치고 빠르게 사라졌다. 비록 눈 깜박일 동안에 불과했지만, 전무심에게서 뻗친 무형의 기세가 그의 숨구멍을 파고든 것이다.

절정의 경지를 바라보고 있는 그였기에 느낄 수 있었던 기운. 그 기운은 그조차 한순간 숨을 멈춰야 했을 정도로 섬뜩했다.

당위는 목소리를 낮추고 당명을 향해 물었다.

"정말 저 사람들이 네 손님이란 말이냐?"

어차피 저지른 일. 당명은 자신있게 말했다.

"그렇습니다, 형님. 잠시만 기다리십시오."

그는 전무심이 앉아 있는 자리로 다가가며 빠르게 전음을 보냈다.

"잠시만 손님 행세를 해줬으면 한다. 그러면 내 충분한 보상을 해주지. 단, 절대 의심 사지 않도록 조심해야 한다."

전무심의 무심한 눈이 당명을 향했다.

자신의 뜻은 묻지도 않고 당연히 그럴 것처럼 말하는 당명이다. 힘있는 자들의 사고방식.

전무심은 그것이 마음에 들지 않았다.

신경 끄고 상대하지 말까?

아니지, 혼줄을 내서 밖으로 던져 버려?

그것도 아니면…… 목을 따버려?

그때 문득 드는 생각에 전무심은 눈을 반짝이며 반문했다.

"보상?"

나직하면서도 뚜렷이 울리는 전음에 당명이 눈살을 찌푸렸다. 왠지 불안한 느낌, 누가 자꾸만 뒷덜미를 잡아당기는 것만 같았다. 하지만 당장 급한 것은 둘째 형의 의심을 잠재우는 일이었다.

"그래, 보상. 내가 해줄 수 있는 것은 뭐든 해주지."

그 말에 전무심의 눈빛이 깊게 가라앉았다.

당가의 적자가 직접 한 약속이다. 상대는 지나가는 말로 했는지 모르지만, 적어도 전무심은 그렇게 생각하지 않았다.

'횡재했군.'

손님 역할 해주고 당가의 뭔가를 얻을 수 있다는 것. 그것은 확실히 횡재였다. 그 뭔가는 전무심 자신만이 알 일이었다.

그사이 코앞까지 다가온 당명이 힐끔 전무심 앞에 앉아 있는 궁사한과 소미하란을 바라보고는 빠르게 전음을 보냈다.

"일행인가?"

전무심이 보일 듯 말듯 고개를 끄덕였다.

그러자 당명이 다시 물었다.

"당신 이름은?"

"전무심."

순간 당명이 홱 돌아서며 말했다.

"전 형, 저기 계신 분이 위(威) 자 이름을 쓰시는 둘째 형님이시라네. 전 형도 들어봤지?"

마치 십 년은 사귄 것 같은 친근한 목소리였다.

전무심은 당명의 순발력에 쓴웃음이 나왔다. 그러나 어쨌든 약속은 약속. 그는 천천히 일어서서 당위를 바라보았다.

궁사한과 소미하란이 어이없는 표정으로 당명과 전무심을 번갈아 보는 가운데 전무심이 당위를 향해 포권을 취했다.

"전무심이라 하오."

당위의 딱딱하게 굳은 눈이 전무심을 직시했다.

"당위라 하네. 한데 저분들은……?"

당위의 눈이 자신들을 바라보자 궁사한과 소미하란이 일어섰다. 전무심이 인사하는데 나 몰라라 할 수도 없는 일이었다.

"궁사한이오."

"소미하란이에요."

두 사람이 마저 인사를 하고 나서야 전무심이 당명에게 말했다.

"우리는 식사를 마저 하고 쉬었다 내일 떠날 거네. 당 형은 세가로 돌아가는 게 좋겠군."

예상외로 전무심이 훌륭히 맡은 배역을 소화하자 당명이 태연한 얼굴로 당위에게 말했다.

"이제 믿으시겠습니까? 어쨌든 저 친구들은 식사를 하고 간다고 하니 이제 그만 가시지요."

그러고는 전무심을 바라보았다.

"언제 시간 나면 당가를 찾아주게나. 못다 한 이야기는 그때 하지."

보상은 와서 직접 받아가라는 말이었다.

전무심은 고개를 끄덕였다. 가서 직접 받는다면 더 큰 걸 받아낼 수 있을 터였다.

"그러지. 내 시간 나면 찾아가겠네."

모든 일이 원만히 해결되자 당명은 기분이 좋아졌다.

"가시지요, 형님. 청무 형님도."

하지만 당위도, 낡은 도복을 입은 도인 청무도 그의 기분에 아랑곳하지 않고 전무심 일행에게서 눈을 떼지 않았다.

그러더니 당위가 입을 열었다.

"괜찮다면 본 가에 가서 식사를 하지 않겠나?"

몸을 돌리던 당명의 어깨가 파르르 떨렸다.

다 끝난 마당에 이게 무슨 청천하늘에서 호박 떨어지는 소리란 말인가?

"형님……?"

당명이 말을 이을 틈도 없이 당위가 기분 좋은 목소리로 말했다.

"네가 저런 사람들과 사귀고 있었다니, 제법이구나."

그러더니 청무마저 끼어든다.

"마냥 빨빨거리고 돌아다니는 줄만 알았더니, 다시 봐야겠는걸?"

칭찬 같은 것은 귀에 들어오지도 않았다. 환장할 일이었다.

함께 당가로 간다는 것은 종일 불안에 떨어야 한다는 말과도 같았다. 그럴 수는 없었다.

당명은 이러지도 못하고 저러지도 못한 채 전무심을 힐끔거렸다.

다행히 그를 구해준 것은 전무심이었다.

"번잡한 것을 그리 좋아하지 않소. 다음에 기회가 되면 찾아가지요."

한데 갑자기 청무가 나섰다.

"이봐, 당위. 나도 이곳에서 머무르겠네. 당가에 가봐야 좋은 소리 듣기는커녕 혼만 날 것이 아닌가?"

당위가 천천히 몸을 돌리더니 당명에게 말했다.

"가서 명신당원들의 수련을 도와주거라. 청무가 이곳에 있는다 하니 나도 좀 더 있다 갈 것이다."

"예? 예, 형님⋯⋯."

당명은 당혹감을 최대한 숨기며 고개를 끄덕였다.

여전히 불안한 불씨는 남았지만 그래도 당가로 함께 가는 것보다는 나을 듯했다.

'껑다리처럼 키만 큰 저자에게 뭐 볼 것이 있다고⋯⋯.'

그래도 한 가지 분명한 것은, 일단 최악의 경우는 넘겼다는 것이다. 물론 전무심이 끝까지 입을 다문다는 전제하에서.

당명은 힐끔 전무심을 바라보고는 전음을 보냈다.

"입 조심해. 함부로 입 놀리면 가만두지 않을 테니까."

전무심은 실소가 나오려는 것을 참고 몸을 돌렸다.

꼭 강아지가 입에 물고 있는 뼈를 빼앗길까 봐 호랑이에게 으르렁대는 것처럼 보인 것이다.

'그리 악한 자 같지는 않은데⋯⋯. 당가오호라⋯⋯.'

당명이 찝찝한 표정으로 돌아가고, 전무심이 다시 자리에 앉자 당위와 청무가 다가왔다.

"앉아도 되겠는가?"

미처 당위의 말이 끝나기도 전이었다. 청무가 의자에 털썩 엉덩이를 붙였다.

"대답이 필요없을 것 같소만."

전무심의 말에 당위가 멋쩍은 표정을 짓더니 슬그머니 자리에 앉았다.

두 사람이 자리에 앉자 전무심이 물었다.

"나에게 볼일이 있소?"

당위가 서서히 표정을 굳히며 나직이 되물었다.

"자넨 누군가? 내가 잘못 보지 않았다면, 자넨 아주 위험한 사람이야."

청무가 혀 차는 웃음을 흘리며 당위의 말을 거들었다.

"끌끌, 허투루 듣지 말게. 이 친구가 다른 것은 몰라도 사람 보는 눈은 있다네. 아! 그리고 당명과 아는 사이 어쩌고 하는 소리도 하지 말게. 내가 처음부터 다 봤다는 것은 알고 있겠지?"

전무심이 조용히 대답했다.

"당신이 조금 잘못 알고 있는 것이 있소. 나는 당명에게 받을 것이 있소. 다시 말해, 아주 모르는 사이가 아니란 말이오. 그리고 위험한 사람이라는 말, 그건 맞는 말이오. 얼마나 위험한지는 굳이 내 입으로 말하지 않겠소. 그러니 당신들도 위험해지기 전에 떠나는 것이 나을 것이오."

2

이십여 명의 사람은 대전의 한가운데를 바라보며 말을 잊었다.

그들의 시선은 나란히 놓여 있는 두 개의 커다란 관에 고정된 채 움직일 줄을 몰랐다.

경악, 불신, 어이없음. 각양각색의 눈빛이다.

―천귀혈마가 죽었다!

―천왕교의 사신이 죽었다!

믿을 수 없는 일이지만, 또한 분명한 사실이었다.

두 개의 관, 그리고 두 구의 시신이 눈앞에 있지 않은가 말이다.

어느 순간, 쾅! 상석에 서 있던 오십 후반의 초로인이 발을 구르며 노성을 토해냈다.

"대체 이게 어찌 된 일이란 말이오? 어디 말들을 해보시오!"

사위가 조용해졌다.

죽은 천귀혈마의 친우이며 신마성의 부성주위를 맡고 있는 마령(魔靈) 공효순. 평소에 쉽게 화를 내지 않는 그가 분노를 토해내자 사람들은 숨도 쉬기 힘들 지경이었다.

"그만 하게. 어차피 벌어진 일이니 어쩌겠나."

때마침 맨 위쪽의 태사의에 깊숙이 몸을 묻고 있던 당당한 체구의 금포노인이 입을 열어 공효순의 분노를 가라앉혔다.

공효순을 말 한마디로 가라앉힐 수 있는 자.

그가 바로 사천 마도의 제왕이자 환우구마(還宇九魔) 중 한 사람인 금천신마(禁天神魔) 희천양이었다.

희천양은 공효순이 마지못해 옆으로 물러서자 좌측에 시립해 있는 장년인을 바라보았다. 붓으로 그은 듯 새카만 눈썹 아래서 쏟아지는 그의 눈빛에는 만 근의 무게가 담겨 있었다.

"놈에 대해 밝혀진 것은?"

그제야 좌측에 서 있던 청의장년인이 조심스럽게 입을 열었다.

"지금쯤이면 비룡표국의 표사들이 성도에 도착했을 테니 곧 그자에 대한 것을 밝힐 수 있을 것입니다, 성주."

"남황 지부의 상황은?"

"긴급히 무사들을 파견했습니다."

희천양은 천천히 고개를 끄덕이며 눈을 반쯤 감았다.

천귀혈마와 수하들의 죽음이 안타깝긴 했지만, 이미 죽은 사람들의 복수를 하겠다며 날뛸 정도로 다정한 그가 아니었다. 솔직히 천귀혈마가 죽었다는 것보다 천귀혈마를 죽인 수법에 관심이 더 많았다.

가공할 힘에 의해 뭉개진 천귀혈마의 두 손. 그리고 가슴을 뚫은 일검.

그것은 자신이라 해도 쉽게 흉내 낼 수 있는 것이 아닌 것이다.

'대체 어떤 놈일까?'

섬서 마존궁의 궁주인 백안마군(白眼魔君) 사문천이 암암리에 혈정을 구하려 한다는 정보를 접한 것이 두 달 전이었다. 비룡표국주 송만상의 셋째 아들 송귀중의 입을 통해서 나온 정보였다.

환혼단에 중독된 그는 돈 대신 정보를 주고 환혼단을 구하곤 했는데, 어느 날 밤늦게 찾아온 손님과 송만상이 주고받은 이야기를 듣고는 곧바로 신마성의 비밀 지부를 찾아와 모든 것을 털어놓은 것이다.

혈정(血晶). 마치 수정처럼 맑아 보여서 혈정이라는 이름이

붙은 혈상귀혼단은, 사실 그에게는 있어도 그만, 없어도 그만
이었다.

그런데도 희천양이 남황 지부에 있는 천귀혈마에게 혈정을
취하라 한 이유는 다름이 아니었다.

백안마군 사문천이 몰래 구하려 할 때는 그만한 이유가 있
을 터. 당가와 청성, 아미가 연합해 자신을 치려는 요즘, 잘하
면 혈정 하나로 정사 중간에 어정쩡하니 걸쳐 있는 마존궁이
라는 막강한 세력을 끌어들일 수 있을지도 모른다는 계산이
섰기 때문이었다.

'마공을 익혔으면서도 마도를 싫어하는 놈, 그놈만 끌어들
이면 사천무련 따위는 걱정할 것이 없는데……'

희천양이 생각에 잠겨 아무런 말도 하지 않자 청의장년인이
곧 말을 이었다.

"장로님과 지부의 무사들이 죽은 게 안타깝긴 하지만, 보다
더 큰 문제는 본 성을 방문한 천왕교의 사자가 죽었다는 것입
니다."

희천양의 이마에 두 줄기 깊은 고랑이 파였다.

"저들이 가만있을 거라고 보나?"

"천왕교에 전서를 보내기는 했습니다만, 그들이 어떤 반응
을 보일 것인지는 아무도 모르는 상황입니다. 성주, 저희도 나
름대로 대책을 강구해야 하지 않겠습니까?"

희천양의 오른쪽에서 잠자코 듣고 있던 뚱뚱한 노인이 얼굴
을 붉히며 불만스럽게 말했다.

"이것 봐, 정 각주. 우리는 장로가 죽었네. 게다가 지부의 무사들 오십여 명이 떼죽음을 당했어. 흑화령과 정체도 모르는 놈에게 말이야. 천왕교가 아니라 누구라도 우리를 질책할 수는 없네!"

"제가 어찌 진 호법님의 말씀을 모르겠습니까? 하나 저들은 우리 쪽에서 누가 죽었나 하는 것보다 자신들이 보낸 사자가 죽었다는 데 더 신경 쓸 것입니다. 어찌 되었든 본 성의 일에 말려들어 죽은 셈이니까 말입니다."

마운각의 각주 정안양이 고개를 저으며 말하자 희천양이 이마를 꿈틀거리며 말했다.

"그래, 저들의 화를 달랠 좋은 생각이라도 있는가?"

"속하는 두 가지 방법을 생각해 봤습니다. 하나는 범인을 잡아 그 목을 보내주는 것. 또 다른 하나는 오히려 우리가 큰소리를 치는 것입니다."

"큰소리를 친다?"

"돌아가신 고 장로님께 죄송한 말씀이기는 하나, 함정에 걸린 것도 아니고 무인이 정식으로 싸우다 죽은 것은 실력이 없어서 죽은 것 아니겠습니까?"

"그러니까, 천왕교의 사자도 실력이 없어서 죽은 것이니 뭐라 할 것 없다, 그 말이군."

"그렇습니다. 천왕교가 추구하는 것이 패(覇) 아닙니까?"

"흠! 패(覇), 그거 좋지."

희천양이 조금은 풀어진 표정으로 고개를 끄덕였다. 그러자 정안양이 말을 이었다.

"그리고 나서 저들에게 커다란 선물을 안기는 것이지요. 아마 추궁하고 싶어도 당장은 아무 말 못할 것입니다."

희천양이 천천히 자리에서 일어섰다.

일어서는 그를 중심으로 무거운 기운이 동심원을 그리며 퍼져 나갔다.

"일단은 정 각주의 의견대로 처리하고 천왕교의 반응을 보겠다. 그리고 그사이, 놈을 잡는다."

잔뜩 불만스런 표정을 짓고 있던 뚱뚱한 노인, 곤육마(坤肉魔) 진묵이 새파란 안광을 뿜어냈다.

"속하를 보내주시오, 성주!"

거무스름하게 물든 희천양의 눈이 그를 향했다.

"자네가?"

"하릴없이 놀고 있는 늙은이 두어 명과 함께 가겠습니다.

"남황 지부의 수하들과 고륵이 그 한 사람에게 죽었네."

"젊은 놈이라 들었습니다. 고 장로가 방심하지 않았다면 결코 당하지 않았을 것입니다. 그가 누굽니까? 단 하루 만에 구화문의 일백 무사를 찢어 죽인 천귀혈마가 아닙니까?"

주위에서 잠자코 듣고 있던 사람들이 하나둘 고개를 끄덕였다. 꼭 그래야 하는 것처럼. 아니면 너무 억울해서 못살겠다는 듯한 표정으로.

그러나 희천양은 동의하지 않았다. 천귀혈마 고륵과 도천기의 몸에 난 상처의 의미를 알아봤기 때문이다. 두 사람을 죽인 전무심의 무공이 얼마나 대단한지, 절정의 끝에 다다라 절대의 경지를 바라보는 그만은 아는 것이다.

그렇다고 해서 진묵의 의견을 묵살하지는 않았다. 상대가 생각보다 더 강하다는 것도 내비치지 않았다.

미지의 적은 강하다. 자신조차 자신할 수 없을 정도로. 그렇다면 한 번 정도는 더 상대의 실력을 시험해 봐야 하지 않겠는가 말이다.

설령 누군가가 또 그에게 당하더라도.

그리고 그게 진묵이 되더라도 어쩔 수 없는 일이었다.

"좋네. 그럼 자네가 알아서 두 명의 장로를 데리고 가게나. 가서 놈의 몫을 가지고 오게."

진묵이 힘주어 대답했다.

"존명!"

희천양은 고개를 숙인 진묵은 쳐다보지도 않고 공효순을 향해 말했다.

"그리고… 자네가 나서서 흑화령을 쓸어버려. 버러지 같은 놈들이 다시는 사천 땅을 밟지 못하게 말이야."

공효순이 얼음장 같은 표정으로 답했다.

"알겠습니다, 성주. 그러잖아도 놈들이 설치는 게 마음에 걸렸는데, 이참에 정리를 하지요."

3

밤이 늦었는데도 당위는 돌아가지 않았다.

말로는 오랜만에 만난 친구와 좀 더 많은 이야기를 나누고 싶어서라고 했지만, 그 말을 믿는 사람은 아무도 없었다.

그런데 더 기이한 것은 전무심이었다. 그는 지루한 기색도 보이지 않고 두 사람의 이야기를 들어주었다. 그러면서 간간이 강호의 상황에 대해 질문을 던지기도 했다.

그때마다 청무는 신이 나서 입을 열고, 당위는 묵묵히 전무심이 묻는 말에 귀를 기울이다가 가끔씩 보충 설명을 하기도 했다.

청무가 이야기를 어찌나 실감나게 하는지 궁사한과 소미하란마저 두 사람의 입에서 나오는 이야기에 호기심을 가지고 경청했다. 중원을 잘 알지 못하는 그들에게는 딴 세상 이야기 같기만 한 것이다.

그렇게 두 시진이 흐르자 금사객잔에 남아 있는 사람은 그들 다섯뿐이었다.

이야기는 무르익을 대로 무르익어서 이제는 마땅한 주제가 없을 듯했다.

그때 갑자기 당위가 물었다.

"신비에 싸여 있던 천왕교가 움직이고 있다고 들었는데, 들은 것 없나?"

탁! 술잔을 내려놓은 청무가 불쾌해진 얼굴로 인상을 쓰며 말했다.

"아무래도 기분이 더럽네. 돌아가는 상황이 한바탕 피바람이라도 불 것만 같단 말이야."

당위가 청무의 빈 잔에 술을 채워주며 물었다.

"듣긴 들었나 보군. 맹에선 그들에 대해 어떤 생각을 가지고 있나?"

처음과 똑같은 낯빛. 똑같은 목소리였다.

전무심은 그의 흔들리지 않는 부동심에 내심 감탄하면서도 청무의 입에서 나올 대답에 귀를 기울였다.

그가 두 사람을 떨치지 않은 이유는 단 한 가지였다.

당위는 당가오호 중의 둘째, 청무는 청성의 제자로 얼마 전만 해도 정천무림맹에 있었다는 자다. 더구나 당위는 당가의 핵심 정보에 근접해 있는 당주 급 인사였으며, 세상을 십 년간 떠돌아다녔다는 청무 역시 겉보기와는 달리 결코 당위에 못지않은 자였다.

전무심은 이들에게서 당금 강호의 사정을 알고 싶었다. 두 사람이 아는 바를 모두 들을 수 있다면, 전무심은 하루가 아니라 열흘이라도 투자할 용의가 있었다.

사실 이들이 모른다면, 당금 강호에서 천왕성의 움직임에 대해 알고 있는 자는 극소수라고 봐야 했다. 그것은 또한 천왕교가 아직 본격적으로 움직이지 않고 있다는 말과도 같았다.

만일 상황이 그렇다면, 전무심도 그 상황에 맞춰 계획을 짜지 않을 수가 없었다.

한데 마침내, 그가 원하는 내용이 나오기 시작한 것이다.

'백리군악이 정식으로 움직이려 작정한 모양이군.'

그때 청무가 어깨를 으쓱하며 대답했다.

"겉으로는 조용한데, 속은 불난 집처럼 난리네. 아마 그 불길이 곧 강호를 집어삼킬 거야. 자네도 바짝 긴장하고 있어야 할걸?"

당위의 굵은 눈썹이 꿈틀거렸다.

"겁나지 않네. 우리 당가도 만만치 않거든. 게다가 청성이나 아미도 그들을 반기지 않을 것이야."

"그거야 물론 그렇지. 하지만 그들이 마도를 움직인다면 이야기가 달라지지."

"마도?"

"맹에서 걱정하는 게 바로 그것이야. 그들은 패도를 추구하는 자들이 아닌가. 더구나 들리는 소문으로는 그들 내부에서 마도가 득세하고 있다고 하네. 아마 모르긴 몰라도, 그들이 나서기 전에 마도문파들이 먼저 그들의 힘을 얻으려 할걸?"

전무심은 새삼스런 눈으로 청무를 바라보았다.

말이 소문이지 나름대로 정보를 수집하고 있다는 뜻이었다. 하긴 정천무림맹이 마도의 종주, 패도의 하늘 천왕교를 그냥 보고만 있지는 않았을 터였다.

그들의 힘을 누구보다 두려워하는 사람들이 바로 정천무림맹의 사람들일 테니까.

때마침 당위가 신중하게 입을 열었다.

"신마성의 움직임이 수상하다는 정보가 입수되었는데, 혹시 그들 때문이 아닐까?"

그 말이 떨어짐과 동시였다.

탕탕탕!

누군가가 닫힌 객잔의 문을 세차게 두드렸다.

한쪽에서 졸고 있던 점소이가 벌떡 고개를 쳐들더니 전무심 등이 앉아 있는 탁자 쪽을 바라보았다. 올 일행이 있냐는 듯 묻는 표정이었다.

점소이는 아무도 대답을 하지 않자 다행이라는 표정을 지으 며 밖을 향해 소리쳤다.

"영업 끝났습니다요!"

하지만 소용이 없었다.

탕탕!

문 두드리는 소리와 함께 거친 목소리가 들려온 것이다.

"문을 열어라! 우리는 비룡표국에서 왔다! 열지 않으면 부수 고 들어갈 것이다!"

비룡표국이라면 당가에게만 조금 밀릴 뿐 성도에서 누구도 무시할 수 없는 세력이다.

점소이는 당황한 표정으로 당위를 바라보았다.

당위가 고개를 끄덕였다. 비룡표국이라면 당가와도 친한 사 이였다. 그들이 한밤에 객잔을 찾아왔다는 것이 이상하긴 했 지만 그만한 이유가 있을 터였다.

점소이가 문을 열자 네댓 명의 무사가 객잔 안으로 우르르 몰려들어 왔다.

선두에 선 자는 사십 초반의 중년인이었다. 콧수염을 멋지게 기른 그는 들어서다 말고 당위를 발견하고는 놀라움을 감추지 못했다.

"당가의 둘째 공자가 이곳에 어쩐 일이시오?"

당위도 조금은 놀란 표정으로 대꾸했다.

"그러는 대표두께선 이 밤중에 웬일로 객잔을 찾으신 겁니까?"

콧수염을 기른 중년인, 그는 비룡표국에 단 일곱 명 있다는 대표두 중의 하나인 탈혼검 소대붕이다. 당위라 할지라도 함부로 대할 수 없는 자.

"하하하, 미처 몰랐구려. 둘째 공자께 밤에 술을 마시는 흥취가 있을 줄이야……."

"좋은 친구를 만난 덕분이지요. 한데 매사에 바쁘신 대표두께선 어인 일이십니까?"

"국주님의 명으로 한 사람을 찾는 중이오. 한데 비슷한 사람이 이곳으로 들어갔다고 하기에 들른 거외다."

"국주님께서 이 밤중에 사람을 찾아오라 하셨단 말씀입니까?"

"그렇소. 그는 전무심이라는 자로, 먹빛 흑의를 입고, 키가 큰……."

소대붕은 말을 하다 말고 입을 닫았다.

전무심이라는 이름이 나오자마자 사람들의 눈이 한 곳을 향하고 있었던 것이다.

그도 사람들의 눈이 향한 곳을 바라보았다.

기둥에 반쯤 가려진 흑의인이 보였다.

일순간 그의 눈이 딱딱하게 굳어졌다.

그제야 전무심이 무심한 표정으로 입을 열었다.

"제가 전무심입니다만."

소대붕은 딱딱하게 굳은 눈으로 전무심을 바라보고는 천천히 포권을 취했다.

"소대붕이라 하외다. 추영산에게서 귀하에 대한 말을 들었소. 국주님께서 전 공자를 뵙고자 하시오."

추영산이 비룡표국에 들어간 시간은 석양이 지기도 전이었다. 지금 시간은 자시 초. 하면 세 시진 만에 자신을 찾아왔다는 말이다. 아무리 추영산이 늦게 보고를 했다고 해도 너무나 긴 터울이었다. 그사이에 무슨 일이 있었던 것일까?

"저는 이곳에서 자고, 내일 아침 일찍 성도를 떠날 생각입니다. 시간이 있을지 모르겠군요."

"국주님께선 지금 전 공자를 뵙고자 하시오. 그리 오랜 시간이 걸리지는 않을 것이오."

지금 시간은 자시. 늦어도 너무 늦은 밤이다.

그런데도 만나자고 하는 것은 그만큼 급하다는 말이었다.

그렇다면 서두를 것이 없었다. 아쉬운 건 자신이 아니니까.

"무슨 일인지 알고 갔으면 싶군요."

소대붕은 잠시 머뭇거리더니 이를 지그시 깨물고 대답했다.

"표행을 맡기고자 하오."

표행?

전무심은 그 말에서 송만상이 왜 자신을 찾는지 알 수 있을 듯했다. 그가 자신에게 맡길 물건은 오직 하나다.

'그 물건의 목적지가 비룡표국이 아니라는 말이군.'

조금은 짐작하고 있던 터였다. 하지만 막상 그것이 사실로 드러나자 은근히 마음이 움직였다.

잘하면 고민하고 있는 한 가지 문제가 저절로 풀릴 것도 같았다.

전무심은 슬쩍 소대봉을 떠보았다.

"비룡표국에는 뛰어난 표사들이 많다고 들었습니다. 굳이 제가 필요치 않을 것 같습니다만."

소대봉의 얼굴이 살짝 이지러졌다.

표국의 대표두로서 외부 사람에게 일을 맡겨야 한다는 것에 자존심이 상한 듯했다. 하지만 어쩔 수 없다는 것 또한 알고 있는 그였다.

"그래도… 천귀혈마를 죽일 수 있는 고수는 없소이다."

소대봉의 말이 떨어진 순간이었다.

당위와 청무가 벌떡 자리에서 일어섰다.

"천귀혈마가 죽었단 말입니까?"

"전 도우에게?"

놀라지 않으면 사천의 무사가 아니었다.

신마성의 살귀 천귀혈마가 죽다니!

두 사람의 놀란 눈빛에 전무심은 조용히 자리에서 일어섰다.

시끄러워져서 좋을 일은 없었다.

그리고 상대의 반응을 보니 자신의 목적도 이룰 수 있을 듯했다.

"일단 갑시다."

그러자 당위와 청무가 동시에 말했다.

"우리도 함께 가겠습니다."

소대붕이 머뭇거리며 손을 저었다.

"본 표국의 일에 왜 두 분이 나선단 말입니까?"

당위가 싸늘한 표정으로 소대붕을 노려보았다.

"표행에 관해선 나서지 않겠습니다. 하나 당가의 사람으로서 천귀혈마의 죽음에 대해서 좀 더 알아볼 것이 있습니다. 제말, 이해하시겠습니까?"

청무도 합세했다.

"청성도 마찬가지요."

第七章

혈정(血晶)

1

옅은 불빛이 속눈썹 사이로 스며든다. 가늘게 떨리는 눈꺼풀이 천근만근 무겁기만 하다.

추영산의 말을 처음 들었을 때는 믿을 수가 없었다.

아니, 사실 추영산이 살아왔다는 것 자체가 믿을 수 없는 일이었다.

"모사재인 성사재천이라더니……."

모두가 죽고, 물건이 신마성에 넘어간다는 전제하에 실행한 계획이었다.

한데 세 사람이나 살아서 돌아왔다. 그것도 물건을 가지고.

게다가 신마성의 오십여 무사와 천귀혈마저 죽인 채.

웃음도 나오지 않았다.

잘된 일인지, 잘못된 일인지 판단이 서지 않았다. 머리만 지끈거릴 뿐이었다.

아들놈이 환락단에 중독되 악의 구렁텅이에 빠진 것을 안 것이 일 년 전이었다.

표국의 주요 비밀이 새어나가는 것을 알고 조사하던 중에 아들이 관련되었다는 것을 알게 되었는데, 그 와중에 환락단과의 관계가 밝혀진 것이다.

분통이 터졌다.

아들놈을 때려죽이고 싶었다.

하지만 자신이 가장 사랑했던, 지금은 죽어 흙이 되어버린 소실의 단 하나 있는 아들을 죽일 수는 없는 일이었다.

대신 아들놈을 악의 구렁텅이로 몰아넣은 놈들을 죄다 찢어죽이겠다고 결심했다.

남들이 미쳤다고 해도 결심을 꺾고 싶지 않았다.

그러나 나중에는 그것마저도 불가능하다는 것을 알고 좌절하지 않을 수 없었다.

뒷조사를 해보니 놈들의 배후에 신마성이 있는 것이 아닌가.

처음에는 당가와 청성, 아미에 신마성이 환락단과 관계가 있다는 사실을 알리고 함께 신마성을 칠까 생각도 해보았다.

하지만 그 증거를 내놓기 위해서 아들의 잘못을 만천하에 드러내야만 한다는 것이 마음에 걸렸다.

아들의 잘못으로 인해 죽어간 사람만도 수십 명. 그들의 식구들이 가만있지 않을 것은 불을 보듯 분명한 일이었으니까.

어쩌면 가문이 백 년에 걸쳐 이룩한 표국이 자신의 대에서 붕괴될지도 몰랐다.

그는 고심에 고심을 거듭했다.

그러다 결국, 그는 복수를 포기하고 아들을 뇌옥에 집어넣어 중독증을 고치겠다고 마음을 굳혔다. 표국을 망하게 할 수는 없었던 것이다.

한데 바로 그때였다.

때마침 섬서성에 있는 정사 중간의 대문파 마존궁에서 혈정을 구한다는 소문이 은밀하게 들어왔다.

그는 혈정이 어디에 있는지 알고 있는 극소수의 사람 중 한 사람이었다.

혈정과 마존궁, 그리고 신마성!

순간적으로 그의 머릿속에서 하나의 그림이 그려졌다.

하지만 불완전한 그림이었다.

그는 아프다는 핑계를 대고 자신의 방에 처박혔다. 그러고는 열흘에 걸쳐 그 그림을 완성했다.

그림이 완성되자 그는 그 사실을 아들이 듣는 곳에서 말했다. 그리고 일각도 되지 않아 아들이 몰래 빠져나가는 것을 보고 이를 앙다물었다.

다음날, 날이 새자 그는 한 사람을 먼저 곤명으로 보냈다.

그리고 사흘 후, 그는 자그마한 상자에 두 가지 물건을 집어넣고 추영산을 불렀다.

혈정을 가지러 갈 표행으로. 아니, 죽음의 구렁텅이로 들어 갈 사람으로 추영산이 이끄는 남부총로의 제구대를 선택한 것이다.

"후우……."

송만상의 입에서 깊은 한숨이 새어 나왔다.

그는 탁자 위에 놓인 작은 상자를 내려다보았다.

붉은빛이 상자 가운데에서 빛을 발하고 있었다.

문제의 혈정. 바로 그것이었다.

한숨을 내쉰 그의 입가로 씁쓸한 조소가 어렸다.

'일이 너무 커졌어. 주워 담기 힘들 정도로.'

바로 그때였다. 밖에서 조용한 목소리가 들려왔다.

"국주께 아뢰오. 당가의 가주님께서 오셨습니다."

송만상은 고개를 들고 방문 쪽을 바라보았다.

"안으로 모시게나."

문이 열리고 키가 작은 녹의인이 혼자서 안으로 들어섰다.

그는 오십 후반 정도로 보였는데, 깡마른 얼굴에 눈빛이 칼날처럼 빛나는 자였다.

당가의 가주, 일수를 떨치면 천개의 별이 떨어진다는 일수천성(一手千星) 당호문이 바로 그였다.

"오시느라 수고하셨습니다, 형님."

"무슨 바람이 불어 이 밤중에 몰래 부른 것인가?"

두 사람은 호형호제할 정도로 좋은 사이였다. 그렇다고 해서 자시가 다된 시간에 아무렇게나 불러도 좋을 정도는 아니었다.

그만큼 중요한 일이라는 말.

당호문은 궁금한 눈으로 탁자에 놓인 혈정을 바라보았다.

"저걸 보라고 부른 것인가?"

송문상이 고개를 끄덕였다.

"그렇습니다, 형님."

당호문은 탁자로 다가가더니 눈을 빛내며 혈정을 주시했다.

어느 순간 당호문의 입에서 놀란 탄성이 터져 나왔다.

"이건… 혈정?!"

"과연 형님이십니다. 맞습니다. 이것이 바로 혈정입니다."

당호문은 놀란 눈으로 혈정과 송문상을 번갈아 보더니, 문득 이상함을 느꼈는지 혈정을 향해 코를 들이댔다.

"응? 이것은? 자네 설마……?"

"형님의 코를 속일 수 있다고 생각하지는 않았지요. 허허허."

당호문이 싸늘한 눈으로 송문상을 응시했다.

"자세히 설명해 줬으면 싶군. 일전에 본 문에도 없는 비혈산을 구해달라 했을 때 나중에 말해준다고 했지? 나는 자네를 믿고 비혈산을 구해줬고 말이야. 도대체 무슨 일이지?"

"일단 자리에 앉으시지요. 모든 것을 말씀드릴 테니 말입니다."

씁쓸한 말투. 평소의 송만상답지 않은 표정에 당호문은 싸늘한 눈빛을 누그러뜨리고 자리에 앉았다.

"말해보게. 전부 다."

송만상은 혈정이 든 상자의 뚜껑을 닫고 당호문을 바라보았다.

"형님이 보신 대로 혈정에는 비혈산이 묻어 있습니다. 그리고 그리된 이유는 제가 원했기 때문이지요."

당호문의 눈빛에 다시 곤혹함이 가득 차 올랐다.

어차피 털어놓기로 작정한 것, 송만상은 처음부터 끝까지 거의 대부분의 것을 이야기했다. 아주 중요한 것 한두 가지만 뺀 채.

도중에 당호문의 표정이 몇 번이나 바뀌었는지는 당사자조차 알지 못했다.

긴 이야기가 일각에 걸쳐 끝나자 당호문이 어이없다는 투로 말문을 열었다.

"그러니까 자네 아들이 환락단에 중독되었는데, 환락단을 만든 곳이 바로 신마성이다? 단순히 퍼뜨린 것이 아니라 만든 곳이? 그리고 그 사실을 금사오흉과 천귀혈마를 죽이면서 확인했다?"

천하의 당호문조차도 금사오흉과 천귀혈마가 죽었다는 말에는 입을 다물지 못했다.

송만상은 고개를 끄덕이며 단호하게 입을 열었다.

"예, 추 대주가 직접 들은 말이니 틀림없을 겁니다."

"하지만 확실하지는 않잖은가? 천귀혈마에게 직접 들은 것도 아니고 말이야."

천귀혈마가 준다고 했지, 신마성에서 만들었다는 말은 아니었다. 당호문의 지적은 정확했다. 신마성에서 발뺌한다면 어쩔 수 없는 일이 아닌가 말이다.

"어차피 천귀혈마는 죽었습니다. 죽은 자는 말이 없지요. 우리가 직접 천귀혈마에게 들었다고 한다 해도 저들은 믿을 수밖에 없을 겁니다."

"으음……. 좋은 생각이긴 한데……."

"저들이 만들었다면 속아 넘어갈 것이고, 만들지 않았다면 반발이 거셀 것입니다. 하나 유통시킨 것만큼은 부정할 수 없는 사실이지요. 그것만으로도 우리가 손해 볼 것은 없습니다. 물론 저는 그들이 만들었다고 확신하고 있습니다만."

당호문의 눈빛에서 싸늘한 살기가 흘러나왔다.

송만상을 향한 것이 아니었다. 어쩌면 신마성이 될지도 모르는 미지의 적을 향해서였다.

당가 역시 환락단으로 인해 피해를 입은 곳 중 하나였으니까.

"그래, 그건 그렇고… 금사오흉과 천귀혈마를 죽인 자는 누군가?"

그 말을 할 때는 싸늘한 눈빛에 강한 호승심마저 섞여 있었다.

송만상도 눈빛을 굳히고 조용히 입을 열었다.

"그가 저의 청을 받아들였다면, 곧 이곳으로 올 것입니다."

"이곳으로?"

"예. 그에게 표행을 맡길 생각이거든요."

"표행? 그가 맡을 거라고 생각하나?"

"그 역시 이번 일에서 완전히 자유로울 수 없습니다. 아마 적당한 대가만 주어진다면 거절하지는 않을 것입니다."

"흠, 그를 이용할 생각인가 보군."

당호문의 눈빛이 강해졌다.

송만상의 입가로 작은 웃음이 맺혔다.

"어차피 신마성이 그를 가만 놔두지 않을 것입니다. 우리로선 손해 볼 것이 없지요. 그리고 임태민 선배도 초대했습니다. 마침 멀지 않은 곳에 계셔서……."

"그분이 아직도 도운산장에 계셨던가?"

"운이 좋았습니다. 날이 밝으면 청성으로 가시려 했다더군요."

"흠, 잘하면 이번 일로 확실한 대답을 얻을 수 있겠군."

"그래서 모시려는 거지요."

송만상은 말을 맺고는 당호문이 의자의 등받이에 등을 기대고 몸을 깊숙이 묻자 조용히 물었다.

"저… 그런데, 비혈산을 해독할 방법은 있습니까?"

방법이 있다 했었다. 그렇기에 수많은 독 중에 비혈산을 택한 것이기도 했다. 그래야 나중에 해독을 시켜주는 대가로 마존궁을 움직일 수 있을 테니까.

송만상의 물음에 당호문이 입술을 슬쩍 말아 올렸다.

"중독도 되지 않았는데 무슨 해독?"

"예?"

"비혈산은 침이 섞여야 본래 위력이 드러나네. 한데 아직 그대로이니 그냥 중화시켜 버리면 돼."

"어떻게 말입니까?"

"자네 집에 꿀 있지?"

"예? 예, 있습니다만……. 아! 그럼 꿀이 중화제?"

"설마 남 못 먹게 꿀통에다 침 뱉어놓지는 않았겠지?"

2

삼경 무렵, 유난히 창백한 신월 빛을 머리에 이고 전무심은 소대붕의 안내로 비룡표국에 들어섰다.

표국 안은 쥐 죽은 듯이 고요했다. 그 때문인지 들어선 사람들 역시 자신들도 모르게 발자국 소리를 죽이며 걸음을 옮겼는데, 마치 유령들이 어둠을 가르는 듯했다.

바람 소리에 나뭇잎 스치는 소리만이 들리는 정원을 가로지르며 얼마를 갔을까, 이 층짜리 커다란 전각이 일행의 앞을 가로막았다.

일행이 다가가자, 전각 안에서 흘러나오는 희미한 불빛을 등에 지고 서 있던 자가 몇 걸음 앞으로 나서더니 손을 들어 일행을 멈추어 세웠다.

그는 전무심 일행을 둘러보더니, 이마를 좁히고서 소대붕을 바라보았다.

"세 분이라 들었습니다만……."

소대붕이 슬쩍 눈짓을 하며 나직이 말했다.

"당가의 둘째 공자와 청성의 청무 도장이시네. 일단 국주님께 말씀이나 드려보게나."

그는 의외라는 눈빛을 던지고는 아무 말 없이 돌아서서 전각 안으로 들어갔다.

잠시 후, 밖으로 나온 그가 고개를 끄덕였다.

허락이 떨어졌다는 말이었다.

전각 안에서 전무심 일행을 기다린 사람은 모두 셋이었다.

송만상과 당호문, 그리고 백염을 가슴까지 늘어뜨린 칠순 노인이 탁자의 한쪽을 차지한 채 앉아 있었다.

"네가 어쩐 일이냐?"

당호문이 안으로 들어서는 당위를 보고 짧게 물었다.

당위의 눈이 놀람으로 한껏 커졌다.

"아버님! 아버님이야말로 이 밤중에 어인 일이십니까?"

그러자 송만상이 나서서 의아해하는 두 부자를 진정시켰다.

"일단 이리 오시게나. 다 그럴 만한 이유가 있어서 모신 것이니."

그러고는 조용히 서 있는 전무심을 향해 눈을 돌렸다.

들었던 대로 키가 큰 자여서 알아보는 것이 그리 어렵지는 않았다.

"귀하가 전무심, 전 소협이시오?"

나이는 어리지만 강호는 나이순이 아니다. 천귀혈마를 죽일 정도의 무공을 지닌 사람이라면 존대를 받을 자격이 있었다.

　"제가 전무심입니다."

　전무심의 무심한 대답에 앉아 있던 세 사람의 눈에 이채가 서렸다.

　그들은 천귀혈마를 죽였다는 전무심이 생각보다 젊다는 데 놀라고, 짐작보다 그리 강해 보이지 않는다는 데 놀랐다.

　정말 저 젊은이가 천귀혈마를 죽였을까?

　의혹이 그들의 눈 가장자리를 흔들었다.

　"험, 그럼 자네들이 백은궁에서 왔겠군."

　빤히 바라본 것이 무안했는지 송만상이 헛기침을 하고는 궁 사한과 소미하란을 보며 말했다. 두 사람은 거의 동시에 포권을 취하며 고개를 숙였다.

　"국주를 뵙습니다. 궁주님께서 고맙다는 말씀을 전하라 하셨는데, 직접 찾아뵙지 못해서 죄송합니다."

　"아니야. 추 대주에게서 대충 말을 들었으니 그것으로 됐네. 자네들이 도와준 덕분에 세 사람이 살아왔으니 오히려 내가 고맙다고 인사를 해야지."

　송만상은 개의치 않는다는 표정으로 가볍게 고개를 젓고는 전무심에게 당호문과 백염 노인을 소개했다.

　"전 소협, 이분은 당가의 가주이신 당호문 대협이시네."

　이미 당위의 말을 듣고 그럴 거라 생각한 터였다.

　전무심이 포권을 취하며 인사를 하자 송만상이 백염노인을 향해 말했다.

"여기 이분은 팔비선 임태민 노선배시고."

전무심의 눈에 가벼운 놀람이 떠올랐다. 하나 놀란 것은 그만이 아니었다.

"헛!"

"예?!"

당위와 청무가 다급히 숨을 들이키며 눈을 휘둥그렇게 떴다.

팔비선(八臂仙) 임태민.

서천오우(西天五友) 중 하나이며, 사천 땅에서 열 손가락에 꼽히는 고수가 바로 그였다.

아무리 젊은 층에서 두각을 나타내는 당위와 청무라지만, 감히 팔비선 앞에서 고개를 뻣뻣이 세울 수는 없는 일이었다.

"노선배님을 뵙습니다!"

임태민이 가볍게 고개를 끄덕여 인사를 받았다. 그러나 눈길은 여전히 전무심을 향해 있었다. 의혹과 호기심이 가득한 눈빛이었다. 천귀혈마 고륵은 자신이라 해도 오십 초를 겨뤄야 승부를 낼 수 있는 고수다. 그런 고륵을 죽인 청년이 어찌 허투루 보일까.

그때 전무심이 탁자로 다가가며 입을 열었다. 이곳까지 왔으니 미적거릴 이유가 없었다.

"밤이 늦었으니 바로 본론으로 들어갔으면 합니다."

앉아 있던 세 사람의 눈이 꿈틀거렸다.

비룡표국의 국주, 당가의 가주, 그리고 팔비선 임태민이 있는 자리다. 사천무림계의 거두들이 모여 있는 자리란 말이다.

한데도 말투에 흔들림이 없다.

오만하게 느껴질 정도로 당당한 태도에 오히려 자신들이 압박감을 느낄 지경이었다.

참지 못한 당호문이 카랑카랑한 목소리로 물었다.

"자네의 사문을 알았으면 좋겠네만."

"말씀드려도 모를 것입니다."

그러니 말하지 않겠다는 것이다.

한 치도 물러서지 않는 전무심의 태도에 당호문의 허리가 꼿꼿해졌다.

"천귀혈마를 죽였다더니 꽤나 오만하군."

전무심은 아무런 대꾸도 하지 않고 송만상을 바라보았다.

"표행을 맡기려 불렀다 들었습니다만 아니었나 보군요. 더이상 볼 일이 없다면 이만 가보겠습니다."

"건방진!"

당호문이 벌떡 일어섰다. 동시에 그가 손을 쭉 뻗자 일 장의 거리가 단숨에 좁혀졌다.

천하에서 당가의 가주를 무시할 자 얼마나 될 것인가.

한데도 저 젊은 놈은 지나가는 강아지 상대하듯 아무렇지도 않게 대한다.

'좋아! 네놈의 실력이 얼마나 되나 보자!'

당호문은 그런 마음으로 손속에 칠성의 공력을 실었다.

순간!

코앞에 다다른 당호문의 손을 향해 전무심의 우수가 내밀어졌다.

"아버님!"

당위가 갑작스런 상황에 소리를 지름과 동시였다.

쿵!

작으면서도 둔중한 소리가 허공에서 울렸다.

쫙 펼친 당호문의 장심에 전무심의 우권이 틀어박힌 것이다.

순간 달라붙은 두 사람의 손을 중심으로 두 자 넓이의 대기가 비틀리고, 바닥에서는 밀가루 같은 먼지가 버섯처럼 피어올랐다.

호각지세. 최소한 겉으로 보기에는 그랬다.

눈을 부릅뜬 당호문이 전무심을 뚫어지게 직시했다.

칠성의 공력을 썼는데도 상대는 요지부동이다. 오히려 자신의 손바닥이 저릿할 지경이다.

"제법이군."

당호문은 나직이 한마디 내뱉고는 천천히 손을 거두었다.

진정으로 싸울 마음은 없었다. 그저 오만해 보이는 전무심의 실력을 시험해 보기 위한 것일 뿐.

한편으로는 아주 약간 후회가 들기도 했다.

'끄응, 괜히 나선 것 같군. 주먹이 완전 철퇴야.'

전무심도 상대의 의도를 알고 있었기에 더 이상 손을 쓰지 않고 무심히 바라보기만 했다. 어쨌든 자신이 괜찮게 본 당위의 부친이 아닌가 말이다.

분위기가 서먹해지자 송만상이 재빨리 나섰다.

"원 형님도. 전 소협도 일단 앉으시게."

이곳까지 왔을 때는 그럴 만한 목적이 있기 때문. 전무심으로서도 굳이 소란을 일으킬 이유가 없었다.

전무심이 자리에 앉자 송만상이 곧바로 본론을 꺼냈다.

"표행의 대가로 은 천 냥을 드릴 생각이오만."

"돈은 필요없습니다. 대신 대가로 강호에 대한 정보를 좀 얻었으면 싶습니다."

성도제일의 표국이라는 말은, 드넓은 사천 땅의 수십 개 표국 중에서도 첫손 꼽는 표국이라는 말과도 같았다. 그런 비룡표국에서 타인에게 표행을 맡기려 했을 때는 그만한 대가를 지불하겠다는 말이었다.

은 천 냥. 한 번의 표행 대가로는 엄청난 금액이었다.

그러나 전무심이 원한 것은 돈이 아닌 정보였다.

그것이 바로 그가 표행이라는 말을 듣고 이곳까지 따라온 이유이기도 했다. 그에게 강호무림은 너무도 낯선 땅인데다, 몸으로 부딪쳐 직접 알아보기에는 시간이 없었던 것이다.

송만상의 이마에 두 줄기 골 깊은 주름이 그어졌다.

"정보?"

애매한 말이었다.

어떤 정보는 한 냥의 가치도 없지만, 때로는 만 냥으로도 살

수 없는 정보가 있는 법이었다.

송만상은 표국을 운영하는 사람, 그 차이를 누구보다도 잘 알고 있었다.

"일단 원하는 정보가 무엇인지 알고 싶구려."

대답 여하에 따라서 들어줄 수도 있고, 들어주지 못할 수도 있다는 말이다.

전무심 역시 그러한 사실을 알고 있었다. 하기에 들어줄 수 없는 부탁을 하지는 않을 생각이었다.

"강호무림의 최근 상황을 알고 싶습니다. 보편적으로 알려져 있는 것 정도면 됩니다."

"너무 광범위한데… 그걸 다 말해주려면 상당한 시간이 걸릴 것이오."

송만상의 이마가 다시 찡그려지자 전무심이 말했다.

"표물을 목적지까지 가져가려면 적지 않은 시간이 걸릴 것 같습니다만."

"그건 그렇소. 섬서의 태백산까지 가야 할 테니까. 아마 한 달 가까이 걸릴 것이오."

"물론 저 혼자 가는 것은 아니겠지요?"

당연한 말이었다. 아무리 전무심 덕분에 혈정이 무사했다지만 그렇다고 해서 무조건 맡길 수는 없는 일이었다.

"본 표국에서 대표두 한 사람과 일반 표두 두 사람. 모두 세 사람을 딸려 보낼 것이오."

"그럼 일단은 그분들 중에 강호사에 정통한 분을 한 분 넣어

주십시오. 가는 길에 간단한 거라도 알 수 있게 말입니다."

그제야 송만상의 표정이 펴졌다.

비룡표국에는 그런 사람이 얼마든지 있었다. 그리고 그들이라면 정보의 질을 적절하게 조절할 수 있을 터였다.

"흠, 그거 좋은 생각이오."

"그리고 전체적인 것은 대충 정리해서 책으로 만들어 나중에 전해주십시오. 특별한 것을 원하는 것이 아니니 그리 어렵지는 않을 거라 생각합니다."

송만상이 고개를 끄덕였다.

일반적인 정보라 그리 어려울 것도 없었다. 표국에선 표행을 위해 매일같이 강호 동향을 보고받고 정리한다. 아마 비룡표국의 비첩당에 쌓여 있는 정보만 정리해도 수십 권의 책이 만들어질 터였다.

전무심이 원하는 것 정도는 사나흘이면 충분히 만들 수 있을 것 같았다. 게다가 그런 것이 만들어져 있으면 나중에 신규 표사들의 교육용으로도 쓸모가 있을 듯했다.

"내 수하들에게 지시해서 즉시 만들어보겠소. 아마 사나흘이면 되지 않을까 싶소. 그리고 만들면 바로 섬서로 보내겠소. 장안에 지부가 있으니 그곳으로 가서 찾으면 될 거요. 아니면 미리 장소를 지정해 주든지."

아는 곳이 있을 리 없었다. 게다가 장안이라며 호북으로 내려가는데 그리 번거롭지 않을 것 같았다.

또한 장안은 자신과 깊은 관계가 있는 곳이기도 했다.

아버지의 고향, 어쩌면 자신이 태어난 곳, 아니, 버려진 곳일지도 모르는 곳이 아니던가.

'어차피 한 번은 가봐야겠지.'

전무심은 차갑게 굳은 표정으로 천천히 고개를 끄덕였다.

"아닙니다. 장안에서 찾도록 하겠습니다. 그럼 표행은 제가 맡는 걸로 하지요."

"고맙소."

송만상은 보다 밝아진 표정으로 가볍게 포권을 취하고는 품 속에서 백은궁의 단호민이 준 함과 서신 한 장을 꺼내 들었다.

그는 혈정이 든 함을 열어 보여주며 전무심이 해야 할 일을 말했다.

"이 함에 든 것은 혈정이라 불리는 혈상귀혼단이오. 행선지는 마존궁이고. 전 공자는 이 함과 서신을 마존궁의 문턱인 화양까지만 보호해 주시면 되오. 나머지 일은 함께 간 사람들이 처리할 것이오."

전무심은 마존궁이라는 말을 듣고도 별다른 표정을 짓지 않았다. 하지만 당위와 청무는 놀라서 눈을 동그랗게 떴다.

"마존궁?!"

"마, 마존궁이라고요?"

두 사람의 반응에 아랑곳하지 않고 송만상이 말을 이었다.

"마존궁주 사문천의 딸이 불치병으로 죽어가고 있는데 그 병을 고치려면 혈정이 반드시 필요하다고 하더구려."

그 말에 전무심의 눈이 혈정을 향했다.

언뜻 들으면 정사를 떠나 불치병에 걸린 사람을 구하기 위한 진정한 협사의 말처럼 들렸다.

그러나 혈정을 바라보는 전무심의 표정은 그리 밝지 않았다. 송만상의 말투에서 왠지 비릿한 냄새가 풍기는 것이다.

그토록 중요한 물건의 표행을 왜 추영산이 이끄는 일개 대에게 맡긴 것일까?

왜 사람을 보내 마중 나오지 않았을까?

왜 이제 와서 표행에 그토록 신경을 쓰는 걸까?

대가로 천 냥의 은자를 지불할 생각이 있을 정도라면 처음부터 그랬어야 하는 것이 아닌가 말이다.

어쨌든 지난 일은 자신이 관여할 바가 아니었다. 그것은 비룡표국 내부의 일이니까.

그러나 앞으로는 아니다. 자신이 일을 맡은 이상 뒤가 구린 것은 참을 수 없었다.

"신마성의 움직임에 대해 알고 있는 것이 있습니까?"

송만상의 표정에 그늘이 졌다.

"아직 확실히 알려진 것은 없소. 하나, 보고만 있지 않을 거라는 것이 우리의 생각이오."

어쩌면 이미 움직이고 있을지도 몰랐다.

그래서 천귀혈마를 죽인 전무심을 끌어들인 것이기도 했다. 그들은 분명 전무심을 주시할 테고, 당분간은 전무심이 그들의 눈길을 잡아둘 수 있을 테니까.

신마성이라는 이름이 나오면서 분위기가 가라앉자 조용히

듣고만 있던 임태민이 입을 열었다.

"우리가 이 밤중에 모인 것은 술이나 한잔하려고 모인 것이 아니네. 우리 역시 나름대로 신마성의 움직임을 주시하고 있으니 자네는 자네 일만 하면 되네. 그들이 움직이면 우리도 움직일 것이야."

모종의 계획이 있는 듯하다.

미리 말을 해준다면 모를까, 말하지 않겠다면 전무심 역시 깊은 것까지 알고 싶지 않았다. 어차피 맞닥뜨릴 수밖에 없다면 그때그때 상황에 따라 움직이면 될 일이었다.

검에는 검으로. 그게 누구든.

어쨌든 전무심이 승낙함으로써 송만상이 생각했던 계획이 대충 마무리되는 듯했다.

그때 당호문이 닫혔던 입을 열고 모두가 잊고 있던 사실 하나를 일깨웠다.

"자네가 금사오흉을 죽였다고 들었네만."

전무심이 짧게 고개를 끄덕였다.

"그렇습니다."

"그들에게 천 냥의 현상금이 걸려 있다는 것을 알고 있나?"

그러고 보니 추영산에게 들었던 것도 같았다.

"그런 이야기를 듣긴 했었지요."

"시신을 직접 보진 못했지만, 추영산과 표사들의 증언을 믿고 자네에게 현상금을 주겠네."

생각지도 못했던 횡재였다.

아무리 황금에 욕심이 없다지만, 가진 돈이 달랑거리는 전무심으로선 반가운 일이 아닐 수 없었다.

'흠, 경비 문제는 저절로 해결되었군.'

그때 문득 추영산과 수경상, 그리고 팔이 잘린 유강이 떠올랐다.

"이백 냥만 제가 받겠습니다. 나머지는 추 대주에게 주도록 하십시오. 아마 그분이라면 적당히 분배할 수 있을 겁니다."

송만상이 의아해하는 표정으로 말했다.

"굳이 그럴 필요는……."

전무심의 눈빛이 송만상의 눈에 벼락같이 꽂혔다.

"그들은 받을 자격이 있는 사람들입니다. 천귀혈마와 금사오흉도 죽은 곳에서 살아 나온 사람들이니까요. 그렇지 않습니까?"

송만상의 눈이 슬며시 돌려졌다.

자격지심일지 몰라도, 전무심의 눈빛이 꼭 자신을 질타하는 것처럼 느껴진 것이다.

"알겠소. 내 그리하리다."

3

하나의 시신을 두고 둘러선 열두 명의 표정이 썩은 땡감을 씹어 문 것처럼 일그러졌다.

강호의 무인들을 우습게보고 있던 이들이었기에 그 충격은 더 클 수밖에 없었다.

"깨끗하게 당했군."

도천기의 시신을 살펴본 헌원무강이 눈살을 찌푸렸다.

그의 말대로였다.

이마가 깨끗하게 갈라져 있었다. 단숨에 목숨이 끊어졌을 게 분명한 흔적이었다.

"대체 어쩌다가 이렇게 당했단 말입니까? 대천왕교의 무력을 책임진다는 사단의 단주 중 한 사람이 강호에 나가자마자 시신으로 돌아오다니, 나 원⋯⋯."

"허, 신마성의 아이들이 우리를 얼마나 비웃었을지 눈에 선하구만."

"지금 그게 문젭니까? 사단을 책임지는 단주 중 한 사람이 죽었습니다. 그냥 보고만 있을 겁니까? 어떤 놈들인지 싹 쓸어 버립시다!"

원로들의 탄식과 혀 차는 소리, 그리고 노성이 한여름 매미가 울어대듯이 여기저기서 터져 나왔다.

잠자코 바라보고만 있던 백리군악이 입을 연 것은 그때였다.

"도 단주를 이렇게 죽일 수 있는 사람이 본 교에 몇 명이나 있을 거라고 생각하십니까?"

나직하면서도 차분한 백리군악의 음성에 묵묵히 서 있던 선우무혁이 대답했다.

"글쎄, 이렇게 깨끗하게 승부를 낼 수 있는 사람은 아마 열을 넘지 않을 것이네."

"그럼 강호에서 그 정도의 실력을 지닌 사람이 얼마나 될 거라 생각하십니까?"

선우무혁의 찌푸려진 이마 아래서 싸늘한 안광이 쏟아졌다.

"잘은 몰라도 스물은 넘지 않을 것이네."

백리군악이 그 말에 자신의 생각을 덧붙였다.

"제가 조사한 바로는 강호에서 도 단주와 비교할 수 있는 고수가 적어도 백 명은 되겠더군요."

백 명? 천왕교 사단의 단주에 비견될 고수가 백 명이나 된다고?

웅성거리던 사람들의 표정이 굳어졌다.

물론 도천기와 비교할 수 있는 고수가 천왕교에도 수십 명은 되었다. 하지만 그것은 이곳이 천왕교이기 때문이다. 강호의 무인들과는 비교할 수 없는 고수들이 즐비한 곳, 천왕교 말이다.

표정이 굳어진 사람들을 향해 백리군악이 말을 이었다.

"그중의 대부분은 도 단주와 수백 초를 겨뤄야 승부가 날 정도로 별 차이가 나지 않을 사람들일 겁니다."

그럼 그렇지, 하는 마음인지 사람들의 굳은 표정이 조금 풀어졌다.

"하나 선우 전주님의 말씀대로 그중에 스무 명 정도는 도 단주님에 비해 월등한 무위를 지녔다고 봐야 할 것입니다."

여전히 찌푸린 표정을 풀지 않고 있던 헌원무강이 짜증나는 투로 말했다.

"그래, 백리 원주가 하고 싶은 말이 뭔가? 강호에 고수들이 많으니 몸조심이라도 하라는 말인가?"

백리군악이 무감정한 목소리로 나직이 말했다.

"강호를 우습게보면 안 된다는 말입니다. 도 단주가 당한 것이 천재지변 때문이라고 생각하십니까? 실수로 검에 맞아 죽은 것으로 보이십니까? 천만에요! 천재지변도 아니고, 실수는 더더욱 아닙니다. 아시겠습니까? 강호에는 우리들이 미처 모르는 고수들이 즐비합니다. 오죽하면 기인이사가 모래알처럼 많다는 말이 나왔겠습니까?"

"그래서? 중원 진출을 포기하자는 말인가?"

"포기라니요? 본 교의 염원을 한 사람의 죽음 때문에 포기할 수는 없지요. 제 말은, 절대 자만해선 안 된다는 것입니다."

언제부터 천왕교의 염원이 중원 진출로 바뀌었는지 모르지만, 아무도 그 말에 이견을 달지는 않았다.

또한 도천기의 죽음에 혀를 차던 자들도 잠잠해졌다.

그제야 백리군악이 목소리에 힘을 주어 말했다.

"그리고 비록 도 단주가 죽기는 했지만, 그로써 우리가 얻은 것도 적지 않습니다. 강호의 힘이 결코 약하지 않다는 것을 알았으니 그만큼 무사들도 경각심을 가질 것이 아니겠습니까? 아마 앞으로는 자만으로 인해서 일을 그르치는 자가 적어질 것입니다. 게다가 본 교의 단주가 죽었으니, 우리로선 도 단주의 죽음을 조사한다는 명분으로 사람을 파견할 수도 있습니다. 떳떳이 말입니다. 지금처럼 정천무림맹과 신경전을 벌일 필요도 없이 말이지요."

"흠……."

잠자코 듣고 있던 헌원무강이 눈을 빛냈다.

천왕 사도궁헌도 흥미가 동한 표정으로 천천히 고개를 끄덕였다.

"떳떳이 사람을 파견한다라… 그거 괜찮군. 한데 도 단주가 왜 사천의 오지에서 죽었는지 의문을 가지지는 않겠나?"

"그에 대한 변명은 하루에 백 가지도 더 만들 수 있습니다. 그에 대해선 티끌만큼도 걱정할 것이 없습니다."

백리군악의 자신있는 말투에 사도궁헌의 표정도 밝아졌다.

"그래? 좋아! 그 일에 대해선 백리 원주에게 맡기지. 잘하면 중원 진출의 교두보가 좀 더 빨리 만들어지겠군."

백리군악의 입가로 희미한 웃음이 떠올랐다.

"세상은 곧 대천왕교의 위대함을 알게 될 것입니다."

그러나 아무런 열기도 느껴지지 않는 싸늘한 웃음이었다.

'다만 그 주인은 결코 당신이 되지 않을 것이오.'

그런 백리군악의 마음을 알지 못하는 사도궁헌은 당장이라도 세상의 주인이 된 것처럼 패도의 기운을 뿜어냈다.

"사실 그동안 너무 오래 참았어! 진즉 세상에 나가 천왕교의 위대함을 알려야 했는데 말이야!"

헌원무강이 재빨리 허리를 숙이며 외치듯이 말했다.

"아직 늦지 않았습니다! 이제 곧 천하는 천왕의 이름으로 뒤덮이게 될 것입니다!"

그러고는 백리군악을 흘겨보았다.

날이 갈수록 불안감이 커져만 가는 그였다. 천양원을 흡수하고 귀왕전의 힘마저 자신의 편으로 만든 백리군악이 언젠가부터 자신과 나란히 서더니 이제는 앞서는 듯 느껴지는 것이다.

최근 자신의 입지는 눈에 보일 정도로 좁아진 상태. 아무리 좋게 보려 해도 좋게 볼 수가 없었다.

'어린 놈, 더 이상은 안 된다. 욕심이 과하면 명만 단축된다는 것을 알아야지.'

하지만 그런 그도 백리군악의 속마음만은 알지 못했다.

'헌원무강, 반쪽이라 생각했던 친구의 가슴에 대못질을 직접 한 나다. 너 따위가 어찌 나의 마음을 알 것이냐. 남은 생이나마 편히 보내고 싶거든 꼬리를 말고 조용히 지내야 할 것이다. 개처럼.'

*　　　*　　　*

쩝쩝쩝……

"왠지 오늘 고기는 질긴 것 같군. 맛이 별로야."

"크크큭, 미친 놈. 너는 박쥐 고기를 맛으로 먹냐?"

"그래도 기왕이면 맛있는 게 좋잖아. 다음에는 암컷으로 잡아야겠어."

"흥! 수컷의 거시기는 질겨도 잘만 먹으면서, 뭐? 고기가 질겨?"

"어… 그거야 나중을 힘을 쓰기 위해서지 뭐."

"…나중에 힘만 못써봐라. 가만두나."

"크크크……."

"그건 그렇고…… 대형은 살아 있을까?"

"……."

"살아 있을 거다. 아니, 분명히 살아 있어. 대형이라는 말만 듣고도 내 가슴이 이렇게 뛰는 것을 보면 말이다."

"진옥이 말이 맞아. 대형은 쉽게 죽을 사람이 아니야. 왜 전에 대형이 그랬잖아. 태대원로께서 돌아가시기 전에 백 살도 넘게 살 팔자라 했다고."

네 사람의 눈빛이 어둠 속에서 새파랗게 빛났다.

확신에 찬 눈빛이었다.

하루에 한 번씩 되새기는 말이지만, 그때마다 그들의 결론은 항상 똑같았다.

─대형은 살아 있다. 살아서 우리를 찾아올 것이다!

나가서 죽든 살든 한바탕 휘젓고 싶은 생각이 날 때마다 그들은 대형이 찾아올 거라는 자기 최면을 걸어야만 했다.

그렇게라도 하지 않으면 미칠 것만 같았다.

"쓸데없는 소리 말고, 수련이나 하자! 대형이 와서 아직도 이것밖에 안 되냐고 하면 쪽 팔리잖아!"

"저 새끼는 팔도 못쓰는 놈이 어떻게 더 설쳐. 대형은 뭐가 좋아서 저런 놈에게 대형의 무공을 넘겨준 거지?"

순간, 쉬익!

꼬챙이 같은 검, 하천광에게서 얻은 비홍(飛虹)이 상유상의 귓바퀴를 스치고 지나간다.

그런데도 상유상은 움직이지 않고 앞만 바라보았다.

"한 번만 더 그 꼬챙이 놀리면 목을 부러뜨릴 테니 조심해."

"흥! 그전에 네놈 목에 구멍이 날걸?"

따닥!

으르렁거리며 노려보는 두 사람의 뒤통수에서 불꽃(?)이 튕겼다.

"잘한다. 어떻게 하루도 그냥 넘어가는 날이 없냐."

"호호호, 그야 나 때문이지 뭐. 진옥이가 이해해."

이마를 맞대다시피 한 채 으르렁거리던 고후명과 상유상이 홱 돌아섰다.

"간수 잘해! 오지 못하게. 수련에 방해되잖아!"

"제발 좀 데려가라. 요즘 살 빠져서 죽겠다. 내가 오죽하면 맛도 없는 거시기를 씹겠냐."

예종의 몸이 부르르 떨렸다.

"이, 이… 나쁜 새끼들……!"

하지만 이미 두 사람은 날벼락을 피해 어둠 속으로 사라진 뒤였다.

예종도 두 사람이 보이지 않자, 그제야 언제 그랬냐는 듯 실실거리며 안으로 들어갔다.

"오호호, 꼭 애기들 같다니까. 좋으면 좋다고 하지, 부끄러워하긴……."

어영부영하면서도 각자 칠관의 통로를 하나씩 차지하며 들어가는 세 사람이다.

사진옥의 싸늘한 표정 한구석에 희미한 미소가 피어올랐다.

벌써 이 년이 훌쩍 넘어갔다.

아마 미칠 것 같은 심정일 것이다.

자신 역시 마찬가지 마음이니까.

'조금만 더 기다리자, 조금만. 그래도 안 오면…… 우리가 찾으러 가는 거다.'

그가 도를 움켜쥔 손에 힘을 주었다.

찰나였다.

쉬쉬쉬쉭!

그물처럼 선이 파여진 석벽에 또 다른 선이 일시에 수백 개가 새겨졌다.

"표향귀도도 이제 칠성은 익힌 것 같군……."

第八章
촉산혈로행(蜀山血路行)

日弟子趙孟頫敬書至大改元四月

道香廣爲傳

長庭前再拜禮一天師與

千秀芳景深要掩中容 雨閣客邃現陂

革閣坡延天下 淫此知名陀家 異

死星
天血

1

전무심은 궁사한과 소호미란을 대동한 채 송만상이 붙여준 한 명의 대표두와 두 명의 일반 표두를 데리고 성도를 빠져나 왔다.

당위와 청무는 전무심을 따라오려다 당호문의 반대에 함께 하지 못했다.

"중원은 지금 최전성기라 할 수 있습니다. 정파는 정천무림 맹을 중심으로 구대문파와 팔대세가가 자신들의 위치를 확고 히 지키고 있고, 마도는 칠대마세가 은연중에 중원마도를 이 끌고 있지요. 뭐, 요즘에야…….."

장한은 머뭇거리며 입을 달싹거리다 헛기침을 하며 말을 돌렸다.

"험. 뭐, 간혹 이상한 소문이 돌기도 하지만…….'

그러자 전무심이 곧바로 핵심을 찔러 들어갔다.

"천왕교에 대해 알고 있는 것은 없습니까?'

근 이각에 걸쳐 주절주절 자신이 아는 이야기를 늘어놓던 장한의 입이 꼭 다물렸다. 그는 거의 흰자위만 보일 정도로 눈을 흘기며 전무심의 옆모습을 바라보았다.

못 본 척 전무심이 태연히 말을 이었다.

"청성의 청무라는 분의 말에 의하면, 그곳 때문에 정천무림맹이 골치깨나 썩고 있다고 하던데 말입니다.'

장한의 입가로 가느다란 웃음이 떠올랐다.

근질근질 했는데 마침 긁어줘서 시원하다는 표정이었다.

"헤헤헤, 전 소협도 알고 있었군요. 진작 말씀하시지.'

"청무라는 분과 당가의 둘째 공자가 하는 이야기를 들었을 뿐입니다. 자세한 것은 알지 못합니다.'

천귀혈마를 죽였다고 들었다. 분위기도 무겁기만 해서 말을 건네는 입장에선 곤혹하기 그지없었다.

한데 말을 들어보니 제법 겸손한 것처럼 보이지를 않는가.

'역시 사람은 겉모습만으로 판단할 것이 아니라니까?'

삼십 중반의 장한, 비룡표국의 표두이며 북부총로 제삼대주인 구대심은 물 만난 물고기처럼 자신이 아는 바를 털어놓기 시작했다.

"사실 이백 년 이상 호북 구석에 처박혀 있던 천왕교가 갑자기 율법을 깨고 모습을 보였으니, 놀란 사람이 어디 한둘이겠습니까?"

그가 입을 열자 대표두로서 표행에 참가한 소대붕과 부궁산도 쫑긋 귀를 세웠다.

천왕교라는 말만으로도 그들의 귀를 잡아두기에 부족함이 없었다.

"들리는 말로는 정천무림맹에서 대회의가 열렸다 하더이다. 천왕교가 어떤 뜻을 가지고 천왕곡을 벗어나려는지 알지 못하니 다급해진 것이지요. 만일 그들이 자신들의 기반이 있는 곳에 둥지를 튼다면 큰일이 아니겠습니까?"

그 말에 소대붕이 불쑥 말했다.

"그럼 무당과 제갈세가가 제일 곤란해졌겠군."

"뭐, 제일 가까우니 그럴 수도 있지요."

구대심이 건성으로 고개를 끄덕이자 부궁산도 한마디 했다.

"사천으로 넘어오지는 않을까요?"

"글쎄, 그건 좀 힘들걸? 사천이야말로 당가와 청성과 아미가 자리 잡고 있는 데다 칠대마세 중의 신마성이 있으니 어느 곳보다도 경쟁이 치열한 곳이지 않은가?"

소대붕의 말대로 그럴 수도 있었다.

그러나 꼭 그렇지만도 않다는 것을 전무심은 알고 있었다.

'도천기가 왜 그곳까지 갔던 것일까?'

신마성과 연합하려는 목적만이라면 굳이 그런 오지까지 찾아갈 필요가 없었을 것이다. 그런 목적이라면 신마성의 총단에서 환우신마 희천양과 만나는 것이 정상이었다.

그런데도 도천기가 오지까지 직접 찾아갔다는 것은 그만한 목적이 있다는 뜻이었다.

전무심은 천귀혈마의 입을 열지 못한 것이 못내 아까웠다.

피를 토해내며 마지막 발악을 하고 죽어가지만 않았어도 어느 정도는 알 수 있었을 것이거늘.

'남황 지부, 천귀혈마, 환락단……'

전무심은 도천기와 관계된 낱말을 하나하나 곱씹어봤다.

왠지 환락단이라는 것에 자꾸 신경이 쓰였다.

천귀혈마가 금사오흉에게 백 알의 환락단을 주기로 했다고 했는데 아무리 생각해도 이상했다. 그 말대로라면 천귀혈마에게 환락단 백 알을 마음대로 처리할 수 있는 권한이 있다는 말이 아닌가 말이다.

전무심은 생각을 다시 정리해 봤다.

'환락단, 천귀혈마, 도천기, 남황 지부……'

어느 순간, 한 가지 가능성이 떠올랐다.

천귀혈마가 백 알의 환락단을 가지고 다니지는 않았을 터, 그렇다면 남황 지부에 환락단이 있다는 말이었다.

'환락단, 남황 지부, 도천기……'

만일 자신의 생각이 맞다면 천귀혈마를 빼도 이야기가 된다.

도천기는 환락단을 얻으러 남황 지부에 갔다.

다시 말해 남황 지부에서 환락단을 얻을 수 있다.

그 말인즉, 남황 지부에 환락단이 있다는 말이다.

아니, 어쩌면…… 남황 지부가 바로 환락단을 만드는 곳일 지도 몰랐다.

그런데 대체 무엇 때문에 도천기는 환락단을 구하려는 것일까?

그걸 알기 위해선 먼저 알아봐야 할 것이 있었다.

전무심은 잠시 말을 멈춘 구대심에게 한 가지 질문을 던졌다.

"구 표두님, 혹시 환락단에 대해 아는 게 있습니까?"

"왜… 요?"

"만드는 곳을 아시는가 해서 묻는 겁니다만."

순간, 구대심과 소대붕과 부궁산이 이상한 눈으로 전무심을 훑어보았다.

꼭… 아편중독자를 쳐다보는, 그런 눈빛이었다.

"그걸 알면 벌써 난리가 났을 겁니다요."

성도의 북문을 빠져나왔다고 해서 갑자기 들판이 나오는 것은 아니었다. 오히려 더 복잡하고 지저분한 하층민의 주거지가 오 리도 넘게 펼쳐져 있었다. 일명 북통(北通) 거리라 불리는 곳이었다.

전무심 일행은 여기저기 널려 있는 물구덩이를 피해 길 가장자리로 이동했다.

좁은 골목에서 아이 하나가 갑자기 달려나온 것은 그때였다.

아이는 전무심에 의해 앞이 가로막히자, 미처 피하지 못하고 전무심의 가슴에 그대로 부딪쳤다.

"으앗!"

충분히 피할 수 있었는데도 전무심은 피하지 않고 아이를 가슴으로 받아냈다. 피하면 중심을 잃은 아이는 바닥에 꼬꾸라지든지, 아니면 다른 사람을 들이받고 넘어질 것이 분명해 보였던 것이다.

그러고는 가슴에 부딪친 아이가 뒤로 넘어지려 하자 슬쩍 손을 뻗어 아이가 넘어지지 않게 어깨를 잡았다.

찰나였다. 부딪친 아이의 손이 가슴속을 들락거렸다.

그 방향이 어찌나 교묘한지 옆에서조차 아무도 알아보지 못할 정도였다.

그렇다고 전무심마저 알아보지 못한 것은 아니었다. 하지만 아이가 슬쩍 눈 한쪽을 감자 그마저 이빨이 보일 정도로 슬쩍 입을 벌렸다.

"죄송해요, 아저씨. 다음부턴 주의할게요!"

아이는 재빨리 몸을 세우더니, 빽 소리를 지르곤 다른 골목으로 죽어라 뛰어갔다.

전무심은 알고도 그냥 모른 척했다. 충분히 잡을 수 있었지만 잡지도, 부르지도 않았다.

아이가 자신의 품속에서 뭔가를 가져간 것이 아니라, 오히려 뭔가를 집어넣고 갔다는 것을 알았기 때문이었다.

그런 전무심을 소미하란과 궁사한이 의외라는 눈빛으로 바라보았다.

전무심이 보이지 않을 때쯤이 되어서야 아이는 골목에서 고
개를 쏙 내밀었다.

그러더니 뒤를 돌아보고 손을 내밀었다.

내민 손에 한 냥짜리 은자가 얹어졌다.

"고마워요. 다음에 또 필요한 일이 있으면 불러주세요!"

아이는 누군가를 향해 소리를 지르고는, 행여나 다시 뺏어
갈까 겁나는지 죽어라 걸음을 놀렸다.

화운곡은 물끄러미 아이의 뒷모습을 바라보았다.

어린 시절, 자신도 저 아이처럼 지낸 적이 있었다. 아마 사
부를 만나지 못했다면 그렇게 배수(抆手)로 살다 길거리에서
죽어갔을지도 몰랐다. 본래 길거리 소매치기의 삶이라는 것이
그랬으니까.

'제법 똑똑한 놈인데…….'

은근히 욕심이 나는 아이였다. 평상시라면 어떻게 해서든
총단으로 데려갔을지도 몰랐다. 하지만 지금은 그럴 수가 없
었다.

그는 아이가 보이지 않자 천천히 전무심이 사라진 방향을
응시했다.

'이제 선택의 여지가 없다. 희천양이 움직인 이상은…….'

그때 희미한 인기척이 그의 뒤로 다가왔다.

그는 뒤를 돌아보지도 않고 중얼거리듯 말했다.

"뒤따르면서 반경 삼십 리 이내의 모든 정보를 모아라. 개미 한 마리 기어가는 것까지 모조리."

뒤로 다가왔던 인기척이 다시 사라졌다. 그제야 그는 골목에서 나와 전무심의 뒤를 따라갔다.

'누구지?'

누군가가 자신을 주시하고 있었다. 악의는 느껴지지 않았다. 앞뒤 정황으로 봐서는 그가 아이에게 그런 일을 시킨 자인 듯했다.

왜 그런 일을 시켰는지는 품속의 종이뭉치를 확인해 보면 알 일. 전무심은 북통 거리를 완전히 벗어나서야 품속에 손을 넣어 아이가 집어넣은 것이 무언인지 확인해 봤다.

손에 작게 접힌 종이뭉치가 잡혔다.

손을 품속에 넣고 걸음을 옮기자 궁사한과 소미하란이 힐끔거렸다.

안다고 해도 상관없는 일. 전무심은 옆에 있는 두 사람의 눈길을 의식하지 않고 품속에서 손을 빼냈다.

그러고는 걸어가면서 자연스럽게 종이에 쓰인 글을 읽어보았다.

순간 그의 입술 가장자리가 슬쩍 말려 올라갔다.

곤육마(坤肉魔), **비응마검(飛鷹魔劍)**, 적호도(赤虎刀). 세 사람이 신마성에서 귀하를 마중 나왔음.

"무슨 일입니까?"

궁사한이 궁금함을 참지 못하고 물었다.

전무심은 아무런 말도 하지 않고 종이를 건넸다.

"설마?"

종이를 받아 든 궁사한이 종이에 쓰인 이름을 읽다 말고 눈을 부릅떴다.

의외였다. 그는 그 세 사람에 대해 알고 있는 듯했다.

갑작스런 반응에 소미하란도 고개를 내밀었다.

"곤육마, 비웅마검, 적호도?"

그녀가 의아한 표정으로 세 사람의 별호를 말한 순간이었다.

"헛! 방금 누구라 하셨소?"

뒤에서 소대붕과 구대심과 부강산이 놀란 토끼처럼 눈을 크게 뜨고 앞으로 다가왔다.

그러더니 궁사한의 손에 들린 종이의 이름을 보고 딱딱하게 굳은 눈으로 전무심을 쳐다보았다.

"어떻게 된 일입니까?"

약간은 의혹이 서린 물음이었다. 어쩌면 당연한 반응이기도 했다.

강호에 대해 아무런 지식도 없다는 전무심이 갑자기 세 사람의 이름이 쓰인 종이를 내밀었으니, 의문이 생기지 않는다면 그것이 이상한 일이었다.

"조금 전에 누가 전해줬습니다."

분명한 사실이었다.

하지만 소대붕 등에게는 말도 안 되는 소리였다. 그랬다면 자신들이 보지 못할 리가 없었다.

세 사람의 눈에 서린 의혹이 짙어졌다. 아니, 궁사한과 소미 하란까지 합쳐 다섯의 눈이 같은 빛을 띠었다.

"혹시… 북통 거리에서 그 아이가?"

소대붕이 눈치 채고 물었다.

전무심은 가볍게 고개를 끄덕였다.

그러나 중요한 것은 그 세 사람의 별호가 뜻하는 바를 아는 것이지 쓸데없이 구구절절 조금 전의 일을 설명하는 것이 아니었다.

"그들이 누구요?"

전무심은 곧바로 자신이 알고자 하는 것만 물었다.

소대붕 등의 표정이 변하는 데는 그리 오랜 시간이 필요없었다. 떨리는 목소리로 구대심이 말했다.

"곤육마 진묵은 신마성의 호법이고, 비웅마검 이문상과 적호도 반귀는 신마성의 장로원에 속해 있는 자들입니다. 맙소사! 그들 세 사람이 정말 우리를 찾아온단 말입니까?"

묵묵히 걸어가던 전무심의 눈에 이채가 번뜩였다.

바람을 타고 음습한 기운이 느껴지고 있었다. 짜릿한 느낌. 제법 강한 기운이었다.

"곧 만날 것 같군요."

"…씨발."

구대심의 입에서 자신도 모르게 욕설이 튀어나왔다.

그러나 누구도 그런 구대심을 뭐라고 하지 않았다. 다른 사람도 마음이 무겁기는 마찬가지였다.

차마 욕을 내뱉을 수 없어 입을 닫고 있을 뿐이었다.

잠시간 침묵이 내려앉았다. 걸음이 무겁게 느껴졌다.

얼마나 걸었을까, 궁사한이 허리의 도병을 만지며 조심스럽게 입을 열었다.

"적호도 반귀는 제가 맡겠습니다."

전무심의 고개가 살짝 끄덕여졌다.

그는 알고 있었다. 궁사한과 소미하란은 결코 한 달 전의, 오만한 눈으로 세상을 바라보던 그들이 아니었다.

2

전무심이 그들을 만난 것은 누군가에게 서신을 받은 지 이틀이 지난 날 오후, 촉산의 험악한 산속으로 들어가기 전이었다.

그들은 노랗고 붉은 들꽃이 만발한 숲 가장자리에서 일행을 기다리고 있었다.

푸른 송림과 어우러진 들꽃들이 묘한 정취를 자아내는 곳에는 평퍼짐한 바위 하나가 놓여 있었는데, 바위 위에 앉아 있던 그들은 전무심 일행이 삼 장 거리까지 다가가자 그제야 몸을 일으켰다.

"누가 천귀혈마 고 형을 죽였느냐!"

뚱뚱한 노인이 물었다.

딸칵!

전무심의 좌수 엄지가 검병을 밀어 올렸다.

커다란 키, 치렁치렁한 검은 머리에 무심한 표정. 시커먼 흑의를 입은 전무심이 대답도 없이 검병만 밀어 올리자 뚱뚱한 노인, 진묵의 두툼한 눈꺼풀이 치켜 올라갔다.

"네놈이구나! 네놈이 고 형을 죽였느냐!"

전무심은 대답하지 않았다. 대신 검병을 잡아갔다.

상대는 적으로서 온 자. 자신을 죽이겠다는 마음을 가진 자다.

대화는 무의미했다.

무의미한 대화는 싸우는 데 아무런 도움도 되지 못했다.

그럴 시간이 있으면 한 사람이라도 빨리 제압하는 편이 나았다. 그래야 피해를 최소화 할 수 있을 테니까.

최소한 전무심의 생각은 그랬다.

그렇기에 그는 검병을 잡자마자 한 걸음 앞으로 튀어나갔다.

파앗! 쒜에엑!

무정이 날도 없는 검신을 드러내며 진묵을 덮쳤다.

"헛! 이런……!"

어찌 보면 예의도 없는 무식한 칼잡이의 행동이라 할 수도 있었다.

그러나 지금은 죽음과 삶만이 모든 것을 결정짓는 생사투였
다.

생사투에서 예의는 다 개소리일 뿐이었다.

승자가, 강한 자가 곧 법인 것이다!

"조심!"

전무심의 행동을 조용히 지켜보고 있던 비양마검 이문상이
재빨리 검을 뽑아 들고 두 사람 사이로 끼어들었다.

쾅!

"크윽!"

주르륵.

이문상이 비틀거리며 정신없이 물러섰다.

단 일 검에 이문상의 얼굴이 창백하게 굳어졌다.

"이놈!"

뒤늦게 진묵이 커다란 두 주먹을 앞세우고 전무심을 향해
몸을 날렸다.

미처 몸을 돌리지 못한 전무심이 눈에 들어오자 진묵은 회
오리바람을 일으키며 두 주먹을 날렸다.

"죽어라!"

그는 뚱뚱했지만, 동작만큼은 믿어지지 않을 정도로 빨랐
다.

사람들은 그의 몸매만 보고 그가 굼뜰 거라 생각하곤 했다.
덕분에 그는 자신의 빠른 신법으로 상대를 쉽게 제압하고, 때

로는 자신보다 강한 자도 죽일 수 있었다.

오늘도 그 덕을 볼 수 있을 거라 생각했다.

그러나 경공신법에 관한 한 천하에서 전무심을 따를 자가 없다는 것을 그는 꿈에도 알지 못했다.

풍운무에서 발전한 무령풍의 가공함을 그가 어찌 상상이나 했을 것인가.

살소를 물고 전무심의 머리를 후려치던 진묵은 갑자기 전무심의 신형이 흩어지듯 사라지자 대경하며 몸을 틀었다.

순간 하늘에서 떨어져 내리는 한 줄기 시커먼 번개가 두 눈에 가득 찼다.

늦었다 생각한 진묵은 허공을 향해 일순간에 여덟 번이나 쌍권을 내질렀다.

전무심은 무심한 표정으로 내리긋는 무정에 내력을 배가시켰다.

콰과광!

"크으윽!"

굉음과 신음이 뒤범벅되어 울리고, 진묵의 신형이 벼락 맞은 멧돼지처럼 이 장 밖으로 튕겨졌다.

하지만 그것이 끝이 아니었다.

튕겨진 진묵을 향해 전무심의 신형이 유령처럼 따라붙었다.

"타앗! 여기도 있다!"

다급해진 적호도 반귀는 붉은 장포를 휘날리며 전무심의 등 뒤를 향해 날아갔다.

그는 어이가 없었다.

보면서도 도저히 믿을 수가 없었다.

하지만 눈앞에서 벌어지고 있는 일, 현실이었다.

이제는 자존심이 문제가 아니었다. 자칫 모두가 개죽음당하게 생긴 판이었다.

"우리도 있어!"

반귀가 움직이자 기회를 엿보고 있던 궁사한이 이를 악물고 반귀의 앞을 가로막았다.

아직 절정의 단계에 이르지는 못했지만, 궁사한의 도는 한 달 전과는 또 달랐다.

그의 도에는 절망에서 끌어올린 피눈물 나는 노력이 담겨 있었다.

쩌저정!

눈 깜짝할 사이, 궁사한의 도와 반귀의 도가 찰나간에 십여 번의 격돌을 일으켰다.

따당!

두어 번의 굉음이 일고, 동시에 두 사람이 뒤로 밀려났다.

반귀가 네 걸음, 궁사한이 다섯 걸음을 물러섰다.

물러선 반귀의 눈에 놀라움이 떠올랐다.

"네놈은 누구냐!"

궁사한은 아무런 말도 없이 칼을 중단으로 들어 올렸다.

내력이 조금 딸리기는 하나, 초식에서는 해볼 만하다는 생각이 드는 그였다.

은근히 자신감이 차올랐다.

도병을 쥔 손에도 힘이 더해졌다.

그때였다.

"커억!"

갑자기 뒤쪽에서 비명이 터져 나왔다.

파르르 떨리는 반귀의 눈동자.

궁사한은 뒤를 보지 않고도 누구의 비명인지 알 수 있었다.

반귀의 눈에서 두려움이 보인다.

기회였다!

스윽!

빠르지도, 그렇다고 느리지도 않게 그의 칼이 완만한 호선을 그리며 움직이기 시작했다.

바로 그 순간이었다. 언뜻 뒤에서 밀려오는 싸늘한 바람이 느껴졌다.

'사매!'

친숙한 느낌, 소미하란의 기운이었다.

"사형! 같이해요!"

물러서는 반귀를 향해 그어지는 궁사한의 도에서 파르스름한 도기가 아침안개처럼 피어올랐다.

그의 입가에도 희미한 웃음이 피어났다.

"좋아! 해보자!"

그의 칼이 환희를 노래하며 허공을 가르고,

쉬이익!

하늘에서는 소미하란의 빙천류혼비가 백색의 낙뢰처럼 떨어져 내린다.

완벽한 연수합공.

예상치도 못했던 두 사람의 공격에 악귀처럼 일그러지는 반귀의 얼굴이 참담함으로 물들었다.

두 사람이 반귀를 몰아치는 사이, 전무심은 진묵의 옆머리에 박힌 무정을 빼냈다.

쿵!

진묵이 고목이 쓰러지듯 무너진다.

전무심은 쓰러진 진묵은 보지도 않고, 무정의 검첨에 묻은 피를 털어내고 검집에 집어넣었다.

마치 모든 일이 끝나기라도 한 것처럼.

그러고는 조용히 서서 궁사한과 소미하란이 적호도 반귀와 싸우는 광경을 지켜보았다.

'이제는 천귀혈마가 살아온다고 해도 두 사람을 쉽게 이기지 못하겠군. 확실히 강해졌어.'

그가 봤을 때, 반귀는 천귀혈마에 비해 한 수 아래였다.

더구나 선수를 빼앗긴 상황.

그리 오래지 않아 승부가 날 듯했다.

게다가 한쪽에서 비양마검을 상대하고 있는 소대붕과 부강산 역시 그리 걱정하지 않아도 될 듯했다.

그들의 싸움은 절정으로 치닫고 있었는데, 사실 전무심이 우뚝 서 있는 것만으로도 시간이 갈수록 소대붕 쪽이 유리해지고 있었다.

게다가 그들은 전력을 다하지 않는 듯했다. 조금 이상했지만, 전무심은 깊게 생각하지 않았다. 삼 푼을 숨기는 거야 강호를 살아가는 사람은 누구나 그러니까.

일개 표국의 대표두가 저 정도의 고수라니, 그것이 의외라면 의외였다.

그렇게 이십여 초가 지나기도 전,

"끄으윽!"

반귀의 입에서 답답한 신음이 흘러나왔다.

목 바로 아래쪽에 손잡이만 남긴 채 박혀든 빙혼비도의 손잡이를 타고 핏물이 주르륵 흘러내렸다.

주춤거리며 물러서는 그의 눈빛이 흐릿해졌다.

순간 궁수한의 칼이 그의 몸뚱이를 사선으로 훑고 지나갔다.

옆구리에서 가슴까지 길게 배어진 반귀의 몸이 그대로 뒤로 넘어간다.

"훅, 훅!"

궁수한은 거친 숨을 토해내며 천천히 칼을 회수하고는 소미하란을 바라보았다.

그녀는 얼굴이 붉게 달아올라 있었다. 한데도 눈빛만큼은 전보다 훨씬 안정돼 보였다.

"괜찮아?"

"그럭저럭."

두 사람이라고 해서 온전히 무사한 것은 아니었다.

여기저기서 피가 배어 나오는 것만 봐도 적잖은 상처를 입었다는 것을 알 수 있을 정도였다. 그러나 표정은 그 어느 때보다 밝아져 있었다.

전무심은 반귀마저 쓰러지자 소대붕 쪽을 쳐다보았다.

결론이 나려면 제법 시간이 필요할 것 같았다.

"일단 상처를 치료하고 기다리시오. 저쪽의 싸움이 끝나면 바로 출발할 테니까."

그는 궁사한과 소미하란이 진묵 등이 앉아 있던 바위 아래 주저앉는 것을 보고는, 천천히 걸음을 옮겨 숲 속으로 들어갔다.

누군가가 저기에 있다.

자신의 감각이 그렇게 말하고 있었다.

화운곡은 떨리는 가슴을 진정시키고 숲 속으로 들어오는 전무심을 바라보았다.

자신이 있다는 것을 알고 들어오는 전무심이었다.

그는 피한다고 피할 수 있는 사람이 아니었다.

비록 짧은 만남이었지만, 전무심의 강함을 누구보다 확실하게 알고 있었다.

그가 자신을 죽이려 한다면, 자신은 죽을 수밖에 없다. 분명히.

'어차피 그날 이후는 덤으로 사는 삶……'

차라리 그렇게 생각하니 마음이 편해졌다.

생각보다 빠르긴 하지만, 이렇게 된 거 자신의 마음을 다 털어놓는 게 나을 듯했다.

그는 편안한 표정으로 모습을 숨기지 않고 조용히 서서 전무심을 기다렸다.

전무심이 검은 안개처럼 그의 전면에 나타났다. 이십여 장의 숲을 지나오는데도 아무런 소리도 없어 유령이 나타나는 듯했다.

"당신이었군."

"오랜만이오."

전무심은 고개를 숙이는 화운곡을 무심한 눈으로 응시했다.

자신을 아는 자라 생각했다. 악의가 없는 것 같아 의아했다.

그가 세상에 다시 나와 만난 사람은 두 부류다.

적, 아니면 동료.

그중에 그가 모르게 어떤 일을 진행할 동료는 없다고 봐도 과언이 아니었다.

그렇다 해도 설마 흑화령이라니.

"당신이 왜 나를 도우려는 거지? 흑화령은 본래 비룡표국과 적이 아니었나?"

나직한 반말이 위압적으로 흘러나왔다. 너무도 자연스러워 처음부터 그런 사이인 것처럼 느껴질 정도였다.

고개를 든 화운곡이 전무심의 눈을 마주 보았다.

하지만 그는 척추를 타고 흘러내리는 식은땀에 자신도 모르게 눈을 내리깔았다.

그는 그제야 보다 더 확실한 것을 알 수 있었다.

자신의 눈앞에 있는 사람이, 자신이 생각했던 것보다 훨씬 무섭다는 것을.

그리고 그럴수록 마음은 확고해졌다.

"우리가 원했던 것은 혈정이었소. 복수를 하기 위해선 그것이 꼭 필요했으니까. 하나 이제는 아니오. 혈정이 당신 손에 들린 이상, 혈정은 더 이상 우리의 것이 될 수 없을 테니 말이오."

복수를 하기 위해서였다고?

하긴 사연없는 무덤이 어디 있을까.

"포기했다면 왜 이곳까지 온 것이지?"

"혈정을 구하는 것 이상으로 바라는 것이 있기 때문이오."

전무심은 조용히 화운곡의 말을 기다렸다.

화운곡은 천천히 숨을 들이키고는 입을 열었다.

어쩌면 지금 하는 말로 인해서 흑화령의 운명이 바뀔 수도 있었다.

좋게든, 나쁘게든.

그렇다고 하지 않을 수도 없었다.

이미 주사위는 던져진 상태인 것이다. 어디서 멈추느냐 하는 것은 운명일 뿐.

"우리에겐 같은 하늘을 이고 살아갈 수 없는 자들이 있소. 그들은 나와 대령주이신 사형의 사부를 죽이고, 우리 형제들을 도륙하고, 우리의 모든 것을 빼앗아 배를 채운 자들이오. 지난 이십여 년, 우리는 그들과 싸울 힘을 키워왔소. 솔직히 얼마 전까지만 해도 한번 싸워볼 수 있지 않을까 생각했었소. 지금 생각하면⋯⋯ 참으로 웃음만 나올 뿐이오."

"신마성인가?"

화운곡이 천천히 고개를 끄덕였다.

"그들은 우리의 예상보다 세 배는 커져 있었소. 우리 힘으론 어쩔 수 없을 정도로. 아마 사형이 혈정을 얻어 사문의 무공을 완성한다 해도 이제는 불가능할 것 같소."

그는 말을 맺고는 갑자기 결연한 표정으로 무릎을 꿇었다.

전무심의 눈빛이 굳어졌다.

확고한 의지의 눈빛을 지닌 자. 함부로 남 앞에 무릎을 꿇을 사람이 아니다.

그런 자가 무릎을 꿇었다는 것은 그만한 이유가 있음이다.

"무슨 뜻이지?"

"도와주시오."

"우습군. 나는 혼자다. 누구를 도울 처지가 아니야."

"당신은 혼자지만, 천하의 누구보다 강한 사람. 당신이라면 우리의 염원을 들어줄 수 있소."

"훗! 자기 일도 처리하지 못하고 있는 사람에게 도와달라니, 당신은 사람을 잘못 선택했다."

전무심의 냉정한 말에도 화운곡의 신념은 변하지 않았다.

"어차피 저번 일로 신마성은 흑화령을 그냥 놔두지 않을 것이오. 이래도 죽고 저래도 죽을 거라면, 흑화령의 형제들은 공자에게 운명을 맡기고자 하오."

"너무 가볍게 생각하는군. 흑화령은 절대 작은 문파가 아니거늘, 한순간의 판단으로 문파의 운명을 정하겠다는 건가?"

"가벼운 선택이 아니오. 우리로선 어쩔 수 없는 선택일 뿐이오."

그가 지그시 입술을 깨물며 말을 이었다.

"신마성이 움직였소. 희천양은 무서운 자. 그가 마음먹었다면 흑화령은 피로 뒤덮일 수밖에 없소. 그를 죽일 수 있는 곳이 있다면, 그럴 수 있는 사람이 있다면, 나는 언제라도 무릎을 꿇을 생각이오."

전무심의 눈이 좁혀졌다.

사실 어떻게 보면 흑화령을 자신의 적이라 하기도 그랬다.

비록 비룡표국의 표사인 강안승이 죽긴 했지만, 자신이 먼저 흑화령의 무사 몇을 죽인 걸 생각하면 원한이라 할 수도 없었다.

오히려 적대감을 가져야 할 쪽은 자신이 아니라 흑화령 쪽이 아닌가 말이다.

그때 문득, 전무심은 자신이 혼자이기에 할 수 없는 몇 가지 일이 떠올랐다.

그의 눈빛이 깊어졌다.

누군가와 얽히는 것은 원치 않지만, 세상에는 혼자서 할 수 없는 일이 너무도 많다. 적정한 선만 그어진다면, 서로 간에 도움을 주는 것도 그리 나쁘지 않을 듯했다.

게다가 무릎을 꿇을 정도로 절실한 마음을 지닌 자라면, 잠시 함께해도 괜찮을 듯싶었다.

전무심은 말투를 누그러뜨리고 무심하게 말했다.

"나는 누군가를 거느리고 싶은 마음이 추호도 없소. 그러니 나의 수하를 자처할 생각은 하지 마시오."

거절인가? 무릎까지 꿇었는데?

화운곡은 주먹을 움켜쥐었다. 나락으로 떨어지는 기분이었다.

반말투가 변한 것 따위는 귀에 들어오지도 않았다. 그가 원한 것은 승낙이지 존댓말이 아니었다.

'무릎을 꿇어서도 안 된다면 바닥에 머리를 박아서라도……!'

방법이 그뿐이라면 그렇게라도 하는 수밖에.

흑화령의 형제들을 살릴 수만 있다면! 사부의 원수를 갚을 수만 있다면!

남들이 오기라 해도 어쩔 수 없어!

그는 입술을 깨물고 머리를 박기 위해 눈을 질끈 감았다.

그때 들려오는 소리.

"대신 우리 거래를 합시다."

화운곡은 막 처박으려던 머리를 거꾸로 번쩍 쳐들었다.

전무심이 자신들의 부탁만 들어준다면, 거래든 뭐든 아무 상관 없었다.

"어떤 요구든 상관없습니다! 말씀해 보시지요!"

"삼 년. 삼 년간만 손발이 되어 움직여 주시오."

화운곡의 얼굴이 오랜만에 환하게 밝아졌다.

거짓말 하나 안 보태고, 눈물이 날 것만 같았다.

삼 년이 아니라 삼십 년이라도 좋았다.

"좋습니다. 흑화령은 앞으로 전 공자의 손발이 되어 움직이도록 하겠습니다."

"아마 힘든 경우가 많을 거요. 차라리 신마성을 직접 상대하는 것이 낫잖았나 생각할 경우도 있을 거요."

천왕교를 상대해야 할지도 몰랐다. 당연히 신마성과는 비교되지 않는 위험이 도사리고 있었다.

어쩌면 늑대를 피하려다 호랑이 아가리에 머리를 들이민 꼴이 될지도 모르는 일이었다.

하지만 화운곡은 그걸 알지도 못했고, 생각할 겨를도 없었다.

"상관없습니다."

"좌우간, 나중에 그런 생각이 들거든 언제든지 말하시오."

"한 번 맺은 약속을 파기하기 위해선 목숨을 내놓아야 하는 것이 흑화령의 법입니다. 걱정 마십시오."

전무심은 화운곡의 확고한 대답에 물끄러미 그를 내려다보았다.

"좋소. 그럼 그대들이 해야 할 첫 번째 일을 알려주겠소."

화운곡은 자세를 바로하고 전무심의 명을 기다렸다.

전무심이 화운곡을 똑바로 바라본 채 말했다.

"신마성의 남황 지부에 대한 것을 조사하시오."

"남황 지부를 말입니까?"

뜻밖의 명령에 화운곡의 고개가 살짝 쳐들렸다.

"나는 그곳이 환락단의 제조지가 아닌지 의심하고 있소. 그 말이 무슨 뜻인지는 그대가 더 잘 알 것이오."

화운곡의 표정이 딱딱하게 굳어졌다.

그가 더듬거리며 물었다.

"어떻게 그런……? 그게 정말……?"

그러자 전무심은 더 할 이야기 없다는 듯 무심히 돌아섰다.

"내 말에 의문을 가질 거라면, 지금까지 한 이야기는 모두 없던 것으로 합시다."

순간 화운곡이 대경하며 고개를 처박았다.

"하겠습니다! 걱정 마십시오, 공자! 남황 지부의 뒷간 냄새가 얼마나 지독한지, 하루에 몇 놈이 드나드는지, 한 번에 얼마나 싸대는지까지 깡그리 조사하겠습니다!"

어이없는 대답에 전무심은 하마터면 웃을 뻔했다.

하지만 한편으로 생각해 보니, 그것만 알아도 그곳에서 무슨 일을 하는지 대충은 알 것도 같았다.

'그런 방법도 있었군.'

전무심은 속으로 고개를 끄덕이며 걸음을 옮겼다.

"알지 모르겠지만, 내 이름은 전무심이오."

'휴우… 알고 보니 성질 무지 급한 양반이군.'

화운곡은 가슴을 쓸어내리며 처박은 고개를 들고 급히 말했다.

"속하는 화운곡이라 합……."

하지만 그의 눈에 보이는 것은 바람에 흔들리는 나뭇가지뿐, 전무심의 모습은 머리카락 하나 보이지 않았다.

일순간 그의 몸이 부르르 떨렸다.

절정의 경지를 코앞에 두고 나름대로 무공에 자신이 있다 생각했거늘, 왠지 근래 들어서 자신의 무공이 삼류도 되지 못하는 것처럼 느껴지는 것이다.

그때 뒤쪽으로 익숙한 기운이 다가왔다.

"령주님, 저자가 정말로 희천양을 상대할 수 있을까요?"

화운곡은 자리에서 일어서서 뒤도 돌아보지 않고 나직이 말했다.

"앞으로는… 주군이라고 불러라."

"예?"

"나, 저분을 주인으로 모실 생각이다. 아마 사형도 이해해 주실 게야."

"하지만 삼 년의 계약만 하셨지 않습니까?"

화운곡이 천천히 돌아섰다.

그의 앞에는 자신과 삼십 년을 동고동락해 온 수하이자, 자신의 한 팔과도 같은 비곡상이 차가운 표정으로 서 있었다.

"한 번으로 끝나는 거래도 있지만, 때로는 영원히 반복되는 거래도 있는 법이지. 너는 하기 싫으면 하지 않아도 된다."

비곡상의 냉막한 얼굴 한 쪽이 슬쩍 비틀리더니 주름이 하나 그어졌다. 그 나름대로의 웃음이었다.

"이령주님이 가시면 저도 갑니다. 떼어놓고 갈 생각이시라며 아예 제 목을 치고 가시지요."

화운곡의 입가에 맺힌 웃음도 점점 짙어졌다.

"그래? 그럼 우리 한번 발바닥이 닳아 없어질 때까지 뛰어볼까?"

비곡상의 얼굴에도 주름 하나가 더 그어졌다.

"좋지요. 이런 기분, 정말 오랜만이군요."

"그런데 말이다, 뒷간 이야기는 괜히 한 것 같다."

"아무래도… 조금 급하셨습니다."

"그래서 말인데…… 뒷간 조사는 네가 맡아라."

"……!"

"애들에게 맡기지 말고, 직접해."

『천사혈성』 제3권 끝

혈리연
血里燕
혈리연
일성 新 무협 판타지 소설
FANTASTIC ORIENTAL HEROES
『음공의 대가』의 작가 일성이 선보이는
기발한 상상력과 압도적인 재미!
"우리 문파는 강한 고수도 없을뿐더러, 자금은 바닥에, 경영 능력 또한 미천합니다.
이런 제가 문파를 다시 살리려면 어찌해야 합니까?"
대답은 명쾌했다.
"그를 찾아가게!"
무림에도 대리 경영인이 나타났다! 전문적으로 고수를 양성하고, 자금을 관리하며,
문파 내의 모든 대소사를 문주의 대리로 이행하는 자들!
그들은 외친다.
"헐벗고 굶주린 문파여, 내게 오라!"
유행이 아닌 자유추구 -
WWW.chungeoram.com
Book Publishing CHUNGEORAM

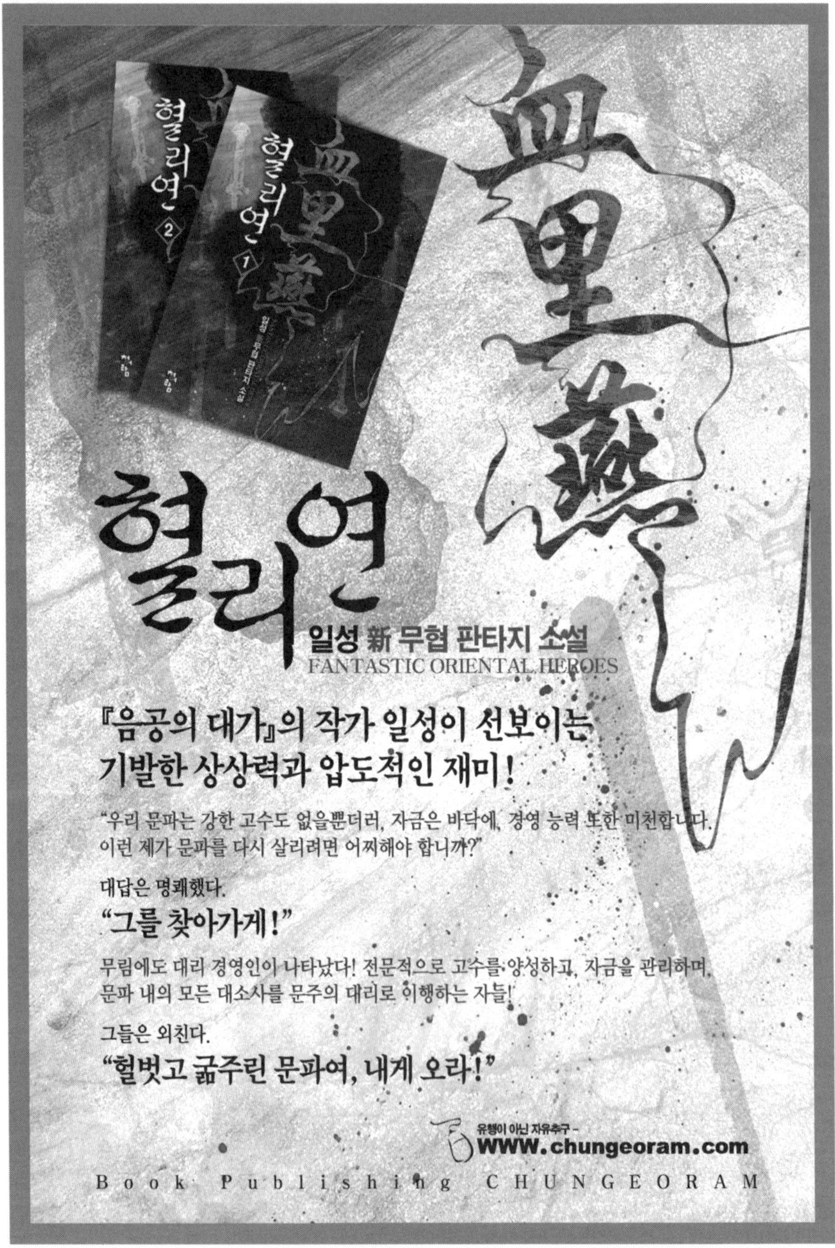

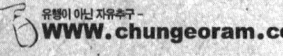

도서출판 청어람을 사랑해 주시는 독자 여러분들께 감사의 마음을 전하기 위해 이벤트를 마련했습니다. 설문에 응해주신 후 엽서를 보내주시면 매달 추첨을 통하여 청어람이 준비한 선물을 우송해 드립니다.

자세한 내용은 청어람 홈페이지(www.chungeoram.com)를 통해 확인해 주세요!

요금수취인 후납부담

발송 유효기간
2007. 6. 1~2009. 5. 31
부천우체국 승인
제40104호

경기도 부천시 원미구 심곡1동
350-1번지 남성빌딩 3층
도서출판 청어람

4 2 0 ─ 0 1 1

관제엽서

받는 사람

보내는 사람

· 구입하신 책 제목을 적어주세요.

· 청어람 무협/판타지 소설에 바라는 점은?

· 이 책을 선택하게 된 동기는?

· 이 책을 읽고 느낀 소감은?

이름

생년월일   성별

전화번호

이메일

저작권 보호!!
장르문학의 성장에 힘이 되어주십시오

저작물의 무단 전재와 복제, 불법 다운로드! 이것은 관심이 아니라 무관심입니다!

작가님들은 창의적 열정과 시간을 투자해 자신의 꿈과 생계를 유지합니다.
한 권의 책을 만들어 많은 사람들은 자신의 인생과 미래를 설계합니다.

저작물 속에는 여러 사람의 노력과 희망이 담겨 있습니다!

저작물의 무단 전재와 복제, 불법 다운로드는 여러 사람들의 꿈과 생계를
위협함으로써 장르문학을 심각한 상황에 빠뜨리고 있습니다.

이제는 무관심이 아니라 관심으로 장르문학의 성장에 힘이 되어주세요.

[도서출판 청어람-블루부크는 항시적인 저작권 보호를 통해 장르
문학과 여러분의 희망을 지키겠습니다.]

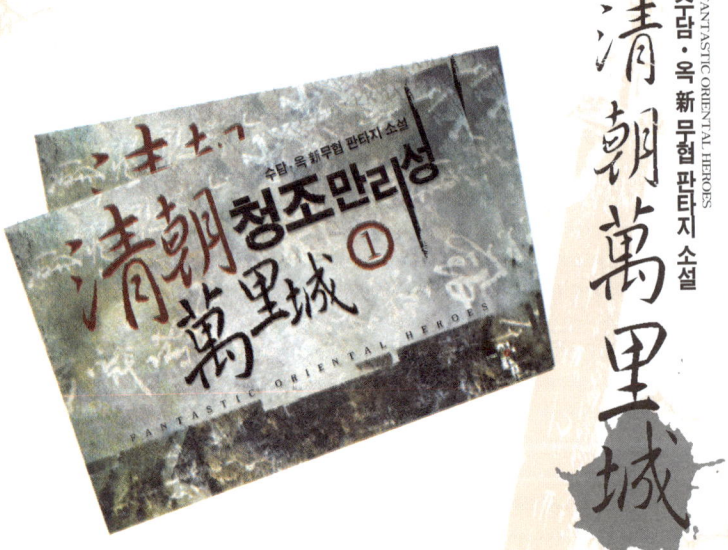